Richard Woodman

Der Kapitän der *Caryatid*

Roman

Aus dem Englischen von
Jutta Wannenmacher

Ullstein

Besuchen Sie uns im Internet:
www.ullstein-taschenbuch.de

Umwelthinweis:
Dieses Buch wurde auf chlor- und säurefreiem Papier gedruckt.

Jubiläumsband *20 Jahre Ullstein Maritim*
Neuausgabe im Ullstein Taschenbuch
1. Auflage März 2006

Titel der englischen Originalausgabe: *Captain of the Caryatid*
(Severn House Publishers Ltd., Great Britain)
Umschlaggestaltung: Buch und Werbung, Berlin
Titelabbildung: Corbis
Satz: KompetenzCenter, Mönchengladbach
Druck und Bindearbeiten: Ebner & Spiegel, Ulm
Printed in Germany
ISBN-13: 978-3-548-26364-9
ISBN-10: 3-548-26364-X

Inhalt

Für die Crew des Leuchtfeuertenders *Alert* und für die Leuchtturmwärter von Lundy
1967–1970

Die Handlung dieses Romans ist rein fiktiv. Ähnlichkeiten mit lebenden Personen wären ausnahmslos zufällig.

Ein ruhiger Sonntagabend

Kapitän Septimus Macready döste vor dem Kaminfeuer. Langsam tauchte sein Bewußtsein aus den schwammigen Tiefen seines Gehirns auf und trieb in die gemütliche Realität eines Sonntagabends hinein. Es war das unaufhörliche Klicken von Stricknadeln, das ihn bei seiner Träumerei störte.

Die Stricknadeln gehörten seiner Frau, und diese Erkenntnis rief ihn voll in die Gegenwart zurück. Verstohlen öffnete er die Augen, ohne den Kopf zu bewegen, und starrte unter dem Schatten seiner buschigen Brauen über die Fliesen der Feuerstelle zu ihr hin.

Dem Kapitän gegenüber saß die kleine, vogelähnliche Gestalt von Mrs. Gwendolen Macready, so starr wie eine gespannte Feder. Der Kapitän musterte sie. Seit 23 Jahren waren sie jetzt verheiratet, und seit 22 Jahren glich ihre Ehe einem Eisenbahngleis, dessen Schienen präzise parallel verliefen, als Ganzheit aufeinander angewiesen, jede für sich aber völlig isoliert.

Gewiß, anfangs war da Liebe gewesen: ein kurzes, intensiv erlebtes Band, das sie zusammenhielt, jedoch bald erschlaffte und die beiden als Einzelwesen zurückließ, jeder nur oberflächlich und voll vager Schuldgefühle mit dem anderen verbunden. So liefen ihrer beider Leben auf einer Höhe nebeneinander her, und der stets gleiche Abstand zwischen ihnen war zu einer absoluten Konstante geworden.

Der Blick des Kapitäns glitt über seine Frau hin: bequeme Hausschuhe, Baumwollstrümpfe und Faltenrock; darüber eine Strickjacke und eine Brille, die an einer Kordel um ihren Hals hing. Er beobachtete ihre flinken Hände, die klickend einen neuen Wollpullover für die ständig wachsende Kinderschar von Porth Ardur strickten.

Leise aufseufzend schloß Kapitän Macready wieder die Augen. Kinder ... Vielleicht war das an allem schuld: daß sie keine Kinder bekommen hatten. Keinen von beiden traf die Alleinschuld daran, und doch fühlten sich beide irgendwie belastet, was eine Barriere zwischen ihnen schuf, über die niemals gesprochen wurde. Der Kapitän fragte sich, wie man sich wohl fühlen mochte als Vater. Die meisten in seiner Crew hatten Kinder. Und auch Mrs. Morgan war Mutter.

Beim Gedanken an Justine Morgan und ihre Tochter wurde ihm warm ums Herz. Die Witwe besaß all das, was seiner Frau fehlte. Sie war keck, trank Gin und lachte enthemmt. Während das braune Haar seiner Frau langsam ergraute, wurde das von Justine Morgan immer dunkler. Ihr voller Busen versprach Trost und Wärme im Überfluß, und ihre kräftigen, wohlgeformten Beine trugen die fülligen, sinnlichen Kurven mit einem Stolz, den die vielbeschäftigte Mrs. Macready als vulgäre Zügellosigkeit abtat.

Mrs. Morgan war die offizielle Tanzpartnerin des Kapitäns. Gemeinsam hatten sie mehrere lokale Trophäen errungen und hegten nun die begründete Hoffnung, in diesem Winter durch Vervollkommnung ihres Repertoirs auch den Preis in den lateinamerikanischen Tänzen zu erringen.

Bei der Vorstellung, wieder mit Mrs. Morgan zu tanzen, lächelte Kapitän Macready durchtrieben in sich hinein. In diesen fünf Jahren hatte er niemals, auch nicht versuchsweise, die Regeln des Anstands übertreten. Irgendwie machte das den Reiz ihrer Beziehung sogar noch pikanter. Während sie sich in seinen Armen rückhaltlos dem sinnlichen Genuß des Tanzes hingab, unternahm sie doch nie den Versuch, ihn zu ehebrecherischen Aufmerksamkeiten zu verleiten. In der Stadt galt Mrs. Morgan als leichtsinnig – ein ungerechtes Fehlurteil, gefällt von Leuten, die sie um ihre Lebensweise beneideten. Es war ebenso gehässig wie unzutreffend, denn trotz ihres für alle sichtbaren lockeren Benehmens im *The Feathers* war Gesellschaftstanz für sie einfach ein Vergnügen und das Herausputzen ihres Körpers ein harmloses Laster.

Alles in allem paßten der Kapitän und Mrs. Morgan hervorragend zueinander. Sie waren beide von untersetzter, aber wohlproportionierter Gestalt, neigten zur üblichen Fülle des mittleren Lebensabschnitts, wirkten aber gesund und sportlich und besaßen absolutes Vertrauen in ihr Kräftepotential. Deshalb tanzten sie gut und waren erst kürzlich von ihrer Truppe zum führenden Paar des Klubs gewählt worden.

Mrs. Macready akzeptierte die Vorliebe ihres Mannes für den Gesellschaftstanz mit kühler Vernunft. Schließlich mußte er in Porth Ardur seine führende gesellschaftliche Stellung wahren, und außerdem war er ein stattlicher Mann, der in seiner goldbetreßten Uniform oder im Smoking eine gute Figur machte. Mit ihrer gönnerhaften Einstellung zum Hobby des Kapitäns blieb Gwendolen Macready durch und durch die gelassene Pragmatikerin, deren Sinn für das Praktische sie die gewissen Anspielungen überhören ließ, welche die Wahl seiner Tanzpartnerin seinerzeit provoziert hatte. Zumal sie in diesen fünf Jahren fast verstummt waren, weil sie – außer im Rahmen gehässiger Spekulationen – keine Nahrung fanden. Mrs. Macready war der Ansicht, daß ihr Mann Anspruch auf ein Vergnügen hatte, und sie schien zufrieden zu sein, wenn er zufrieden war. Schließlich war er ein Seemann, und das Tanzen war nur der unschuldige Beweis dafür, daß sein Beruf zu Recht einen romantischen Ruf genoß. Außerdem erlaubte es ihr, sich mit der angedeuteten Aura einer Märtyrerin zu umgeben, während es ihr gleichzeitig die Freiheit ließ, als »Frau Kapitän« all den Organisationen der Stadt vorzustehen, die sie so schätzte.

Es handelte sich um den Damenkreis, den Mütterverein, das Fraueninstitut, den Förderverein für das Städtische Krankenhaus und viele mehr; die Liste schien endlos. Und keine dieser Organisationen konnte, davon war Gwendolen insgeheim überzeugt, ohne ihre unermüdliche Energie funktionieren. Sie war eine der ungekrönten Königinnen von Porth Ardur, eine jener Drahtzieherinnen hinter den verschiedenen Spitzen der Hierarchie des kleinen Hafens, die genau wußten, daß nur sie, und sie allein, die Stadt auf menschlicher Ebene funktionieren ließen. Mochten ihre Ehemänner auch die Posten des Bürgermeisters, des Polizeichefs, des Amtsvorstehers, des Immobilienmaklers, Rektors oder Zollinspektors einnehmen, so waren es doch die Frauen, die den entscheidenden Einfluß ausübten und jede Entwicklung in die »richtigen« Bahnen lenkten.

Innerhalb dieser Struktur besetzte Gwendolen Macready eine exklusive Nische, denn sie war die Frau des einzigen Kapitäns von Porth Ardur. Zwar verdienten viele Söhne der Stadt ihren Lebensunterhalt auf See, und in fast jeder Straße konnte man sich mindestens eines Patents rühmen. Viele Patentinhaber wohnten noch in der Stadt oder hatten wenigstens ihre Frauen und Kinder hier, weil sie mit dem Heimatinstinkt des wahren Seemanns einheimische Mädchen geheiratet hatten. Manche führten auch Handelsschiffe als vollgültig bestallte Kapitäne, aber sie waren nicht *der* Kapitän von Porth Ardur und als solcher weithin bekannt.

Diesen Rang nahm unwidersprochen nur Septimus Macready ein, Kapitän des Leuchtfeuer-Versorgungsschiffes *Caryatid*, das mit seinen stolzen 900 Bruttoregistertonnen am Wochenende stets den winzigen Granitkai des inneren Hafens von Porth Ardur beherrschte. Jeden Freitag legte die *Caryatid* bei passender Tide hier an, und niemals vergaß ihr Bootsmann beim Festmachen den Zimmermann daran zu erinnern: »Heut abend ist Tanz, Holzwurm.«

Bernard Foster, Erster Offizier der *Caryatid*, warf den letzten starräugigen, einbeinigen Teddybär in die Holzkiste und knallte erleichtert den Deckel zu. Er sank in einen Sessel und stopfte sich eine Pfeife, während von oben das Geplapper seiner Kinder zu ihm heruntertröpfelte, das endlich etwas müder klang.

Erschöpft von der Anstrengung, zwei robuste Knaben im Bad zu bändigen, betrat seine Frau das Zimmer und ließ sich ebenfalls in einen Sessel fallen.

»Ich mache uns gleich Tee«, murmelte sie und schloß die Augen.

»Laß nur, ich übernehm' das«, antwortete er.

Eine ganze Weile rührte sich keiner von beiden.

»Morgen ist Montag«, sagte sie schließlich.

»Mhm«, bestätigte er das Offensichtliche, sich des Hintergrunds ihrer banalen Bemerkung voll bewußt. »Montag« bedeutete, daß er wieder bis Freitag auf See sein würde. Das war keine lange Zeitspanne, aber Anthea Foster stöhnte innerlich bei der Aussicht auf die vier Abende, an denen sie mit den zwei Rangen allein fertigwerden mußte; das konnte auch das stärkste Gemüt erschlaffen lassen. Lieber dachte sie an etwas anderes.

»Ich nehme an, nächstes Wochenende wirst du müde sein?« Damit erhob sie sich.

»Wieso?« Begriffsstutzig blickte er zu ihr auf und registrierte betrübt, wie die Erschöpfung ihr einst hübsches Gesicht rötete.

»Weil Barry weg ist. Da kommt nächste Woche die doppelte Arbeit auf dich zu.«

Jetzt begriff er: Sie meinte den Zweiten Offizier, der sich in dieser Woche plötzlich entschlossen hatte, auf einem Tanker das Weite zu suchen.

»Ach so. Nicht doch, darüber mußt du dir keine Sorgen machen. Wir erwarten mit dem Nachtzug Ersatz für ihn, namens Farthing, Charles Farthing ...« Bernard paffte Rauchwolken. »Machst du Tee?«

Sie nickte und strich sich eine Strähne aus der Stirn. Heimlich stellte er fest, daß ihr Haar mehr als nur einen grauen Schimmer aufwies. Na ja, man konnte sich nur abfinden mit dem Unvermeidlichen, trotzdem war es ein Jammer, daß auch eine solche Schönheit wie Anthea so schnell verwelkte ...

Mit einem Tablett kehrte sie ins Wohnzimmer zurück.

»Was für ein seltsamer Zufall«, sagte sie. »Ich meine, in Porth Ardur kriegt man doch selten ein neues Gesicht zu sehen. Und jetzt gleich zwei in einer Woche, toll ...« Sie rang sich ein Lächeln ab.

»Zwei?« fragte ihr Mann.

»Ja. Mrs. Humphries hat mir erzählt, daß man am kommenden Montag den neuen Hafenmeister erwartet. Sie putzt doch für die Witwe Edwardes; was für ein Jammer um den alten netten Kapitän Edwardes, er war so ein Gentleman ...«

»Mmmmm.« Bernard nickte, duftende blaue Rauchwölkchen ausstoßend.

Charles Farthing hatte trotz seines Namens[1] keine rundliche Gestalt. Er war ein hagerer Riese von 22 Jahren und hatte eine Vorliebe für Uniformdrillich und unförmige Pullover, was ihm das Aussehen einer wandernden Vogelscheuche verlieh. Etwa zwei Stunden nach dem Gespräch im Hause Foster kletterte er mühsam und den Regen verfluchend vor Londons Westbahnhof aus einem Taxi. Hinter seinem fuhr ein anderes Taxi vor, dem ein zweiter Mann entstieg, nur wenig älter als Charlie, aber makellos gekleidet. Mit dem Instinkt ihrer Profession wandten sich zwei Gepäckträger sofort dem Neuankömmling zu und luden als wahre Snobs nur dessen Gepäck auf ihren Karren. Als die beiden Taxis davonfuhren, blieb Charlie fluchend im Regen zurück.

Ohne daß die beiden Reisenden etwas derartiges ahnten, waren sie der Anlaß zu Anthea Fosters Bemerkung. Der Herr im makellosen Anzug war Porth Ardurs neuer Hafenmeister, ein ehrgeiziger Bursche und einer jener Vertreter des Seemannsberufs, die früh in ihrer Karriere wieder an Land zurückkehren, um sich mit dem richtigen Background und mit guten Beziehungen zu einer Autorität in maritimen Angelegenheiten zu entwickeln, Bücher über die See zu schreiben und als Berater für gräßliche Seefahrtsfilme zu fungieren. Nachdrücklich bestehen sie im allgemeinen darauf, als »Kapitän« angesprochen zu werden, obwohl sie nichts Beweglicheres kommandieren als einen pompösen Mahagonischreibtisch. Von solcher Art war dieser Mann dazu bestimmt, Herr über den klei-

1 *farthing:* kleine englische Münze (Anm. d. Ü.)

nen keltischen Hafen Porth Ardur zu werden. Sein Name lautete – den »Kapitän« von eigenen Gnaden einmal weggelassen – James St. John Stanier.

Während Stanier fürsorglich in seiner luxuriösen Schlafkabine erster Klasse installiert wurde, wankte Charlie schwerbeladen über den Bahnsteig und suchte ein leeres Dritter-Klasse-Abteil, damit er sich auf einer Bank ausstrecken konnte. Als er endlich eins fand und sein Gepäck verstaut hatte, war er schweißgebadet. Deshalb beschloß er, sich ein kleines Ritual zu gönnen, das er schon als Kind geliebt hatte. Lässig schlenderte er den Bahnsteig hinunter bis zur Lokomotive. Dort studierte er das funkelnde Monster, in dessen grünem Anstrich sich die Bahnhofslichter spiegelten, während es zischend Dampf aus seinen Kolbenventilen und einen dünnen Rauchfaden aus seinem Schornstein ausstieß. Er entzifferte die Seriennummer unter dem Führerstand und den in Bronzebuchstaben angebrachten Namen *König Charles I.* War das nun ein gutes oder ein schlechtes Omen? Gut für Charles Farthing oder ein dräuender Hinweis auf den unseligen König? Sich abwendend starrte er nach vorn, wo sich die in der Bahnhofsbeleuchtung gelb schimmernden Gleise unter den roten und grünen Lichtern der Signale im Dunkeln verloren: der eiserne Weg nach Westen. Den Stabreim auskostend, murmelte er die Worte vor sich hin: »der Weg nach Westen ...« Im Geiste sah er turmhohe Klippen, auf denen Gralsburgen der Brandung des Atlantiks trotzten, sah Nebelschwaden, Schwertmaiden und windgepeitschte Eichen, die sich im Kampf mit den Südweststürmen an die Felsen der zerklüfteten Küste klammerten. War dies nicht das Land der Feen und Drachen, des Zauberers Merlin und des legendären Königs Arthur? Zynisch grinste er in sich hinein.

Warum verfiel er immer wieder in diese romantischen Phantasien? Er fuhr jetzt seit acht Jahren zur See, und doch hoffte er immer wieder, sobald er ein ihm fremdes Land betrat, hier den Ort gefunden zu haben, an dem Mythen und Geschichten, Sagen und Realität zu der erträumten Heimstatt verschmelzen würden, wo seine Seele zur Ruhe kommen und er sich für immer niederlassen könnte.

Während er zu seinem Abteil zurückschlenderte, erinnerte er sich wieder an jene erste niederschmetternde Enttäuschung einer lange genährten Hoffnung. Zwei Monate lang hatte er zugehört, wenn seine Bordkameraden von der Schönheit der Japanerinnen schwärmten. Damals war er 16 Jahre alt gewesen und auf seiner ersten Überseereise, empfänglich für jede Saite seines Gemüts, an der zu zupfen jemandem einfiel. So hatte seine jugendliche Phantasie diese Geschichten natürlich noch ausgeschmückt. Endlich legte sein Schiff in Japan an, Jung-Charlie ging an Land und stolperte in Izesaki-Cho in eine Bar, wo eine mandeläugige Schönheit von sagenhafter Zerbrechlichkeit sich neben ihn setzte. Sehnsüchtig blickte sie ihm in die Augen, streichelte ihm Gesicht und Hände mit heißen, parfümierten Tüchern und seine Wangen mit ihrem schwarzen, nach Sandelholz duftenden Haar. Als sie flüsternd über seine Schenkel strich, war Charlie bereits unsterblich in sie verliebt, gepeinigt von seinem heißen, schier unerträglichen Verlangen.

»Bist du ein *Cherryboy*?« fragte sie.

Charlie vermochte kaum zu glauben, daß sich seine Unerfahrenheit in so poetische Worte fassen ließ, war er doch die trockenen angelsächsischen Formulierungen gewohnt. Aber hier befand er sich eben im Land der Kirschblüte, im mystischen Orient, im geheimnisumwitterten Fernen Osten. Außer sich vor Glück nickte er.

»Dann liebe ich dich für frei ...«

Charlies Atem kam schluchzend in ekstatischen Stößen. Eine Hand strich über seine Backen, ritzte seine Haut mit der gleichen Zärtlichkeit, wie man edles Porzellan beklopft, während ihre andere Hand jenen bisher unschuldigen Teil von ihm umfaßte, der ihn so schändlich verraten hatte. Da gab er jeden Widerstand auf und spürte nur noch, wie sich die weichen Brüste an ihn preßten, parfümierte Halbkugeln von himmlischer Wonne.

»Dann liebe ich dich für frei – für freifausend Yen?«

Laut auflachend über diese Erinnerung bemerkte Charlie, daß sich sein Zug in Bewegung setzte. Als der Waggon aus dem hohen Bogendach des Bahnhofs glitt, sah er, daß sich der Himmel aufklarte. Der Regen war versiegt, über dem Dächergewirr der Hauptstadt ging ein gelber Halbmond auf. Halbkugeln, dachte Charlie. Diese vermaledeiten Halbkugeln ... Damit begann er, es sich für die Nacht bequem zu machen.

Weiter hinten im Zug blickte auch James St. John Stanier zum Mond auf. Nonchalant lehnte er am Fenster, vor dem Zubettgehen eine letzte Zigarre rauchend.

Springtide, dachte er, sich die Details des Hafens vergegenwärtigend, dem er den Stempel seiner Persönlichkeit aufzudrücken gedachte. Die Intervalle der Mondphasen, Spring- und Nipptide, die Niedrigwasserzeiten, die dem Hafen vorgelagerten Gefahrenstellen ... Er rekapitulierte sein ganzes nautisches Wissen über Porth Ardur. Dazu die Navigationshilfen – aber über deren Art und Zahl war er sich nicht ganz sicher. Auf jeden Fall blieb bestimmt Raum für Verbesserungen. Etwa an jenem Pier, welchen die Karte als »Leuchtturmpier« bezeichnete. Seltsamer Name. Denn es gab auf diesem Pier gar keinen Leuchtturm, nur zwei stationäre rote Festfeuer wie auf jeder Mole. Er warf den Rest seiner Zigarre aus dem Fenster und zog sich in sein Abteil zurück. Vorfreude auf den nächsten Tag erfüllte ihn: Das alles war eine so grandiose Herausforderung ...

Derselbe Mond, der über der Hauptstadt aufging, schien auch auf Porth Ardur. Später in der Nacht zog er den Schatten des Mynydd Uchaf von der schlafenden Stadt und badete sie in seinem Licht. Dadurch erwachte Justine Morgan aus ihrem Lieblingstraum. Still daliegend, versuchte sie, die verwehenden Schleier ihres Glücks festzuhalten. Sie hatte von ihrem verstorbenen Mann geträumt, von Brian Morgan. Er war ein Bild von einem Kerl gewesen, stark und vital wie ein Bulle, ein unermüdlicher Liebhaber, kräftig, aber nicht grob und mit einem nie versiegenden Quell der Zärtlichkeit tief in seinem Inneren. Als er überraschend bei einem Minenunglück ums Leben kam, hinterließ er seiner liebenden Ehefrau den Eindruck begnadeter Unsterblichkeit. Irgendwie empfand sie den physischen Verlust seines Körpers nur als eine Art Metamorphose. Brian Morgan manifestierte sich für sie in der unvergeßlichen Sanftheit seines Wesens, und dieses war seiner Frau zum ewigen Liebesdienst anvertraut.

Justine lächelte in die Dunkelheit. Über dieses Gefühl konnte sie mit niemandem sprechen. Deshalb war sie Witwe geblieben und nach Porth Ardur gezogen, zwanzig Meilen von ihrem Bergwerksdorf entfernt. Hier verdiente sie recht angenehm ihren Lebensunterhalt, erst als Assistentin, dann als Nachfolgerin der Inhaberin einer kleinen Modeboutique, die den Damen der Stadt Kleider und Wäsche verkaufte. Die ganze Zeit blieb Justine ihrem Ehemann in Liebe verbunden und pflegte sein Andenken, dem die Jahre nichts anhaben konnten. Dies war auch der Grund, weshalb sie so sorgfältig auf sich achtete, nicht nur mit dem Selbstvertrauen der Jugend, sondern auch mit der Gewißheit reifer Erfahrung. Stets bemühte sie sich um das, was sie in den Augen anderer Frauen so verwerflich werden ließ: um unvergängliche Attraktivität. Sich begehrenswert zu erhalten war ihre ganze Freude. Und mit ihrer allnächtlichen Selbstbefriedigung bewahrte sich Justine Morgan nicht nur die Sinnlichkeit ihres Körpers, sondern auch die kostbare, lustvolle Erinnerung an einen kraftvollen und zärtlichen Liebhaber.

Der Mond badete sie gerade in seinem Schein, als Justine sich wollüstig auf den Rücken rollte. Ihre schwarze Mähne, von einem roten Band zusammengehalten, breitete sich auf dem Kissen aus. Ihre großen, immer noch festen Brüste sprengten fast das Dekolleté eines Nachthemds, wie es die Kundinnen ihrer Boutique niemals im Schaufenster zu sehen bekamen, und ihre Hände strichen genießerisch über ihren flachen, in Vorfreude angespannten Bauch.

Langsam glitten ihre Finger tiefer, und wieder einmal spürte sie Brian Morgans drängendes Verlangen.

Calico-Jack nahm den Mond nur als Lichtquelle wahr. Die breite Bahn des Leuchtturmpiers bockte vor seinen Augen, der Alkohol in seinen Adern verzerrte die geordnete Symmetrie der Granitsteine zu einem grotesken Muster. Trotz der nächtlichen Kälte trug Calico-Jack über seiner ältlichen, ausgemergelten Gestalt nur die dünne Ausgehuniform seines Berufsstands. Die weiße Matrosenmütze, das Baumwollhemd und die ausgebleichten blauen Jeans eines Dampfschiffheizers schlotterten um seinen hageren, sehnigen Körper. Mit sturer Zielstrebigkeit wankte er auf die schmale Planke zu, die der *Caryatid* als Gangway diente. Instinktiv tastete er nach dem Handlauf und war in wenigen Sekunden an Bord, verschluckt von den schattigen Aufbauten des Schiffs. Unten trat er blinzelnd in den Petroleumschein der Mannschaftsmesse, wo Obermatrose John Evans saß und sich gerade mit der Seelenruhe langer Übung einen zweiten Becher Orangentee eingoß. Evans war einer von sechs Evanses an Bord, aber nur der zweite mit Vornamen John und wurde deshalb ebenfalls Jack genannt. Als erfolgreicher Fischer hieß er bei der Crew jedoch Makrelen-Jack, um ihn von CalicoJack zu unterscheiden, der seinen Spitznamen einer Vorliebe für makellose Baumwollkleidung verdankte.

Keiner der beiden Männer sagte ein Wort. Calico-Jack setzte sich und trank Tee. Nach einer Weile wurde er unruhig, erhob sich, stürzte zum praktischerweise offenen Bullauge und übergab sich in die Nacht hinaus.

Als er den Kopf zurückzog, war er bleicher, aber gefestigter in seinen Bewegungen. Er wischte sich den Mund ab und entzündete mit nur leicht zitternder Hand die selbstgerollte Zigarette, die Makrelen-Jack ihm anbot. Danach hangelte er sich aus der Kantine und verschwand. Sekunden später hörte sein Kumpel das Krachen der Kesselraumtür und das Kratzen der Kohlenschaufel, als Calico-Jack das mit Asche belegte Feuer unter den schottischen Kesseln der *Caryatid* wieder entfachte.

Als die Sonne aufging, hatte Calico-Jack den Alkohol restlos ausgeschwitzt und war stocknüchtern. Ein leichter dunkler Nebel quoll aus dem hohen, senkrechten Schornstein der *Caryatid*, und ein dünner weißer Strahl zeigte an, daß das Ventil der Dampfpfeife immer noch leckte. Aber das tat es schon seit Menschengedenken, und niemand störte sich mehr daran.

Alltagsroutine

Nicht jeder in der Stadt erkannte sogleich, daß dieser spezielle Montagmorgen von geschichtlicher Bedeutung für Porth Ardur werden sollte. Natürlich wurden immer wieder einmal Neuerungen eingeführt, doch das schien sich bisher nicht auf das geordnete Leben des Hafens ausgewirkt zu haben.

Charles Farthing erlebte als erster einen solchen Neubeginn. In einer frostigen Morgendämmerung war er aus dem Nachtexpreß gestolpert, über den Bahnsteig getrottet und in den vierrädrigen Waggon der Nebenlinie geklettert. Mit der Hilfe eines Gepäckträgers hatte sich James St. John Staniers Ankunft wesentlich bequemer gestaltet. Er hatte den Bahnsteig überquert und mit offenkundiger Abscheu in dem Abteil Platz genommen, das in diesem Bähnchen die erste Klasse darstellte. Dann wurde eine kleine Lok angekoppelt, und um fünf vor sieben ruckkelte der Zug aus der Station.

Die Nebenlinie überquerte die seewärtigen Mündungen mehrerer scharf abgegrenzter Täler. Die Fördertürme von Kohleschächten überragten die vielen kleinen Häuser, die in parallelen Reihen an den Talhängen klebten. Der Frühlingsmorgen war so still und kalt, daß der Rauch aus Tausenden von Schornsteinen wie eine Wolke über den Städtchen hing, durch die der Zug fuhr. Er hielt an jedem Bahnhof. Zeitungspacken und Postsäcke flogen auf den Bahnsteig, bevor die kleine Dampflok kurz aufheulte und prustend ihre quietschende, rollende Last wieder in Bewegung setzte. Fasziniert sah Charlie die kleinen Orte vorbeigleiten, alle durch hohe Bergrücken klar voneinander abgegrenzt, die der Zug in verrauchten Tunnels und tiefen Einschnitten durchquerte. Auf Charlie wirkte das alles sehr fremdartig. Er kam sich vor wie im Ausland – ein Gefühl, das durch die unaussprechlichen Namen der einzelnen Stationen noch verstärkt wurde.

Nach einer Stunde etwa schlängelte sich die Nebenlinie in ein Tal hinein und lief an dessen Flanke weiter. Nach einer guten Meile kam eine Kehre, in der sich die atemberaubende Aussicht auf blaues, mit weißen Brandungskämmen gesprenkeltes Wasser öffnete, über das weiter draußen die dunklen Schatten der Kumuluswolken huschten.

Eine Viertelstunde lang faszinierte dieser Ausblick Charlie. In der Ferne konnte er die verschwommene Linie einer Gegenküste erkennen und davor verstreut einige Inseln. Auf einer davon leuchtete die weiße Säule eines Leuchtturms im Sonnenschein, als sei sie mit polierten Metallplatten verkleidet.

»Wie schön ...«, murmelte Charlie vor sich hin, und dann fiel ihm wieder seine Träumerei vom letzten Abend ein.

In seiner Magengrube ballte sich die Aufregung wie ein kleiner harter Kloß. Sollte er hier nach langem Globetrotten wirklich sein verzaubertes Land gefunden haben? Oder würde es doch nur wieder eine zynische Enttäuschung werden? Aber wenn ein Mann keine romantischen Träume hegen durfte, warum, zum Teufel, besaß er dann die Fähigkeit dazu? Stirnrunzelnd strich er sich durch das zerzauste Haar und hatte einen gereizten, überraschend wilden Ausdruck im Gesicht.

Plötzlicher Schatten im Abteil riß ihn aus seinen Gedanken: Der Zug war in einen tiefen Einschnitt getaucht. Zu beiden Seiten erhoben sich steile, wäßrig glänzende Granitwände, verwittert durch Frost und

Sturm, in deren Spalten das frische Grün von Farn leuchtete: Hirschzunge und Venushaar. Plötzlich war Charlie überzeugt, daß er tatsächlich an der Schwelle zu einer Märchenwelt stand, vielleicht der letzten auf Erden. Als der Zug aus dem Einschnitt ins Freie fuhr, erhob sich auf einem zerklüfteten Felsen hinter ihm als schwarzer Umriß vor dem Morgenhimmel die öde, dramatische Silhouette einer Burgruine.

Nur Minuten später rollte der Zug in den Bahnhof von Porth Ardur.

»Kapitän« Stanier entstieg dem Zug, ohne sich der Verheißungen des Morgens bewußt zu werden. Sein Gespür registrierte lediglich Drei-Achtel-Bewölkung aus Schönwetterkumuli, einen Südwestwind der Stärke vier und einen Wolkenschleier über dem Berg in seinem Rücken, der wahrscheinlich Regen ankündigte. Er nahm ein Taxi zum besten Hotel der Stadt.

Kapitän Septimus Macready, jetzt in voller Uniform, schritt bergab dem Hafen zu und machte die gleichen Beobachtungen wie Stanier. Zusätzlich registrierte er jedoch auch den Stand der Tide. Im Hafen beugte er sich vor, um einen Blick auf die untere Bootstreppe zu werfen. Der Schwell hob und senkte sich, dabei zwei ganze Stufen überspülend und dann wieder freigebend. Das sah nicht allzu gut aus. Er grüßte nach links und rechts Fischer oder Besatzungsmitglieder und begab sich zu seinem Schiff. Es war ein Ritual, das sich seit zehn Jahren an jedem Montagmorgen wiederholte.

Septimus Macready ging an Bord der *Caryatid* und registrierte dabei die Einzelheiten: die Sauberkeit der Decks, die Spannung in der Trosse des Handlaufs, das aufgeriggte Sicherheitsnetz unter der Gangway. Charles Farthing dagegen, der wenige Minuten später eintraf, nahm das Schiff als Ganzes wahr. Der Vorsteven war so gerade, daß er nach achtern einfallen mußte, wenn das Schiff hecklastig getrimmt wurde. Die kleine hohe Back vorn überragte ein niedriges Vordeck, beherrscht vom Mast und von zwei Drehkränen; der niedrigere stand vorn über einer kleinen Luke und der höhere weiter achtern, über einem offenen Deck. Er schien aus einer Art Hartholz zu bestehen, eine massive Spiere mit gut 60 Zentimeter Durchmesser. An der achteren Kante des Backdecks ragte die Brücke auf, hinter der Charlie gerade noch eine Reihe Boote und große Lüfter mit trompetenförmigen Öffnungen erkennen konnte. Die hohe Brücke bestand aus lackiertem Teak, hatte querschiffs ein großes Ruderhaus und zwei enge, offene Brückennocks. Am vorderen Schott schimmerte eine kleine Messingglocke.

Er wandte sich wieder dem Vorschiff zu, wo deren Gegenstück, voluminös, imposant und ebenso glänzend poliert, die gerade noch lesbare Gravur *Caryatid, 1910* trug. Also war die alte Dame schon 25 Jahre alt. Das hätte er sich eigentlich bereits beim Anblick des unglaublich hohen Schornsteins denken können, der genauso senkrecht aufragte wie der Vorsteven: eine beige Säule, die einen schwärzlichen Hitzeschleier ausstieß und aus dem Ventil ihrer Dampfpfeife eine kleine weiße Fahne. Charlie gefiel das Schiff. Gewiß, es war alt, wirkte aber gerade romantisch genug, um an diesem besonderen Morgen zu seiner Stimmung zu passen. Er schulterte sein Gepäck etwa zum 20. Mal seit dem Bahnhof und ging an Bord.

Stanier traf zwei Stunden später ein. Als Mann von Welt hatte er in seinem Hotel eingecheckt, sich umgezogen und war nach einem ausgiebigen Frühstück zum Hafen aufgebrochen. Die letzte Stunde vor Hochwasser schien ihm die richtige Zeit für den Auftritt des neuen Hafenmeisters zu sein. Ein wenig schuldbewußt, weil er sie überhaupt hatte konsultieren müssen, klopfte er gegen die ausgehängten Gezeitentafeln. Na ja, in einem oder in zwei Tagen hatte er das bestimmt nicht mehr nötig.

Den ersten Dämpfer erhielt sein ausgeprägtes Selbstbewußtsein beim Anblick des Hafenamts. Die schön behauenen Granitmauern, aus denen Porth Ardurs Molen und Hafenbecken bestanden, reckten sich wie zwei ausgebreitete Arme der See entgegen. Die Außenmole war etwas länger, um die Becken vor dem Schwell der Bucht zu schützen. Zusammenstoßend endeten die beiden Arme in den zwei versenkten Caissons, die das Tor der Gezeitenschleuse bildeten. Daneben stand auf der Mole ein häßliches, gedrungenes Ziegelgebäude. Als Stanier im Taxi über die Pier rollte, war der neue Hafenmeister so versessen darauf, endlich seinen neuen Amtssitz in Augenschein zu nehmen, daß er die beiden Küstenfrachter im Hafen, das halbe Dutzend Fischkutter und die *Caryatid* überhaupt nicht beachtete.

Er wurde von Thomas Jones empfangen, dem offiziellen Steuermann des Hafenkapitäns, der aber in der Praxis das Amt des Schleusenmeisters, Festmachers und Frischwasseragenten für die im Hafen liegenden Schiffe ausübte. Staniers Blick blieb an einem abblätternden Schild an der schlecht gestrichenen Ziegelmauer hängen, das die Aufschrift trug: HAFENMEISTER – KAPITÄN T. EDWARDS, TEL 29.

»Lohnte sich nicht mehr zu streichen, wegen Ihrer Ankunft, Käpt'n«, erläuterte Jones.

Der zuvorkommende Gebrauch des Titels besänftigte Stanier. Mit einem kurzen Nicken trat er ein.

Drinnen erläuterte Jones, daß das Gebäude während des Großen Krieges für die Prüfungskommission der Marine errichtet worden war. Hatte der Kapitän gedient? Ach nein, wie dumm von ihm, dafür war er ja viel zu jung.

Mit erzwungener Geduld hörte Stanier zu, während ihn Jones mit den verschiedenen Aktenregalen und Kisten vertraut machte, aus denen die Büroeinrichtung bestand. Schließlich verstummte der redselige Steuermann, und Stanier öffnete zum erstenmal den Mund.

Seine Uhr aus der Westentasche ziehend, sagte er: »Danke, Mr. Jones. Wie ich sehe, haben wir in zehn Minuten Hochwasser. Lassen Sie mich jetzt freundlicherweise wissen, welche Schiffsbewegungen angesagt sind?«

Jones winkte mit legerer Geste zur Hafeneinfahrt. »Fred und Stan haben das Tor vorhin geöffnet. Die Fischer sind schon draußen, und die *Carry* geht jetzt gerade durch ...«

Stanier warf seinen ersten Blick aufs Wasser. Jenseits des Molenkopfs erkannte er ein Gewirr bunter Masten, wo die Fischkutter aus der Schleuse getuckert waren. Zwei oder drei zogen schon ihre Segel hoch, wonach die Kurse der einzelnen Boote deutlich auseinanderliefen, weil jeder Skipper seinen eigenen bevorzugten Fanggrund ansteuerte.

Als nächstes bemerkte Stanier den mächtigen Umriß der *Caryatid*. Jetzt, bei Hochwasser, schwamm sie turmhoch über der Granitpier und wirkte, obwohl nur ein kleines Schiff, in dem winzigen Hafen von Porth Ardur doch ausgesprochen dominierend.

Um die Ankerklüsen und bis zur halben Länge des Vordecks, auf dem vier oder fünf grellbunt gestrichene Tonnen lagen, entstellte Rost die schwarze Bordwand.

Einige Matrosen waren eifrig dabei, die Seezeichen festzulaschen. Trotz all seiner Erfahrung hatte Stanier noch nie ein solches Fahrzeug gesehen.

»Was, sagten Sie, ist das für ein Schiff?«

»Die *Carry*, Käpt'n. Voller Name *Caryatid.* Sie hat 900 Tonnen und liegt am Wochenende immer am Leuchtturmpier.«

Stanier rechnete schnell. 900 Tonnen, das machte eine ordentliche Summe an Liegegebühren, und der Tonnenleger war offenbar ein regelmäßiger Gast im Hafen.

»Was bezahlt sie hier an Gebühren, Mr. Jones?«

»Wieso? Gar keine, Käpt'n. Als Leuchtturmtender is sie doch befreit.« Jones mußte bei der Vorstellung, wie Kapitän Macready Liegegebühren abdrückte, innerlich grinsen. Schon die Idee war ein Witz.

Stanier ärgerte sich, daß er seine Unwissenheit verraten hatte. »Ach richtig, das hab' ich vergessen. Absatz 357 der Handelsschifffahrtsordnung. Ihr Heimathafen ist also Porth Ardur ...«

»Port' Ardur, Käpt'n ...«

»Wie bitte?«

»Es heißt ›Port‹, das ›th‹ wird nicht ausgesprochen. Man zieht die beiden Namen einfach zusammen.«

Stanier errötete. »Verstehe.«

Jones ignorierte die Verlegenheit des Hafenmeisters. »Aye, sie kommt fast jede Woche hier rein, nur manchmal bleibt sie übers Wochenende draußen. Dann rennen Ihnen all die Ehefrauen und Freundinnen hier die Bude ein und wollen den Grund wissen. Machen unsereins total verrückt. Im Notfall läuft sie auch am Wochenende aus, aber das kommt selten vor. Kapitän Macready versucht's zu vermeiden, weil dann der Großteil der Crew entweder gar nicht erst auftaucht oder zu besoffen ist.«

»Aha. Das ist wohl Kapitän Macready da oben auf der Brücke, oder?«

»Stimmt, das isser, Käpt'n.« Jones schmunzelte. »Sie nennen ihn hier den ›Ebbe-Macready‹, weil's ihn immer nach draußen zieht.« Insgeheim registrierte er, daß Stanier den Witz nicht begriff. Seltsam, dachte er, daß ein Mann von höherer Bildung keinen Sinn für Humor haben sollte.

Doch Stanier blickte aufmerksam zu der stattlichen Figur Macreadys empor, dessen vier Goldlitzen in der Sonne aufblitzten, als er mit einer selbstsicheren, fast arroganten Bewegung den Maschinentelegraph bediente.

»Mein Gott, der sieht ja aus wie der Käpt'n der *Mauretania* persönlich!«

Wieder schmunzelte Jones. »Ja, die führen ihre Tonnenleger ganz schön schneidig. Warten Sie's nur ab, bis die Kommissare kommen, Käpt'n. O ja, sie is 'n smartes kleines Schiff, ohne Frage.«

»Wartet sie auch unsere Seezeichen?«

Jones nickte. »Wir haben zwei Tonnen in der Bucht, die sie jedes Jahr überholt. Dafür müssen wir Leuchtfeuergebühr bezahlen, drei Pfund, glaube ich.«

Stanier schien überrascht. »Gebühr bezahlen? Aber die *Caryatid* ist doch bestimmt unserer Aufsicht unterstellt?«

Jones verkniff sich das Lachen. »Nicht doch, Käpt'n. Der alte Macready ist keinem unterstellt, nur den Kommissaren – und weil die nur einmal im Jahr kommen ...« Er zuckte die Achseln, jede weitere Erklärung schien ihm überflüssig.

Kapitän Macready wurde Stanier langsam unsympathisch. In dieser schäbigen Ziegelhütte kam der neue

Hafenmeister sich allmählich so vor, als hätte man ihm die wahre Herrschaft über seinen Hafen aus der Hand gewunden. »Wie war das eigentlich mit meinem Vorgänger? Wie kam er aus mit – äh – Kapitän Macready?«

»Oh, sehr gut, Sir. Sie waren eng befreundet. Nur keine Sorge, Kapitän Stanier. Behandeln Sie die alte *Carry* einfach wie 'n Inventar des Hafens.«

Noch bevor die *Caryatid* die Bucht hinter sich gelassen hatte, übernahm Bernard Foster die Brücke von Kapitän Macready. Dieser ging unter Deck und ließ seinen neuen Zweiten Offizier rufen. Charlie gefiel sowohl der Kapitän mit seinem patriarchalischen Gehabe als auch dessen holzgetäfelte Kajüte, deren messinggerahmte Bullaugen von hellen Chintzvorhängen eingerahmt wurden. Die Messingfassung eines Doppelinstruments aus Chronometer und Barometer saß am Schott über dem zierlichen Schreibtisch. Daneben ahnte Charlie eher, als er ihn sah, den winzigen Schlafraum des Kapitäns.

»Tja, Mr. – äh – Farthing, Sie haben also beschlossen, in den Leuchtfeuerdienst zu treten?

Charlie nickte. »Jawohl, Sir.«

Scharf musterte Macready den jungen Mann. Er war dünn, doch die Handgelenke wirkten recht sehnig. Gelassen erwiderten die grauen Augen seinen Blick, während die ganze Gestalt im Schwell der langen Atlantikdünung leicht schwankte, die jetzt von der offenen See hereinrollte. Macready fragte den neuen Offizier nach seiner bisherigen Erfahrung.

»Steuermannspatent, Sir. Die meiste Zeit auf Handelsschiffen und eine Weile auf Küstenfrachtern, zwei Überfahrten auf Besankuttern eingeschlossen.«

»Kommen Sie klar mit kleinen Schiffen?«

»Jawohl, Sir.«

»Gut. Wenn Sie jetzt also auf die Brücke gehen, wird Mr. Foster Sie in den Routinedienst einweisen und Ihnen auch die allgemeineren Aspekte unserer Arbeit erklären. Glauben Sie nicht, Sie könnten alles am ersten Tag lernen, es gibt keinen besseren Lehrmeister als die Erfahrung ... Na denn, alles Gute, Mr. – äh – Farthing ...«

Oben auf der Brücke stellte Charlie fest, daß sie inzwischen endgültig von der Bucht freigekommen waren. Die Landspitze, welche die Zufahrt nach Porth Ardur schützte, blieb achteraus zurück, ein riesiger, zerklüfteter Felsvorsprung, der wie eine mächtige Faust in die See hineinragte.

Der frische Südwest warf eine Hacksee auf, die dem Ebbstrom entgegenstand, der die *Caryatid* nach Westen trug. An Backbord voraus konnte Charlie gerade noch, durch die große Entfernung bläulich getönt, den Umriß einer buckligen Insel erkennen. Foster nahm den Neuling mit in den Kartenraum. Dort holte er eine Übersichtskarte heraus und beschrieb ihm das Revier.

»Dies ist unser Haupteinsatzgebiet.« Foster tippte mit einem Messingzirkel auf die Karte. »Die ganze Seestraße ist rund 80 Meilen lang, und der Haupthandelshafen liegt hier an ihrer östlichen Enge.« Er tippte auf eine Stelle, in der Charlie seinen frühmorgendlichen Umsteigebahnhof erkannte. »Das Südufer der Straße besteht größtenteils aus Steilküste, aber mit vielen vorgelagerten Gefahrenstellen.« Foster deutete auf Seezeichen, die Felsen und Bänke markierten. »Die Nordküste ist abwechslungsreicher, mit Kohlehäfen hier und hier.« Charlie erinnerte sich an die Fördertürme. »Weiter westwärts liegt flaches, fruchtbares Land mit einer sanft zur See abfallenden Küste, die in breiten Sandbänken und Barren ausläuft.

Wir markieren sie, aber nur die einheimischen Fischer verkehren dort. Danach wird das Terrain wieder bergiger, mit unserer Basis Porth Ardur hier und kleinen Fischereihäfen weiter westlich, wo die Küste nach Norden zurückweicht. Vor diesen Landspitzen liegt eine ganze Inselgruppe, auf der wir zwei Leuchttürme unterhalten. Das Hauptfahrwasser in der Straße ist ziemlich tief. Die schlimmste Gefahrenstelle ist die Hellweather-Bank, bezeichnet mit Tonnen und einem Feuerschiff. Dann liegt weiter im Westen noch die Insel Ynyscraven – dort draußen an Backbord voraus, das ist sie, wir halten jetzt darauf zu. Ynyscraven hat einen Leuchtturm, und etwas weiter westlich, auf einer Felsnadel in der See, steht das Buccabu-Feuer, ebenfalls ein Turm.«

»Unsere Aufgabe ist es, all diese Seezeichen, das Feuerschiff und die Leuchttürme zu warten und zu versorgen?«

»So ungefähr. Wir bedienen insgesamt vier primäre Leuchttürme, dazu das Hellweather-Feuerschiff, eine Reihe kleinerer Feuer – meist unbemannte Leuchttonnen –, vier Tageslandmarken aus Granit, die wir einmal jährlich streichen, und 80 sonstige Tonnen, manche befeuert, manche nicht.«

Charlie nickte. Foster ging dazu über, ihm seine Aufgaben an Bord aufzuzählen, und erläuterte die Technik, mit der die Tonnen gelegt wurden. »Heute komme ich noch mit Ihnen nach Ynyscraven und zeige Ihnen die Prozedur. Danach sind Sie auf sich allein gestellt. Aber die Mannschaft wird Sie bereitwillig unterstützen. Alles klar?«

»Ich denke schon, Sir.«

Foster zündete sich eine Pfeife an. »Du lieber Himmel, nennen Sie mich einfach Bernard. Heben Sie sich den Sir für den Alten auf.«

»Wie ist er denn so?« fragte Charlie und fügte schnell hinzu: »Zu mir war er sehr freundlich.«

Nachdenklich paffte Foster an seiner Pfeife. Schließlich sagte er: »Sie werden weit und breit keinen besseren Seemann finden. Aber betonen Sie nicht zu sehr Ihre Erfahrungen im Ausland. Was haben Sie für ein Patent?«

»Steuermann«, antwortete Charlie, und Foster nickte. »Gut. Ich habe das Kapitänspatent für kleine Fahrt, mag aber ein ruhiges Leben. Deshalb rede ich nicht viel darüber oder wie ich's erworben habe. Ihnen würde ich das auch raten.«

»Sorry, Mr. – äh – Bernard, aber ich verstehe nicht ganz.«

Wieder zog Foster an seiner Pfeife, winkte Charlie, ihm zu folgen, und trat auf die offene Brücke hinaus, außer Hörweite des Rudergängers.

»Kapitän Macready ist schon als Junge unserem Dienst beigetreten. Er hat keine Ausbildung für ein Patent des Handelsministeriums absolviert, denn in den alten Tagen hat der Leuchtfeuerdienst seine Offiziere selbst geprüft. Die Kapitäne bildeten mit einem Kommissar eine Prüfungskommission, vor die unsereins treten mußte. Es waren auf den Leuchtfeuerdienst spezialisierte Examen, alle ziemlich streng. Aber heute erkennen die Bürokraten diese pragmatische Regelung nicht mehr an. Jetzt brauchen wir alle solche Patente, wie Sie und ich eins haben. Es sind aber immer noch ein paar Oldtimer wie Macready übrig, und einige davon lehnen uns als Eindringlinge ab. Deshalb sollten Sie etwas diplomatisch vorgehen. Verstehen Sie jetzt?«

»Ja. Ja, natürlich ...« Doch in Charlies Ton schwangen immer noch Zweifel mit.

»Wohlgemerkt«, Foster stach mit dem Pfeifenstiel nach ihm, »in Seemannschaft macht niemand unserem

Septimus was vor. Ich habe ihn mit diesem Schiff wahre Wunder vollbringen sehen, und die Männer lieben ihn. Warten Sie nur bis heute abend, dann werden Sie's erleben. Daß er diesen Fetzen Papier nicht vorweisen kann, heißt noch lange nicht, daß er kein guter Seemann wäre. Oder daß er dieses Schiff nicht als Kapitän absolut meistern könnte. Ein oder zwei Schlaumeier haben sich mal einen solchen Irrtum geleistet ...« Bei der Erinnerung grinste Foster in sich hinein und wandte sich zum Ruderhaus, einen nachdenklichen Charlie auf der Nock zurücklassend.

Wie außergewöhnlich entwickelte sich doch dieser Tag! Nie hätte Charlie damit gerechnet, einmal auf der Brücke eines Schiffes zu stehen, dessen Kapitän keinen Befähigungsnachweis besaß. Jedenfalls keinen offiziellen, korrigierte er sich schnell, eingedenk der Warnungen des Ersten.

Eine Gischtfahne klatschte über den Bug und ergoß sich aufs Vordeck. Sofort waren die Stage und Spieren mit winzigen Tropfen übersät, die im Sonnenschein funkelten.

Vielleicht, dachte Charlie, vielleicht bin ich tatsächlich in einem Märchen gelandet.

Stanier verbrachte den Rest des Tages mit Rundgängen in Begleitung von Mr. Jones, wobei sein Enthusiasmus immer mehr dahinschwand. Jones zeigte ihm den Liegeplatz der *Caryatid*, der stets freigehalten werden mußte. Schon das empfand Stanier als Beeinträchtigung seiner Autorität als Hafenmeister. Noch wütender machte ihn ein Vergleich seines eigenen kleinen Ziegelkabuffs mit dem weitläufigen Gelände des Leuchtfeuerdienstes. Das lag am Binnenende der Pier, eingefaßt von einer Steinmauer, über deren Krone die Spitzen mehrerer Dutzend Seezeichen ragten: rot, grün, schwarz oder gestreift und von unterschiedlicher Form. Innerhalb der Mauer standen außerdem ein Lager- und ein Bürogebäude, in dem zwei ältliche Verwaltungsangestellte und mehrere Frauen oder Mädchen arbeiteten. An einem hohen Fahnenmast vor der Tür knatterte die Flagge des Leuchtfeuerdienstes schneidig im Wind.

»Was für ein Aufwand«, murmelte Stanier in sich hinein, aber Jones hörte doch den Neid heraus und mußte inwendig wieder schmunzeln. Sie beendeten ihren Rundgang um das innere Hafenbecken und schlenderten auf die Mole hinaus. Am Kopf stand ein zweiter Flaggenmast mit einer Signalrah.

»Hier setzen wir die Bälle oder Lichter, um anzuzeigen, ob der Hafen offen oder geschlossen ist, Käpt'n. Zwei Laternen nebeneinander bedeuten ›offen für auslaufende Fahrzeuge‹, vier im Karree ›offen für einlaufende‹. Fred und Stan setzen die Signale, je nach dem Stand des Schleusentors. Ich sag' ihnen gewöhnlich Bescheid, wenn genug Wasser über der Schwelle steht, es sei denn, Sie möchten das künftig selber machen?«

Stanier blickte zur Signalrah auf, die im Wind leicht schwankte. Falls er verneinte, blieb ihm in Zukunft kaum etwas zu tun, außer in seiner Ziegelhütte Formulare auszufüllen.

»Ja!« stieß er gereizt hervor. »Ja, natürlich fällt das unter meine Verantwortung. Ohne meine ausdrückliche Anweisung unternehmen Sie nichts, lassen weder die Signale setzen noch die Schleusentore bedienen. Haben Sie mich verstanden, Mr. Jones?«

»Ist klar, Käpt'n«, antwortete Jones begütigend und formulierte im Geist bereits die Worte, mit denen er später im *Feathers* den neuen Hafenmeister beschreiben würde.

Stanier wollte schon weitergehen, hielt dann jedoch inne und wandte sich Jones abrupt wieder zu. »Und außerdem werden wir die Hafenzufahrten inspizieren, gleich morgen früh.«

Bis zum Abend stellten jedoch zwei Ereignisse Staniers verletzten Stolz teilweise wieder her. Das erste war die Besichtigung seiner Dampfbarkasse, eines prächtigen, etwa 14 Meter langen Holzbaus aus Teak. Das Boot funkelte förmlich vor poliertem Messing, hatte eine Menge Miniaturlüfter und viele Grätings aus weißgeschrubbtem Teakholz. Jede Klampe, jede Klüse war auf Hochglanz poliert, und der Lack schimmerte ebenso makellos.

Doch einen noch stärkeren Kick bekam seine Moral, als sie am Innenhafen entlangschritten. Hier drängten sich einige wenige Ruderboote und Yachten sowie eine große Anzahl offener Fischerboote. Es war ein Gezeitenhafen, der bei Niedrigwasser völlig leerlief und am Ende ein kleines Trockendock aufwies. Darin saß aufgepallt ein kleiner Küstenfrachter, die stark ausfallende Bordwand mit Stempeln aus altem Grubenholz sicher abgestützt.

»Das bringt ein bißchen zusätzliches Geld in den Hafen, Käpt'n«, erklärte Mr. Jones. »Und ist auch für Sie kein Schaden, sozusagen.« Jones zwinkerte dem Hafenmeister zu.

»Wie das?«

»Na ja, Käpt'n, als Hafenmeister sind Sie natürlich auch Lotse, fürs Becken genauso wie fürs Dock. Dabei fällt zwangsläufig auch was für Sie persönlich ab, ganz zu schweigen von 'ner Flasche ab und zu.«

Sie kehrten in das abscheuliche Ziegelkabuff zurück und nahmen sich den Papierkram vor, alte staubige Rechnungen und Formulare, aus denen Stanier schloß, daß Edwardes das Büro genauso nachlässig geführt hatte wie seinen Hafen. Schließlich schlug Jones einen Drink vor, und kurz nach sechs betraten die beiden Männer das *Feathers.* Stanier wollte eigentlich nur einen höflichen Schluck mit seinem Untergebenen trinken und dann in sein Hotel zurückkehren. Aber eine halbe Stunde nach ihrer Ankunft betrat eine besondere Person das Lokal. Tegwyn Morgan, die achtzehnjährige Tochter von Justine, glitt hinter den Tresen, und als sie ihren Mantel auszog, war es um Staniers gute Vorsätze geschehen.

Die folgende Stunde brachte er mit dem Studium ihres Körpers zu. Als sie sich zu den Kunden an der Bar vorbeugte, wurde ihm allmählich klar, daß er den Kampf gegen seine Lust ebenso zu verlieren begann wie den Kampf gegen den Alkohol. In einem Anfall von Selbsterkenntnis entschuldigte er sich, dankte Mr. Jones und schwankte mit der ganzen Würde seiner 26 Jahre zur Tür hinaus.

Tegwyn richtete sich auf und strich das Kleid über ihren Hüften glatt. »Wer ist denn dein neuer Freund, Tom?« fragte sie lächelnd.

»Das, meine Liebe, is der neue Hafenmeister. Der beschissene Kapitän Stanier.«

»Noch ziemlich jung, wie? Und ’n mächtig gutaussehender Mann.«

Avalon

Wenn Charlie Farthing in den Abendstunden des Sonntags müßig von der Möglichkeit geträumt hatte, irgendwo westlich des Provinzbahnhofs ein Märchenland zu entdecken, so war er sich in den frühen Morgenstunden des Dienstags dessen so gut wie sicher. Doch blieb sein Entzücken über die Lage, in der er sich befand, nicht ganz ungetrübt, denn inzwischen tobten in seiner Brust stärkere und widersprüchlichere Gefühle als die simple Erkenntnis, daß er, instinktsicher wie ein Tier, seinen perfekten Schlupfwinkel gefunden hatte.

Gegen vier Uhr nachmittags warf die *Caryatid* vor der Nordostspitze von Ynyscraven auf 15 Faden Wasser ihren Anker. Der Wind flaute ab, doch die See ging nach wie vor hoch. Die Ebbe war vorbei, aber das erst langsam auflaufende Wasser ließ immer noch die grauen Felsen und glänzenden Uferstreifen sehen, wo Algenschleim und Tang die Hochwasserlinie markierten. Auf Ynyscravens Nordspitze stand der weiße Leuchtturm, den zu versorgen die *Caryatid* gekommen war. Charlie balancierte etwas unterhalb des höchsten Punkts der Insel auf einem Vorsprung, der mit zerklüfteten Felsbrocken steil zur See abfiel, so alt wie das Meer selbst und übersät mit kleinen Grasbüscheln und Tausenden von Seevögeln. Dreizehenmöwen, Sturmschwalben, Tordalken und Lummen waren in der Überzahl, doch hier und da flatterten auch die kompakten kleinen Papageientaucher mit ihren bunten Schnäbeln und breiten Schwimmfüßen geschäftig um die Klippen. Die Luft war von Vogelgeschrei erfüllt, trotzdem drang die Stimme des Kapitäns an Charlies Ohr und riß ihn aus seinen Gedanken. Macready studierte den Fuß der Klippen im Fernglas, und Foster daneben tat es ihm nach.

»Etwa vier Fuß gestiegen«, murmelte der Erste hilfsbereit.

»Ja. Und wahrscheinlich hoch genug, bis Sie drin sind. Egal, sehen Sie mal zu, wie's geht.«

Der Erste wandte sich an Charlie. »Kommen Sie, ich zeige Ihnen, worauf's ankommt.«

Charlie folgte Foster die Brückenleiter hinunter an Deck. Mit irreführender Lässigkeit wurde eine Motorbarkasse zum Aussetzen klargemacht.

Wenige Minuten später hoppelte Charlie im tanzenden Boot übers Wasser. Mühelos nahmen sie die Grundseen und schaufelten die Gischt der Windseen mit dem Bug beiseite. Gezeitenwirbel komplizierten das Wellenmuster zusätzlich, weshalb sich das Boot wie ein altes Kriegskanu seinen Weg zwischen Skylla und Charybdis zu suchen schien. Dieser Eindruck verstärkte sich noch durch die schwarzen Felsen, die zu beiden Seiten aus dem Wasser ragten. In einen der größten war ein Drahtseil eingelassen.

»Der Lift fürs Anlanden von Vorräten«, erläuterte Foster. »Das Boot legt sich darunter und signalisiert zum Windenhaus hinauf ...«

Charlie blickte hoch, wo auf einer Felsnase eine kleine Zementhütte stand, neben sich einen Bock, über dessen Rolle das andere Ende des Drahtseils lief. Er nickte. Sie motorten in den kühlen Schatten, den das steile Kliff vor ihnen aufs Wasser warf. Die Stromkabbelungen und Strudel hoben und senkten das Boot, als glitte es über den Rücken eines riesigen Seemonsters, das sanft unter ihnen atmete. Der kleine Landeplatz kam in Sicht. In einem plötzlichen Ausbruch verwirrender Aktivität war der Heckanker geworfen worden, dessen Manilatrosse nun rauchend über einen Eichenpoller auslief. Rundum sah Charlie nur weißes Wasser und bekam plötzlich Herzklopfen. Er merkte, daß die Männer jetzt mit konzentrierter Energie arbeiteten, obwohl zwischen ihnen kaum ein Wort fiel. Eine Wurfleine schlängelte sich durch die Luft herab und wurde behende aufgefangen. Über sich erkannte Charlie zwei Leuchtturmwärter auf einem Felsband, von dem eine lange Treppe zum Rand des turmhohen Kliffs hinaufführte. Eine zweite Leine flog an Bord, dann rasselte Metall, weil die Festmacher in Kettenvorläufern endeten, damit sie sich an den Felsen nicht durchscheuerten. Und plötzlich war das Boot vertäut, schoß zwar stampfend vor und zurück, wurde aber von seinen einruckenden Festmachern so sicher gehalten wie ein widerspenstiges Pferd. Foster, Charlie und der Arbeitstrupp sprangen an Land und begannen keuchend, die lange, steile Treppe zu erklimmen.

Die nächsten beiden Stunden waren für Charlie eine einzige Faszination. Das Boot kehrte mehrmals zur *Caryatid* zurück und brachte jedesmal eine Ladung Fässer zum Fels mit dem Drahtseil, an dem sie nach oben gewinscht wurden. Sobald die Arbeit flott voranging, lud Foster Charlie zu einer Besichtigung des Leuchtturms ein. Sie durchquerten das makellos sauber gehaltene Wärterhaus und kletterten die Wendeltreppe zur Laterne empor. Foster zeigte Charlie die riesige Optik und demonstrierte ihm, wie leicht sie sich durch die überdimensionierte Maschinenanlage drehen ließ. Im Zentrum der Scheinwerferlinsen stand der Glühkörper, der mit seinen Verbrennungsgasen eine wichtige Lichtquelle von hoher Zuverlässigkeit erzeugte. Fast mit Erschrecken machte sich Charlie klar, wie sehr er, nicht anders als die meisten Seeleute, das hilfreiche Lichtsignal eines Leuchtturms bisher als selbstverständlich hingenommen hatte.

»Wie oft bringen wir Treibstoff und Wasser?« fragte er Foster, als sie wieder draußen im Tageslicht standen.

»Wasser brauchen sie hier nicht oft, weil das Wärterhaus ein flaches Dach hat, mit dem man Regenwasser auffangen kann. Treibstoff bringen wir ihnen einmal im Vierteljahr.«

»Noch etwas: Mir ist aufgefallen, daß die Laternenhöhe deutlich unter dem höchsten Punkt der Insel liegt. Das kommt mir seltsam vor …«

Foster nickte. »Der erste Leuchtturm wurde ganz oben auf dem Kliff errichtet, aber man mußte feststellen, daß die Laterne dann an zehn von zwölf Monaten in den Wolken war. Jetzt steht er gut unterhalb der normalen Wolkendecke und hat außer bei Nebel oder stärkstem Niederschlag eine Tragweite von 24 Seemeilen.« Sie machten sich an den langen Abstieg zum Boot, umflattert von kreischenden Seevögeln. »Sie nisten hier«, erläuterte Foster.

Grasbüschel, Farne und Heidekraut wichen Moos und Flechten, je tiefer sie kamen, und am Fuß des Kliffs mußten sie wieder warten. Gierig atmete Charlie die ozonreiche Luft ein. Er beobachtete, wie sich das Boot näherte und mit welcher Selbstverständlichkeit sich der Bootsführer auf die beiden Leuchtturmwärter verließ, wobei er trotzdem sorgsam auf die Heckankerleine achtete, die seine einzige Rettung war, falls das Boot vom Schwell angehoben und nach vorn geschoben wurde, denn voraus lag nichts als blanker Fels. Charlie bekam allmählich gewaltigen Respekt vor der »Erfahrung«, von der Macready und Foster gesprochen hatten.

Durch das aufgewühlte Wasser, das inzwischen viel höher stand, kehrten sie zum Schiff zurück. Auf mehreren einzelstehenden Felsnadeln saßen Kormorane, ihre ausgebreiteten Flügel trocknend. Sie sahen aus wie teutonische Wappenadler, die auf spitzen Helmen thronten. Charlie lächelte in sich hinein, ihm gefiel das Bild: die Helme riesiger Krieger, die vor Zeiten König Artus' Rache zu spüren bekommen hatten und von der Klippe ins Meer gestürzt waren.

Ihn erwartete noch eine Überraschung, als ihr Motorboot ums Heck der *Caryatid* bog. Aufblickend stellte er fest, daß der weit ausfallende Heckspiegel des alten Dampfers, ganz im Gegensatz zum sachlichen Bug, jedem alten Windjammer Ehre gemacht hätte. An seinem Doppelknick trug er wunderschönes Schnitzwerk, das rot, grün und blau gestrichen oder vergoldet war. Tang und Fische bildeten zu beiden Seiten eine Girlande, die in nackten Frauengestalten mit brennenden Fackeln auslief. Auf ihren Häuptern trugen sie ein Schild mit dem Namen *Caryatid* und dem Heimathafen des Schiffes. Foster bemerkte Charlies Staunen.

»Eigentlich ist's dichterische Freiheit«, räumte er ein. »Caryatiden stützen normalerweise Tempeldächer, aber...«, er zuckte mit den Schultern, »die Idee, daß hier Seezeichen unterstützt werden, paßt im Grunde recht gut.«

Charlie nickte. Im nächsten Augenblick waren sie längsseits und hielten sich mit dem Bootshaken fest. Sekunden später wurde die Barkasse unter dem Knarren der Dampfwinde und dem Knirschen von Manilafallen an Bord gehievt.

Rund drei Meilen südlich des Leuchtturms, vor der Südspitze von Ynyscraven, ging die *Caryatid* für die Nacht vor

Anker. Wie es seine Gewohnheit war, eröffnete Macready den Offizieren, daß die Freiwache nach dem Abendessen an Land gehen durfte. Charlie hatte keine Ahnung, ob er frei oder Dienst hatte, und erkundigte sich beim Ersten danach.

Bernard Foster paffte an seiner Pfeife und zwinkerte ihm zu. »Genaugenommen hätten Sie Dienst, weil die Backbordwache heute abend frei hat, aber ich glaube, von einem Landgang profitieren Sie mehr. Ich bin nicht versessen darauf und spiele lieber Karten mit dem Chief. Gehen Sie nur und studieren Sie das Lokalkolorit.«

Der Abend dämmerte schon, als das Motorboot von der Bordwand abstieß. Als letzter Mann war Calico-Jack an Bord gesprungen, nachdem er sich unter dem durstigen Gejohle seiner Kameraden an den Bootsfallen herabgelassen hatte. Ungeduldig blickte Charlie dem Boot nach. Der Erste hatte ihn angewiesen, auf Kapitän Macready zu warten. Als das Boot zurückkehrte, glitt Charlie hinein und wartete. Wenige Minuten später kam oben das imposante Hinterteil seines Kommandanten in Sicht. Halb über Bord hängend, wechselte Macready noch einige Worte mit Foster und stieg dann ins Boot hinab.

Sie ließen das Schiff hinter sich und hielten auf die gut 600 Meter entfernte Insel zu. Wohlgefällig musterte Macready seine *Caryatid*, dann wandte er sich abrupt um und starrte zum Land.

Wie ein vorsintflutlicher, riesiger Drache lag Ynyscraven vor ihnen. Auf der Nordspitze, in der man mit einiger Phantasie das Drachenhaupt sehen konnte, stand der Leuchtturm. Das Hochland, nicht viel mehr als ein von Heidekraut bewachsenes Moor, bildete den Rücken des Ungeheuers, der allmählich in ein etwas niedrigeres Plateau auslief.

Als hätte er Charlies Gedanken gelesen, brummte der Kapitän: »Ein schönes Plätzchen, Mr. Farthing.«

»Jawohl, Sir. Das dachte ich auch gerade.«

»Mit etwas Farmland an diesem Ende.« Macready deutete auf den südlichen Teil, wo die erleuchteten Fenster einiger Bauernhäuser zu erkennen waren. »Meist züchten sie hier Schafe, obwohl sie für ein Zubrot auch die wilden Ponies zähmen.«

»Wohnen hier viele Menschen, Sir?«

Der Kapitän schüttelte den Kopf. »Nein. Der Vogt des Besitzers, zwei oder drei Schäfer mit ihren Familien und ein paar Aussteiger. Im Sommer kommen Ornithologen zu Besuch, wahrscheinlich sind einige schon da, weil die Vögel brüten.«

Das Boot wurde langsamer und ging an einer niedrigen Steinpier längsseits. Der Kapitän und Charlie sprangen an Land. Hier, im Schatten eines steilen Hügels, war es stockdunkel.

»Da vorn finden Sie einen Pfad. Gehen Sie schon vor, ich will noch mit dem Bootsführer sprechen.«

In einem plötzlichen Bedürfnis nach Einsamkeit machte sich Charlie schnell an den Aufstieg. In kleinen Senken wuchsen hier und da Adlerfarn und Stechginster, aber der kahle Fels herrschte vor. Der Pfad führte am Hang eines kleinen Tals bergauf. Rechts unten hörte Charlie einen Bach rauschen, dort schien der Bewuchs dichter und üppiger zu sein. Die feuchte Luft roch angenehm nach Wildkräutern. Minutenlang stieg er weiter, ohne die Schritte des Kapitäns hinter sich zu hören, und übersah dabei eine Weggabelung oben am Kamm. In einer kleinen Mulde stand ein ziemlich großes Steinhaus. Er kletterte daran vorbei, immer weiter bergauf, bis er vor sich den freien Himmel sah und begriff, daß er den Inselrücken erreicht hatte. Kurz bevor er aus dem Unterholz auf eine magere Weide hinaus trat, sprang eine weibliche Gestalt vor ihm auf den Weg. Die Begegnung kam so abrupt, daß sie etwas von einem Überfall an sich hatte.

»Hallo«, sagte das Mädchen.

Da sie vor dem letzten Tageslicht am Westhimmel stand, konnte er ihr Gesicht nicht erkennen, aber ihre Altstimme klang warm und selbstsicher.

»Oh – hallo«, antwortete er zurückweichend.

»Hab' ich Sie erschreckt?« In ihrem Ton schwang Spott mit.

»Ein wenig«, räumte er ein.

»Nur weil Sie in die falsche Richtung gehen ... Das heißt, falls Sie zum Pub wollen.«

»Tatsächlich? Tut mir leid. Mir war nicht klar, daß ich zum Pub gehen sollte.«

»Aber Sie sind doch von der *Caryatid*?« fragte sie mißtrauisch.

Er bejahte.

»Na ja«, antwortete sie energisch, »die Leute von der *Caryatid* gehen sonst immer zum Pub.«

Das *sonst immer* kam so betont, daß Charlie sich wie ein Eindringling zu fühlen begann.

»Verzeihen Sie mir. Ich ging nur spazieren, immer dem Pfad nach. Ich wollte nirgendwo eindringen.«

Sie lachte auf, erfrischend unbeschwert. »Das tun Sie auch nicht«, versicherte sie ihm. »Es ist nur so ungewohnt, einen von der *Caryatid* nicht auf dem Pfad zum Pub zu treffen. Ich hätte erwartet, daß Sie sich rechts von der Vogtei halten, an ihrem Garten vorbeigehen und danach durch die alte Klostermauer. Dann liegt der Pub mit der Poststelle genau vor Ihnen.«

»Aha, ich verstehe.« Er überlegte. »Was meinten Sie, als Sie sagten, Sie hätten erwartet?«

Wieder lachte sie auf. »Oh, ich habe Sie und Mr. Foster

heute nachmittag am Leuchtturm beobachtet – durch mein Glas, vom Steinbruch oberhalb des Windenhauses aus.«

Charlie erinnerte sich undeutlich an einige riesige Felsen auf dem Hang oberhalb des kleinen Leuchtturmplateaus.

»Dann sind Sie im Vorteil. Mein Name ist Charles Farthing, und ich bin der neue Zweite auf der *Caryatid*. Seit heute morgen, genaugenommen.«

Obwohl es ihm im Finstern ziemlich albern vorkam, weil sie einander kaum sehen konnten, streckte er ihr die Hand hin. Und fühlte sich sofort verletzt, weil sie seine Geste ignorierte.

Ihr Ton klang streng, als sie ihn fragte: »Was halten Sie von Ynyscraven?«

»Nicht viel«, wollte er unwillkürlich antworten, weil die Manieren der Inselbewohner zu wünschen übrigließen. Aber dann glaubte er aus ihrem Ton herauszuhören, daß er mit der Frage irgendwie getestet wurde.

»Ich halte Ynyscraven für die schönste Insel, die ich jemals gesehen habe«, antwortete er wahrheitsgemäß. »Wollen Sie mir jetzt sagen, wer Sie sind und mir die Hand geben? Oder sind Sie nur eine Fee, die gleich wieder verschwindet?«

Seine Ahnung hatte ihn nicht getrogen, aber die Reaktion des Mädchens übertraf seine Erwartungen. Sie packte seine ausgestreckte Hand, beugte sich vor und streifte mit den Lippen seine Wange. Ohne seine Hand loszulassen, wich sie zurück und zog ihn mit sich.

»Na, dann kommen Sie. Ich warte schon eine Ewigkeit auf Sie.«

In den nächsten anderthalb Stunden verlor Charlie sein Herz. Nach einer fast schlaflosen Nacht und den Anstrengungen des Tages fühlte er sich angenehm euphorisch. Das Mädchen führte ihn über den Inselrücken zur Steilküste auf der Westseite. An dieser Stelle war Ynyscraven nur 300 Meter breit, und der Weg über den elastischen Torf, auf dem die geisterhaften Gestalten der Schafe grasten, schien ihm nur wenige Sekunden zu dauern. Am Rand des Kliffs ließen sie sich nieder.

Links und rechts von ihnen erstreckte sich die zerklüftete Steilküste. Tief unten donnerte der ruhelose Atlantik gegen die Felsen zu ihren Füßen, ein weißer Brandungssaum, der an filigrane Spitzen erinnerte. Der starke West wurde vom Kliff weit nach oben abgelenkt, so daß sie in völliger Windstille dasaßen, während über ihnen die hellen Schemen der Möwen im Aufwind segelten und in die Nacht hinaus kreischten. Die unendliche Weite des dunklen Ozeans vor ihnen und die hohe Himmelskuppel zu ihren Häupten schienen ihnen ganz allein zu gehören.

»Wirklich das schönste Fleckchen Erde, das ich bisher gesehen habe«, murmelte Charlie.

Das Mädchen umfaßte ihre Knie und wandte ihm das Gesicht zu. »Sie haben wohl schon viel gesehen, Mr. Farthing?« fragte sie spöttisch.

Er zuckte mit den Schultern. »Ein bißchen von vier Kontinenten, aber immer nur als – na ja, als Besucher.«

»Sie sind auch hier nur zu Besuch.«

Charlie schüttelte den Kopf. »Ihnen mag das so vorkommen. Aber als Seemann ist das«, er deutete aufs nachtblaue Meer hinaus, »meine Heimat, bis ich mich entschließe, irgendwo den Anker zu schlucken. Außerdem bin ich ein kleiner Teil der *Caryatid*, und die ist definitiv ein Teil dieser Gegend hier.«

Er hörte sie im Finstern leise kichern.

»Sagen Sie, warum ist Ihnen diese Insel so wichtig?«

fragte er und fühlte mehr, als er sah, daß sie die Schultern zuckte.

»Ich bin hier geboren. Vielleicht hat man mir in meiner Kindheit beigebracht, die große Welt draußen zu verachten. Wie ich hörte, lassen viele Leute meines Alters den Ort ihrer Geburt gern hinter sich, aber diesen Wunsch kenne ich nicht. Ich will nie hier weg, niemals!«

Anfangs hatte sie verträumt gesprochen, doch die letzten Worte kamen so nachdrücklich, als wollte sie Charlie warnen. Darüber fiel ihm eine ihrer früheren Bemerkungen ein.

»Und warum haben Sie vorhin gesagt, daß Sie schon eine Ewigkeit auf mich warten?«

»Sie stellen zu viele Fragen, Mr. Farthing.« Wieder lachte sie ihn aus.

»Aber das muß ich doch. Ich kenne nicht mal Ihren Namen. Heißen Sie vielleicht Guinevere oder Morgan le Fay?«

Heftig fuhr sie zu ihm herum. »Warum sagen Sie das?« Wieder lag diese fordernde, fast herrische Schärfe in ihrem Ton.

Da sagte er ihr alles. Erzählte ihr von seinen seltsamen Phantasien, die ihn am Abend zuvor heimgesucht und sich verstärkt hatten, während ihn sein Zug immer näher an Porth Ardur heranbrachte. Er berichtete ihr, daß im Lauf des Tages kein einziges Indiz seinen Verdacht widerlegt hatte, daß er sich weiterhin wie in einem Märchenland fühlte; und welch magischen Eindruck die adlergekrönten Helme der besiegten Krieger auf ihn gemacht hatten. Mit dem bohrenden Gefühl, daß er sich lächerlich machte, verstummte er. Doch bei ihrer Antwort kam sein verirrtes Herz zur Ruhe.

Leise sagte sie: »Na also. Und deshalb, Charlie, warte ich schon lange auf dich.«

Ganz langsam rollte sie sich über ihn. Sie küßten sich so vorsichtig, als wollten sie den Zauber der Nacht nicht mit etwas Unkeuschem vertreiben. Doch als sich ihre Lippen trafen, spürten beide im anderen eine Leidenschaft, die bodenlos schien. Nach einer Weile wich sie zurück und erhob sich auf die Knie. Trotz seines Protests zog sie ihn schnell auf die Füße.

»Komm jetzt«, sagte sie. »Wir müssen zum Pub. Man wird dich dort schon vermissen, und wenn sie dich hier finden, werden sie dich beschuldigen, unaussprechliche Dinge mit den Schafen getrieben zu haben.«

Charlie brüllte vor Lachen. Damit hatte sie mitten ins Schwarze getroffen.

»Moment.« Er zog sie zurück. »Ich weiß immer noch nicht, wie du heißt.«

»Ich heiße Sonja«, antwortete sie so trotzig, als fürchte sie, ausgelacht zu werden. »Das ist ein slawischer Name. Und jetzt komm endlich!«

Der Pub mit dem bombastischen Namen *Craven Arms* war nur eine weite, leere Halle aus Feldsteinen. Auf einer Seite zog sich ein hölzerner Tresen mit einer Batterie aufgebockter, angezapfter Bierfässer entlang. Drei Fäßchen mit Schnaps standen ebenfalls einsatzbereit. Die Wände waren mit nautischem Gerät dekoriert, das jetzt anderswo so in Mode kam, aber im *Craven Arms* ausnahmslos von Wracks gestohlen oder an Land gespült worden war. Seinen Zweck als öffentlicher Treffpunkt erfüllte das *Craven Arms* mit bewundernswerter Effizienz. Wenn die *Caryatid* erschien, brach auf der kleinen Insel üblicherweise Feststimmung aus, deshalb hatte sich nun die gesamte Bevölkerung hier eingefunden. Dicker Rauch, laute Stimmen und das Klirren der Gläser füllten die

Halle. Der Schein von Petroleumlampen fiel auf gerötete, schweißglänzende Gesichter und bernsteingelbes Bier, das in den Gläsern schwappte. Die Stimmung war entschieden aufgekratzt.

Charlie und das Mädchen wurden mit Jubelgeschrei begrüßt, was ihn auch ihretwegen verlegen machte. Doch als er sah, wie selbstverständlich sie sich durch die Menge zum Tresen drängte und mit zwei Krügen Bier für sie beide zurückkehrte, begriff er, daß sie derlei seit langem gewohnt war. Zum erstenmal konnte er sie klar sehen. Sie trug Gummistiefel und ein Paar Slacks, die von einem langen Aranpullover fast verdeckt wurden. Ein smaragdgrünes Halstuch war ihr einziger Schmuck. Sie hatte ein ebenmäßiges, breites Gesicht und rötliches Haar, das aber weder kastanienbraun noch karottengelb schimmerte. Ein Paar gelassener grüner Augen musterte ihn unter schön geschwungenen Brauen hervor. Auf den markanten Wangenknochen war die sonst sahneweiße Haut von Sonne und Wind leicht gegerbt und sommersprossig.

»Na, enttäuscht?« fragte sie, ihm sein Bier reichend.

Er lachte auf. »Das verdient keine Antwort. Und du?«

»Vergiß nicht, ich hab' dich schon nachmittags beobachtet.« Charlie strich über sein Stoppelkinn und fragte sich, was in aller Welt sie wohl in seinem Durchschnittsgesicht sehen mochte. Dann zuckte er die Schultern. »Gut«, sagte er, und sie lächelten einander an.

Dieses intime Gespräch mußten sie mit höchster Lautstärke führen, während sie von den anderen Gästen immer wieder angerempelt wurden. Die Runde war bereits stark angeheitert, und Charlie blickte sich suchend nach Macready um. Der Kapitän trug noch sein Uniformjackett und saß in einer Ecke, einen großen Becher Brandy und seine Mütze vor sich auf dem Tisch. Ein hochgewachsener, rotgesichtiger Mann leistete ihm Gesellschaft. Die beiden waren völlig in ihre Unterhaltung vertieft, und Charlie fiel auf, daß die Gäste etwas Abstand von ihrem Tisch hielten, als respektierten sie ihren besonderen sozialen Rang und gestünden ihnen einen Rest Privatsphäre zu, ohne sich in ihrem eigenen Vergnügen stören zu lassen.

»Dein Kapitän spricht mit dem Vogt, der hier den Besitzer vertritt. Die Insel gehört zum Landgut des Earl of Dungarth. Ich glaube, Mr. Hamilton war im Krieg sein Adjutant. Er und der alte Septimus klönen hier immer so zusammen.«

Ein Akkordeon begann zu spielen. Makrelen-Jack intonierte einen Reel, und dieser schottische Volkstanz ging den Gästen in die Beine. Am Ende des Tresens entstand eine freie Fläche, auf der alsbald zwei Einheimische mit ihren Frauen tanzten. Ihnen schloß sich Calico-Jack an, der zum Gejohle seiner Bordkameraden wie ein Derwisch um eine seltsame kleine Frau herumhüpfte. Sie trug einen Pelzmantel, der schon bessere Tage gesehen hatte. Die schweißtreibende Hitze schien ihr nichts auszumachen, obwohl ihr das graue Haar in wirren Strähnen um den Kopf hing.

»Wer um alles in der Welt ist dieses alte Weibchen?« fragte Charlie.

»Meine Mutter«, antwortete Sonja. »Komm, wir wollen tanzen.«

Dem überraschten Charlie blieb keine Zeit zu protestieren, schon fand er sich neben der alten Frau herumwirbeln. Calico-Jacks vor Schnaps und Glück strahlendes Gesicht ging hinter ihrem Pelz wie ein betrunkener Mond auf und unter, während die Crew der *Caryatid* begeistert den Takt schlug: Ihr neuer Zweiter war also kein Spaßverderber, sondern ein Sportskerl und Glückspilz, weil er sich die Tochter geangelt hatte.

»Spiel 'nen verdammten Walzer für sie, Mack«, brüllte ein Schmierer, und Makrelen-Jack drosselte unter den wissenden Grimassen und dem Augenzwinkern der Umstehenden das Tempo, worauf die wirbelnden Pärchen erst aus dem Takt kamen und sich dann in enger Umarmung zusammenfanden.

Calico-Jack verschwand unter dem weiten Pelzmantel, und die Schäfer zogen ihre Partnerinnen wegen der vielen anwesenden Seeleute besitzergreifend an sich. Ein Leuchtturmwärter außer Dienst nahm seine ihm anverlobte Schäferin mit diskreter Zärtlichkeit in den Arm, und zwei Matrosen, die miteinander einen improvisierten Hornpipe getanzt hatten, sagten: »Ach, Scheiße!«, setzten sich hin und grinsten in ihr Bier.

Mack übertraf sich selbst, indem er vom Walzertakt in ein melancholisches Shanty überging, das die Gäste leise mitsangen. Manche dieser Seeleute hatten in den Roßbreiten an Deck ihrer Windjammer gehockt und die Melodie von *Leave her Johnny* vor sich hin gesummt, während ihr Schiff steuerlos in der Flaute rollte. Allen aber ging die sentimentale Stimmung unter die Haut, gerührt sahen sie den tanzenden Pärchen zu, jeden Spott vergessend.

Charlie tauchte ein in den Duft von Sonjas Haar. Er fühlte den Druck ihrer Brüste und Schenkel, erwiderte ihn sanft mit seinem vorgeschobenen Becken und bekam ein leichtes Reiben zur Antwort. Da zog er sie enger an sich, um das Zeichen seiner eigenen Erregung als ihr intimes Geheimnis zu bewahren. Als die Musik langsam ausklang, küßte er sie zart und für alle sichtbar. Einen Augenblick wurde es still, dann brach jubelndes Geschrei aus.

Gläser wurden auf die Tische geknallt, und Stiefel stampften auf die Granitfliesen des Fußbodens.

Makrelen-Jack ging zu einem munteren Jig über, und die Einheimischen lösten sich von ihren Frauen, um wie die Seeleute in Formation zu tanzen. Jemand zerrte Calico-Jack aus seinem pelzigen Versteck und verlangte, daß er die nächste Runde ausgab.

Sonja zog Charlie zum Tresen zurück. »Du bist jetzt auch an der Reihe«, sagte sie.

Wie Kinder strahlten sie einander an. Er stand an der mit Bierflecken übersäten Theke und blickte sich um.

»Wie in einer Wikingerhalle«, sagte er, und sie nickte.

»Oder wie Camelot?« überlegte er.

Stirnrunzelnd schüttelte sie den Kopf. »Nein«, antwortete sie ernsthaft, »nein, Camelot war entweiht. Das hier ist Avalon.«

Lachend stießen sie miteinander an.

Charlie musterte die alte Frau, die Sonja als ihre Mutter bezeichnet hatte. Still saß sie neben Calico-Jack, beteiligte sich nicht an der Unterhaltung des Heizers mit seinen Kameraden, sondern starrte stumm vor sich hin.

Charlie wandte sich an das Mädchen. »Deine Mutter – geht's ihr gut?« fragte er.

Sonja warf ihr einen Blick zu und nickte. »Ihr fehlt nichts. Ich erklär's dir später.«

Charlie wollte nachhaken, aber inzwischen hatte sich jemand erhoben und begann zu singen, eine populäre, sentimentale Ballade, die begeisterten Applaus erntete. Andere Lieder folgten, die Gäste stimmten ein oder unterhielten sich weiter, je nach Lust und Laune. Schließlich spielte Makrelen-Jack ein beliebtes Shanty. Charlie wollte schon mitsingen, da spürte er Sonjas Hand auf seinem Arm.

»Ihr müßt jetzt bald gehen«, sagte sie. »Er spielt dieses Shanty immer auf Anweisung des Kapitäns. Dann wissen alle, es ist Zeit zum Aufbruch ...« Sie verstummte.

Er beugte sich vor und küßte sie, spürte, daß ihm jemand Bier über den Rücken schüttete. »Sehe ich dich wieder?« fragte er, durchaus darauf gefaßt, daß hier vielleicht ein Spiel mit ihm getrieben wurde, das er nur zu gut kannte.

»Natürlich«, hauchte sie. Dann wandte sie den Blick ab und stimmte mit klarer, kräftiger Stimme in das Shanty ein.

Charlie hätte später schwören können, daß in ihren Augen Tränen standen.

Bei der letzten Strophe von *Spanish Ladies* wurden die Gläser ein letztes Mal geleert. Das uralte Shanty, schon zu Nelsons Kadettentagen populär, klang mit Jubelrufen aus. Allmählich wurde es still. Sonja stieß Charlie an und nickte in Macreadys Richtung. Der Kapitän hatte sich erhoben und sah demonstrativ auf seine Uhr.

»Du liebe Güte, 's ist ja schon Mitternacht«, rief er, und aus dem allgemeinen Grinsen schloß Charlie, daß sich hier ein Ritual abspielte. Der Kapitän blickte hoch. »Mack!« sagte er scharf.

»Sir?« Der Vollmatrose stellte sich dumm.

»Meinen Song, bitte.«

Falls Charlie irgendeine pompöse, selbstverherrlichende Nummer erwartet hatte, wurde er angenehm enttäuscht. Mit erstaunlich weichem Bariton begann Septimus Macready das wehmütigste aller Shanties zu singen:

»Oh Shenandoah I long to see you,
Away you rolling river,
Oh Shenandoah I long to hold you,
And away, we're bound away 'cross the wide
Missouri ...«

Charlie merkte, daß er Sonja um die Mitte gepackt hatte, während die ganze Gesellschaft zu der ergreifenden Melodie leise hin und her schwankte. Der Kapitän hielt inne, nahm einen tiefen Schluck, knallte sich die Mütze auf den Kopf, winkte dem Barmann zu, riß die Tür auf und schritt davon. Vergnügt folgte ihm seine alkoholisierte Crew im Gänsemarsch hinaus in die mondscheinhelle Nacht.

Sonja hielt Charlies Hand fest, als sie der Reihe Männer folgten. Sie stiegen den Pfad hinab, den Charlie verfehlt hatte. Im Mondschein erkannte er die Abzweigung, an der Sonja ihm gute Nacht sagte. Lange hielten sie einander fest. Er sehnte sich danach, ihre Brüste zu streicheln, vermied es aber intuitiv, sein Verlangen noch anzuheizen. Endlich lösten sie sich voneinander.

»Gute Nacht, Charlie, mein Liebster«, flüsterte sie, wandte sich ab und verschwand im Unterholz.

Eine ganze Weile stand er reglos im Mondlicht. War das wirklich derselbe Mond, den er über dem Dächer- und Schornsteingewirr der Hauptstadt gesehen hatte? Er schüttelte den Gedanken ab und eilte seinen Kameraden nach.

Erst als sie ins Boot taumelten, holte er sie ein. Achtern neben dem Bootsführer sah er Macready sitzen.

»Mr. Farthing!« rief der Kapitän.

»Sir?«

»Offiziere nach achtern, bitte.«

Mühsam kletterte Charlie zwischen den Bootsinsassen durch. Sie machten ihm gutmütig Platz, ohne sich im Schwatzen stören zu lassen.

»Haste gehört, was Calico gerade sagt, Harry-Boy?«

»Nee, was ’n?«

»Die Alte. Unter dem weiten Pelz war sie splitternackt ...«

»Hol’ mich der Teufel!«

Eine Meinungsverschiedenheit

Kapitän James St. John Stanier, Hafenmeister von Porth Ardur, hatte sich gegen Mitte der ersten Woche in seinem neuen Job fest etabliert. Er bestand darauf, daß sein »Stab« ihn stets über alles informierte und ohne seine ausdrückliche Genehmigung keinen Finger rührte, um Schiffe festzumachen, zu verlegen oder loszuwerfen. Bei Hochwasser sah man ihn am Pier auf und ab stolzieren, »bis obenhin voll Pisse und Pomp«, wie Thomas Jones sich ausdrückte, als er mit seinen Kumpels in der Hafenkneipe saß.

Thomas, Fred und Stan waren überzeugt, daß der neue Besen das scharfe Kehren bald satt haben würde, und machten gute Miene zum bösen Spiel. Sie alle spürten, daß ein Wetterumschwung bevorstand, und sahen voraus, daß der nur auf Passagierschiffen ausgebildete »Kapitän« einem rauheren Wind nicht standhalten würde.

Ahnungslos, daß auch die Fischer über ihn witzelten, ging Stanier weiterhin scharf ran, ohne auf die vielsagenden Blicke und Grimassen in seinem Rücken zu achten. Am Dienstag nachmittag wollte eine der holländischen Schuten auslaufen. Ihr Skipper schickte nach dem Lotsen, und Stanier kam pflichtgemäß an Bord. Doch der Holländer beachtete ihn nicht weiter, schien vollauf mit der bloßen Anwesenheit eines Lotsen zufrieden zu sein. Eine schwere Faust auf dem Ruder, die andere am Maschinentelegraphen (dessen Hebel bei jedem Umlegen abzubrechen drohte), seinem Steuermann auf dem Vordeck Kommandos zubrüllend, ließ er sein Schiff quer über das Hafenbecken warpen. Sowie er die Gezeitenschleuse vor dem Bug hatte, stellte er den Hebel auf »Volle Kraft voraus«, und die Schute schoß schnurstracks durch die Tore, bog um den Molenkopf und verlangsamte draußen die Fahrt, um den Lotsen wieder abzusetzen.

Das Ruder sich selbst überlassend, hielt der Skipper Stanier eine breite Pfote hin: »Danke, Lotse.«

Sie wechselten einen Händedruck, Stanier nahm seinen unterschriebenen Beleg entgegen, und der Holländer verschwand wieder im Ruderhaus. Hastig trat Stanier den Rückzug an. Wenigstens seine Barkasse gereichte ihm zur Ehre, dachte er beim Hineinspringen.

»Das war das smarteste Manöver, das ich jemals gesehen habe, Käpt'n«, sagte Jones mit Unschuldsmiene, als Stanier neben ihm Platz nahm.

»Ja, danke«, antwortete dieser und errötete, womit Jones bestätigt sah, was er schon geargwöhnt hatte.

Doch Staniers Stolz blieb nicht lange erschüttert, denn er machte Fortschritte an einer anderen Front. Bei seiner Ankunft in Porth Ardur hatte er nicht vorgehabt, sich amourös zu engagieren. Sein einziges Ziel war die Beförderung seiner Karriere. Doch als junger Offizier auf einem Kreuzfahrtschiff hatte er ein sexuell aktives Leben geführt. Deshalb war es nur logisch, daß er auch jetzt wieder eine willfährige und diskrete Bettgenossin suchte, mit der sich eine unverbindliche Beziehung aufbauen ließ. Obwohl er als Mann beträchtliche Erfahrung besaß, beruhte seine Einschätzung des weiblichen Geschlechts doch ziemlich naiv auf der Atmosphäre an Bord von Traumschiffen, die in den hormonell stimulierenden Tropen kreuzten. Eine Verwandlung, wie sie Frauen unter solchen Bedingungen erfuhren, war auf dem rauhen Heimatboden von Porth Ardur nicht zu erwarten, selbst dann nicht, wenn man das männlich hübsche Gesicht von James St. John Stanier in Betracht zog.

Andererseits war er als Seemann für gewisse weibliche Reize nicht unempfindlich. In schamloser Offenheit hatte er Tegwyn Morgan angestarrt, weil mit ihrem Eintritt plötzlich seine schönsten sexuellen Phantasien Gestalt anzunehmen schienen. Als er sich seinerzeit bemüht hatte, den Erwartungen seiner Reederei zu entsprechen und reifen Matronen den Hof zu machen, hatte er seine Dienstleistungen mit harmloser (und anregender) Tagträumerei stimuliert. Und Tegwyn Morgan entsprach so perfekt seiner Vorstellung von einer *femme fatale*, daß er sich angewöhnte, regelmäßig im *Feathers* seine Drinks zu nehmen.

Erst am Donnerstag abend lernte Stanier auch Justine Morgan kennen. Sie war auf freundliche Weise geschwätzig, und als sie herausfand, daß Stanier ein guter Tänzer war, lud sie ihn für den nächsten Abend zum Training ihres Tanzklubs ein.

»Tanzt Ihre Tochter denn auch so gern wie Sie?« erkundigte sich Stanier scheinbar beiläufig, jedoch ohne Justine täuschen zu können.

Sie zuckte die Schultern. »Manchmal, wenn sie in Stimmung ist.«

Sie lachte mit einem so warmherzigen, kollernden Gurren, daß Stanier von der Mutter zur Tochter blickte und sich die Lippen leckte. Dabei entging ihm, daß weiter unten am Tresen mehrere ältere Männer scheinbar geistesabwesend an ihrem Bier nippten, in Wahrheit jedoch Stanier aufmerksam beobachteten.

Das Freitagshochwasser war um 11.48 Uhr fällig, und pünktlich um halb zwölf lief die *Caryatid* in die Bucht ein. Der Wetterumschwung war da. Nach dem Abschied von Ynyscraven war das Schiff mit Westsüdwestkurs zu der

Position gelaufen, wo das Buccabu-Riff vom Grund des Atlantiks aufstieg. Als verwitterter Rest einer einst gewaltigen Landstufe stand es nun bei Flut knapp unter Wasser und trug auf dem Gipfel seines mächtigsten Felsens einen Leuchtturm, den menschlicher Einfallsreichtum unter harten Anstrengungen dort errichtet hatte.

Das Buccabufeuer bestand aus fast 6 000 Tonnen miteinander verschränkter Granitblöcke und sandte von der starken Optik an seiner Spitze weitreichende Lichtsignale aus, die der Glühkörper in seinem Zentrum durch Verbrennungsgase erzeugte. Kahl, ohne ein angebautes Wärterhaus, erreichte der Turm die beträchtliche Feuerhöhe von fast 40 Metern über Mittelwasser. Das Manöver, mit dem seine Bootscrew einen der Leuchtturmwärter von Buccabu abbarg, hatte Charlie zuerst erschreckt und dann tief beeindruckt. Mit kontrolliert auslaufender Heckankerleine hatte sich das Boot vom Schwell hineinschieben lassen. Ein Ruf des Bootsführers, und die Ankerleine wurde belegt. Die Wärter oben auf der Klippe warfen dicke Trossen herab, und wie durch Zauberhand war das Boot plötzlich durch zwei Festmacher gesichert. Aber wenn der Heckanker schlippte, mußte die Brandung das Boot anheben und … Charlie schauderte und dachte plötzlich an Sonja.

Eine Stunde, nachdem die *Caryatid* ihr Boot wieder eingesetzt hatte, fielen die ersten Tropfen. Der Regen zog einen grauen Vorhang vor den westlichen Horizont, verkürzte die Sicht und brachte zunehmenden Wind mit. Charlie erinnerte sich an den alten Spruch: *Kommt der Regen vor dem Wind, nimm die Segel weg geschwind.*

Binnen zweier Stunden lief die *Caryatid* vor einem Südweststurm ab. Kapitän Macready beschloß, zurück nach Ynyscraven zu gehen und dort Wetterbesserung abzuwarten. Im schützenden Lee von Charlies privatem Avalon lag die *Caryatid* fast 24 Stunden vor Anker, doch wegen des Sturms gab es keinen Landurlaub. Zum erstenmal fühlte sich Charlie miserabel und starrte trostlos zum Land, um vielleicht eine Spur von Sonja zu erhaschen. Erstaunt bemerkte er, daß weiter unten am Bootsdeck Calico-Jack ebenso liebeskrank Ausschau hielt. Dann gewahrte er hoch oben auf Ynyscraven eine winzige Gestalt, die sich, an einen Felsen gelehnt, mit ihrem hellen Pullover deutlich von den Steinen abhob. Er holte sein stärkstes Fernglas, stützte es aufs Schanzkleid und richtete es aus. Sie hatte die Arme erhoben und schien an ihrem Hals zu nesteln. Dann sah er, daß sie ihr grünes Halstuch löste und auch ihre Haare freischüttelte. Sie stieg höher, bis sie sich vor dem Himmel abzeichnete, und blieb so stehen, ließ das Tuch am ausgestreckten Arm und das rote Haar wie Flammen im Wind flattern.

Minutenlang starrte Charlie hinüber, ehe er sich anschickte, ihr eine Antwort zukommen zu lassen. Im Ruderhaus griff er nach den Bedienungshebeln des optischen Telegraphen und brachte die hölzernen Semaphorenarme auf ihrer Plattform am Mast zum Wirbeln. »Ich liebe dich«, signalisierten sie. Ein Glucksen in seinem Rücken ließ ihn herumfahren. Da stand Kapitän Macready und betrachtete ihn nachsichtig.

»Sie wären gern an Land, Mr. Farthing?«

»Äh – jawohl, Sir. Sehr gern.«

»Tut mir leid. Ihr Hochseematrosen scheint zu glauben, daß wir Küstenfahrer unser ganzes Leben im Bett verbringen. Aber manchmal wiegt eine einzige Sturmnacht hier draußen 30 mit Gintrinken verbrachte Nächte im Indischen Ozean auf.« Er lächelte melancholisch. »Junge Liebe, Mr. Farthing, ist ein *sehr* trügerisches

Gefühl ...« Der Kapitän unterbrach sich, als hätte er bereits zuviel gesagt.

Charlie blickte zur Insel zurück, aber Sonja war verschwunden. Eine neue Regenbö fiel wie ein letzter Vorhang über die Landschaft.

»Sagen Sie dem Chief, daß wir um fünf Uhr für Porth Ardur ankerauf gehen. Lassen Sie's auch Mr. Foster wissen.«

Charlie verließ die Brücke, und Kapitän Macready tigerte auf und ab, bis der Steward zum Tee läutete.

Als die *Caryatid* um die Landspitze bog und in die Bucht einlief, löste Kapitän Macready seinen Ersten auf der Brücke ab. Wie schon tausendmal zuvor befahl er einen nördlichen Kurs, worauf der Rudergänger mühelos die Speichen wirbeln ließ, bis das dampfgetriebene Patentruder der *Caryatid* auf den hydraulischen Druck des Telemotors reagierte.

»Kurs Nord liegt an, Sir«, meldete er.

»Danke.«

Immer noch herrschte Sturm, und trotz des Landschutzes stand ein langer Schwell um die Huk, so daß der Dampfer träge rollte, als er auf die Mole von Porth Ardur zupflügte. Bernard Foster schloß das Sprachrohr, über das er mit dem Bootsmann gesprochen hatte, und wandte sich den Frontscheiben zu, um tatenlos hinauszustarren, bis er in wenigen Minuten für das Festmachen auf dem Vordeck gebraucht würde. Zufrieden registrierte er die Ordnung auf dem Vorschiff. Die Leinen waren an ihren Plätzen aufgeschossen, die Ankerkette war sauber ausgelegt und in ihrem Stopper gesichert, die Lüfter waren geschlossen, damit kein Wasser in den Kettenkasten drang. Vom Vordeck aufblickend, blieben Bernards

Augen an etwas Ungewohntem hängen. Er setzte das Fernglas an.

»Der neue Hafenmeister hat für uns das Einlaufverbot hochgezogen.«

Macready grunzte und hob sein eigenes Glas. »Na, da hol' mich doch ...«

»Vielleicht will ein Trawler auslaufen.«

»Ich sehe keinen auslaufenden Mast über der Mole.«

»Wäre es möglich, daß er die Tore gegen den Seegang verrammelt hat?«

Macready schwenkte sein Glas herum. »Außen an der Mole ist fast kein Schwell zu sehen. Außerdem haben wir Südweststurm, keinen vermaledeiten Südoststurm. Nein, mir scheint, der Neue will uns zeigen, was 'ne Harke ist. So was ist hier noch nie passiert, ohne daß uns die Küstenwache vorgewarnt hätte.« Macready trat an den Maschinentelegraphen und stellte ihn auf halbe Kraft. »Ist Mr. Farthing da?«

Charlie war gerade auf die Brücke gekommen. »Jawohl, Sir.«

»Mr. Farthing, Sie sind doch so geschickt mit dem Semaphor. Preien Sie den Hafenmeister an, und fragen Sie, wann wir einlaufen können.«

Charlie tat wie geheißen, ohne zu ahnen, daß sein Signalspruch an Land einige Verwirrung anrichtete. Weil Thomas Jones und seine Helfer erfahren hatten, daß ihr neuer Boss vor Reformeifer überquoll und sich weigerte, Verantwortung zu delegieren, stellten sie sich jetzt dumm und behaupteten, den Semaphor nicht lesen zu können. Deshalb mußte Kapitän Stanier persönlich mit seinen bunten Flaggen auf den windigen Molenkopf hinaus, war sozusagen als Opfer eigener Ranküne in eine Lage geraten, in der sowohl seine Person als auch seine Würde fast davongeweht wurden.

Mit einiger Mühe las er die Signale des wirbelnden optischen Telegraphen. Als Antwort winkte er zurück: »Einlaufen wenn kommod«, und war ziemlich stolz darauf, daß er das letzte Wort richtig buchstabiert hatte. Um seine Autorität zu unterstreichen, setzte er noch hinzu: »Beachten Sie meine Signale.«

Stanier sah, daß die *Caryatid* in den Wind drehte und am Vorstag den Ankerball setzte. Voller Genugtuung lächelte er in sich hinein.

»Wenn wir zu lange warten müssen, läuft uns die verdammte Flut davon«, sagte Macready zum Ruderhaus im allgemeinen.

Regen prasselte herab, der Wind peitschte das kleine Schiff und warf in der Bucht eine Million weißer Gischtkämme auf. In einem plötzlichen Entschluß fuhr Macready herum.

»Also gut, setzen wir die Barkasse aus und den vermaledeiten Wärter an Land. Mr. Farthing, Sie gehen mit hinein und erfragen den Grund für die Verzögerung. Meine Leute wollen ihren Wochenlohn, und ihre Frauen werden das Büro stürmen, wenn wir die Flut versäumen ...«

Charlie kletterte an Land und half dem grinsenden Leuchtturmwärter mit seinem Gepäck.

»Cheerio, Leute«, verabschiedete sich der Urlauber von der Bootscrew.

»Hau bloß ab, Larry-Boy«, antwortete der Bootsführer gemütlich.

Oben auf der Treppe lachte der Wärter immer noch. »Verpaß ihr auch einen von mir«, ergänzte der Schlagmann.

Der Wärter wandte sich um und feixte ins Boot hinab. »Erst muß ich meinen Vorrat von zwei Monaten loswerden. Ehe ich fertig bin, seid ihr längst gargekocht.« Kichernd schritt er auf dem Pier davon.

Charlie fand Kapitän Stanier in seiner Ziegelhütte vor. »Guten Morgen. Können Sie mir sagen, wie lange die *Caryatid* draußen warten muß?«

Gravitätisch blickte Stanier von seinem Schreibtisch hoch und musterte Charlie fast feindselig. Als Emissär des hochmögenden Kapitäns Septimus Macready machte dieser Mann keine besonders eindrucksvolle Figur.

»Sind Sie Offizier?« fragte Stanier von oben herab und ließ den Blick über Charlies einfaches Lotsenjackett, seine blaue Arbeitshose und seine Seestiefel gleiten.

Charlie ärgerte sich. »Kapitän Macready pflegt nicht gerade seinen Koch zu schicken.«

Stanier erbleichte vor unterdrückter Wut. »Ich denke, Sie sollten mich besser mit ›Sir‹ ansprechen. Tut mir leid, daß ich Ihren Rang nicht gleich erkannt habe, aber ich bin es gewöhnt, daß Offiziere Uniform und Krawatte tragen.«

Charlie stieg das Blut zu Kopf. Er hatte seinen weißen Polopullover für ziemlich schick gehalten. Wer war dieser Bastard überhaupt?

»Wahrscheinlich haben Sie Ihre Seemannschaft in den Passagierkojen gelernt«, antwortete er. »Aber das soll mir egal sein. Ich suche den Hafenmeister ...«

»*Ich* bin der Hafenmeister, Mister Schmarting, und ich werde mich über Sie beschweren, sobald Ihr Schiff eingelaufen ist.«

»Bitte sehr. Und nun, Käpt'n«, erwiderte Charlie, den Titel betonend, »sagen Sie mir vielleicht freundlicherweise, wann das sein wird.«

»Wenn ich signalisiere. Und jetzt kehren Sie bitte an Bord zurück.«

»Das war vielleicht 'n bißchen happig, Kapitän«, meinte Thomas Jones, der den Wortwechsel schweigend angehört hatte.

Gelassen lehnte sich Stanier in seinem Stuhl zurück. »Mr. Jones, die *Caryatid* ist nicht das einzige Schiff, das diesen Hafen benutzt. Sie muß warten, bis sie drankommt. Zuerst ist die *Sea Dragon* an der Reihe.«

»Aber das ist doch bloß 'ne flache Motoryacht. Die kann immer noch rausrutschen, wenn das Wasser schon abläuft.« In Jones' Stimme schwang ungläubiges Staunen mit.

»Sie gehört Sir Hector Blackadder, dem Präsidenten der Cambrian-Dampfreederei. Sie geht mit der Tide ins Trockendock, und ich bin persönlich gebeten worden, sie bei Hochwasser zu verholen. Wenn die Tore wieder frei sind, können Sie der *Caryatid* signalisieren, daß sie einlaufen darf. Ist das klar, Mr. Jones?«

»Völlig klar, Kapitän. Aber Sie haben sich da was Schönes eingebrockt.«

Toms letzte Bemerkung bekam Stanier nicht mehr mit. Er warf sich in seinen Kapitänsrock mit den vier Schulterstreifen, knallte sich die weiße Mütze à la Admiral Beatty schräg auf den Kopf und schritt energisch in den windigen Tag hinaus.

Niemand konnte behaupten, daß Kapitän Stanier, jetzt mit der Mütze eines Lotsen von Porth Ardur auf dem Kopf, beim Verholen der *Sea Dragon* Mist gebaut hätte. Vielmehr manövrierte er sie haargenau nach den Vorschriften des Handelsministeriums über das Drehen von Fahrzeugen auf engem Raum. Er spannte im Hafen überall Leinen, bis er einem Spinnennetz glich, und zog die *Sea Dragon* daran herum, bis ihr Bug in Linie mit dem Schleusentor war, dann dampfte er langsam voraus, ohne die

Bordwand der Yacht auch nur anzukratzen. Diesmal kam ihm kein Skipper in die Quere, denn dieser wichtige Mann war noch nicht ernannt. Auch Sir Hector war nicht zugegen, weshalb die ganze Verantwortung allein auf Stanier lastete.

Zwar traf es zu, daß die Saling des Trawlers *Cheerful Boys* einigen Schaden davontrug, aber das war nur am Besanmast, und außerdem war dessen Eigner weder ein Reeder noch adlig. Als der kleine Dockschlepper erschien, eigentlich nicht mehr als ein Motorboot, seine Leine am Bug der *Sea Dragon* festmachte und sie über den Innenhafen zum Tor des Trockendocks zog, fühlte sich Stanier wieder ganz als Herr der Lage. Sein Stolz wuchs noch, als er die verführerische Figur von Tegwyn Morgan in der Tür der Hafenkneipe stehen sah.

Das größte Problem, das Stanier an diesem Morgen heraufbeschwor, war der Umstand, daß die Ebbe längst eingesetzt hatte, als Thomas Jones den Hafen für die *Caryatid* freigab. Sie hatten Springtide, und eineinhalb Stunden nach Hochwasser mußte der Wasserstand so stark gefallen sein, daß die *Caryatid* das Schleusensüll nicht mehr überqueren konnte.

Macready hätte es vielleicht noch geschafft, wenn sein Anker, den zu werfen Stanier ihn gezwungen hatte, nicht an einem alten Muringdraht unklar gekommen wäre. Deshalb mußten sie bis zur nächsten Flut draußen warten, und die wurde gegen ein Uhr am Samstag erwartet.

Nicht, daß so etwas zum erstenmal vorgekommen wäre. Gelegentlich wurden die Schleusentore vor einem Südoststurm geschlossen, und manchmal versagte auch der Mechanismus für das Öffnen der Tore. Aber in jedem Fall war es ein böser Schlag für die Männer der *Caryatid*. Zwar waren sie es gewohnt, werktags hart zu arbeiten, aber das Wochenende war ihnen heilig und durfte nur im Notfall beeinträchtigt werden. Und Kapitän Macready geriet in ein Dilemma. Er war zwar berechtigt, bis zur nächsten Flut an Land zu gehen, hätte es aber normalerweise nicht der Mühe wert gefunden, sich dafür im Boot bis auf die Haut durchnässen zu lassen. Doch es war Freitag, und abends hatte er Tanztraining mit Justine Morgan.

Um sieben Uhr stieß ein Boot mit der halben Crew von der *Caryatid* ab, und Foster sah ihm nach. Seine Frau Anthea würde nicht gerade entzückt sein, aber da der Kapitän sich an Land begeben hatte und da der Zweite neu war, schien es ihm angebracht, an Bord zu bleiben. Vielleicht war das übertriebenes Pflichtgefühl, oder kam er sich unentbehrlich vor? Resigniert zuckte er die Schultern. Jedenfalls war es verdammtes Pech. Er ging in seine Kammer und nahm sich das Logbuch vor.

Charlie war es zufrieden, an Bord zu bleiben. Nachdem das leere Boot wieder eingesetzt war, wanderte er in aller Ruhe durch die *Caryatid*, die im Schwell leise rollte. Der stürmische Wind hatte eben noch sein Haar zerzaust, ließ jetzt aber anscheinend nach. Er lehnte sich achtern an die Teakreling, die das elegante Heck säumte, und blickte nach Luv, während über ihm die Flagge im Wind knatterte. Irgendwo hinter dem Horizont, auf der Insel Ynyscraven, saß dieses seltsame, wilde Mädchen, in das er sich Hals über Kopf verliebt hatte. Halb keltisch, halb slawisch, war sie ein so außergewöhnliches Wesen, wie ihm noch keines begegnet war. Doch dann machte er sich klar, daß er auch noch nie so verliebt gewesen war. In einer Welt, der er fast schon blasiert gegenübergestanden hatte, genoß er es, ein so neues, frisches Gefühl bei sich zu entdecken. Er zuckte ebenfalls die Schultern und begab sich in die mönchische Einsamkeit seiner winzigen Kammer.

Etwa um dieselbe Zeit, als Kapitän Macready sich für den Landgang entschloß, stieg Justine Morgan aus ihrer Badewanne. Genießerisch rieb sie sich die vollen Brüste trokken, strich das Handtuch über ihrem Bauch glatt und frottierte kräftig ihre Schenkel und Waden. Dann warf sie einen Bademantel über und ging in ihr Schlafzimmer. Unten hörte sie einen Schlüssel in der Haustür.

»Bist du das, Tegwyn?« rief sie mit ihrer warmen, weichen Stimme hinunter.

»Mhm«, antwortete ihre Tochter wortkarg.

»Komm rauf zu mir, ja?«

Freitags hatte Tegwyn im *Feathers* frei. Sie trat ins Schlafzimmer ihrer Mutter und warf sich aufs Bett.

»Was gibt's?« fragte sie.

»Ich denke gerade darüber nach, ob du heute abend mit zum Tanzen kommen willst.«

Justine saß vor ihrem Toilettentisch und bürstete sich das Haar. Gleichzeitig suchte sie bei ihrer Tochter nach verräterischen Anzeichen. Gähnend zuckte Tegwyn die Schultern, dann dehnte sie sich wollüstig wie eine Katze. Ihre Mutter bekam schmale Augen. Ja, die da hat Hummeln im Bauch, dachte Justine, als sich die Lippen ihrer Tochter zu einem leisen Lächeln öffneten.

»Vielleicht. Vielleicht auch nicht.«

»Was wohl heißt, daß du kommen wirst. Und daß du's auf irgendeinen ahnungslosen Burschen abgesehen hast.«

»O Mutter, wie kannst du nur so reden?« Scheinbar empört richtete sich Tegwyn auf.

Justine ließ die Haarbürse sinken und erhob sich. Sie

löste den Gürtel des Bademantels und stieg in ein Höschen. Bewundernd musterte Tegwyn die Figur ihrer Mutter, wobei sie unerklärlicherweise ein Stich der Eifersucht durchzuckte.

»Und wenn schon? Du bist dir auch nicht zu schade für einen Flirt.«

Ihre Mutter warf den Bademantel ab und zog einen Büstenhalter an, in dem sie ihre Brüste geschickt arrangierte. Sie lachte auf.

»Aber ich bin alt und schlau genug, um keinen Schlamassel anzurichten, junge Dame. Ich habe gesehen, daß du dem neuen Hafenmeister schöne Augen machst – und er dir. Er ist ein skrupelloser Mann, mußt du wissen. Ein Mädchen wie du gehört nicht seiner Klasse an, aber er wird dich benutzen, und wenn er mit dir fertig ist, läßt er dich fallen.« Sie holte Unterkleid und Strümpfe aus ihrer Kommode.

»Quatsch, Mutter. Ich kann auf mich aufpassen.«

»Hoffentlich. Ich will dich nur warnen. Das wär's. Nun geh und zieh dich um. Wir kommen heute in Schwarz. In der zweiten Schublade sind ein paar schwarze Strümpfe, die du dir ausleihen kannst.«

Tegwyn erhob sich vom Bett. »Vielen Dank, aber ich hab' meine eigenen schwarzen Strümpfe«, sagte sie und tänzelte aus dem Zimmer.

Bis er sein Zuhause erreicht und bei einer Tasse Tee mit seiner Frau geplaudert hatte, war es so spät geworden, daß Kapitän Macready als letzter in den *Tudor Tea Rooms* eintraf, wo der Tanzklub sein wöchentliches Training veranstaltete. Außerdem war Macready unvorbereitet für den Anblick, der sich ihm bot.

Unter Anleitung von Justine Morgan sollten die Mitglieder eigentlich paarweise Tango tanzen. Aber niemand folgte der Aufforderung. Alle beobachteten ein einzelnes Paar auf der Tanzfläche, während Justine mit leicht geöffneten Lippen und hingerissenem Gesicht neben dem Plattenspieler lehnte und keine Anstalten traf, das tanzende Paar zu dirigieren. Der Kapitän starrte Justine verwundert an, denn er hatte sie abseits der Tanzfläche noch nie in derart provozierender Haltung erlebt. Eine Hüfte nach vorn geschoben, unterstützt von einem ihrer schönen, kräftigen Beine in hochhackigen Pumps, stand sie da und tippte mit dem anderen den Takt dazu. Obwohl sonst unbeweglich, schien ihr ganzer Körper zur Musik zu schwingen. Erst als der Kapitän begriff, daß sie nicht so sehr vom Rhythmus fasziniert war, sondern viel mehr von dem Schauspiel, das sich ihr bot, blickte er zu dem Paar hinüber, das diese wie elektrisch aufgeladene Atmosphäre schuf.

Zu dem Zeitpunkt hatte Septimus Macready noch keine Ahnung, wer der junge Mann war. Er sah nur einen breitschultrigen, blonden Burschen, der die erotischen, formellen Figuren des Tangos vollendet beherrschte. Er führte ein junges, herausfordernd arrogantes Mädchen, dessen vorgereckter Busen das maritime Bild einer hohen Bugwelle vor dem geschwungenen Steven ihres Halses heraufbeschwor. Sie hatte den Kopf zurückgeworfen, und eine Kaskade schwarzen Haars ergoß sich von dem schwarzen Samtband, das sie zusammenhielt, über ihren Rücken. Sekundenlang war Macready verwirrt. Das Mädchen kam ihm vor wie eine plötzlich verjüngte Justine, die mit dem Selbstbewußtsein der reifen Frau tanzte, das er so sehr an ihr bewunderte. Aber dann erkannte er, daß es Tegwyn war, und sah ebenfalls gebannt zu, bis der letzte Akkord verklang und der Tanz abrupt endete.

Spontan spendeten die acht oder neun zuschauenden Paare stürmischen Applaus. Hand in Hand wie ein Liebespaar verließen Stanier und Tegwyn die Tanzfläche und wurden von den anderen mit begeisterten Kommentaren umringt. Macready betrat den Saal und ging auf Justine zu.

»Tut mir leid, meine Liebe, daß ich mich verspätet habe. Das verdammte Schiff wurde draußen festgehalten ...« Er lächelte, erstaunt über die Tränen in ihren Augen. Lachtränen hatte er bei ihr schon öfter gesehen, aber Tränen der Rührung noch nie. Schnell sprach er weiter, weil es ihn verlegen machte, welche Wirkung ihre Tränen auf ihn ausübten. »Ich merke schon, wir haben Konkurrenz bekommen ... Wer ist der junge Bursche?«

Justine hatte sich wieder gefaßt und lächelte. »Der? Wieso, ich dachte, du kennst ihn?« Sie sah, daß Macready leicht die Stirn runzelte. »Das ist doch unser neuer Hafenmeister, Kapitän Stanier. Der Nachfolger vom alten Tom Edwardes.«

»Verdammt will ich sein! Das also ist der junge Lackaffe, der mich ausgesperrt hat?«

Nun war Justine an der Reihe, sich über ihren Partner zu wundern. »Septimus, was hast du? Warum läufst du plötzlich rot an?«

Langsam stieß er die Luft aus, dann schüttelte er den Kopf.

»Nichts.«

Justines Augen leuchteten wieder. Sie packte Macreadys Arm. »Sie haben gut getanzt, meinst du nicht auch? Tegwyn sah so schön aus«, schloß sie flüsternd. Jetzt verstand er ihre Stimmung und kleidete sie einfühlsam in Worte.

»Ja«, sagte er mit leiser, vibrierender Stimme. »Tegwyn hat mich an dich erinnert.«

Ihre Blicke trafen sich, und sie sahen einander wie ein altvertrautes Liebespaar in die Augen. Und doch war es für sie das erstemal. Seit fünf Jahren tanzten sie nun wie selbstverständlich in ihrem Team, ein ideales, erfolgreiches Paar. Über die beim Gesellschaftstanz üblichen Berührungen hinaus hatte es nie einen intimen Kontakt zwischen ihnen gegeben. Doch nun, in der sinnlich aufgeheizten Atmosphäre der *Tudor Tea Rooms*, im Schatten der Schusterpalmen und aufgestapelten Bugholzstühle, stieg ein neues, tiefes Gefühl in ihnen hoch.

Septimus Macready beugte sich vor und zog das Grammophon wieder auf. Er hob die Nadel an, und die Platte begann sich zu drehen. Vorsichtig setzte er den Saphir auf und führte Justine zum Tango auf die Tanzfläche. Die Klubmitglieder wandten sich von Stanier und Tegwyn ihnen zu, eine kurze Stille trat ein, und dann begann die Luft zu knistern.

An Bord der *Caryatid* beendete Bernard Foster seine Logbucheintragung, aktualisierte die Vorratsliste und lehnte sich zurück, um seine Pfeife zum zwanzigstenmal neu zu entzünden. Weiter unten im Gang saß Charlie immer noch sinnend da und schwelgte in seiner neuen, romantischen Liebe. Es mutete ihn seltsam an, wie stark sich tief in seinem Inneren das Gefühl behauptete, daß er in dieser müden alten Welt eine Liebe entdeckt hatte, wie die Dichter sie beschrieben und die Dramatiker sie unsterblich gemacht hatten. Natürlich nicht für jedermann. Die Erfahrung hatte ihn gelehrt, daß die meisten Menschen mit einer Mischung aus Zuneigung und Fleischeslust auskamen. Er grübelte über dieses Problem nach, das ihm ein Grund für die Unzufriedenheit zu sein schien, die so offensichtlich überall herrschte. Schließlich seufzte er voller Genugtuung tief auf: Daß er einer der wenigen Glückspilze sein sollte, konnte er fast nicht glauben. Und doch war damit diese ahnungsvolle Gewißheit gerechtfertigt, die er beim Blick auf die westwärts führenden Geleise verspürt hatte, trotz all seiner Skepsis und der zynischen Patina, mit der die Jahre sein Herz überzogen hatten.

Leise flüsterte er ihren Namen vor sich hin, ihn dabei jedesmal anders betonend, und ließ seine Zunge mit den Silben spielen, wie sie es gern mit ihren Brustwarzen getan hätte.

Die Sonne ging unter, und gegen halb zehn klopfte es an Charlies Tür: Makrelen-Jack.

»Entschuldigen Sie, Sir, aber das Boot ist klar, das die Kumpels von Land abholen soll.«

Charlie blickte auf seine Uhr. »Ihr Landurlaub endet doch erst um elf«, sagte er.

Der Seemann kniff ein Auge zu. »Ich weiß. Aber wir fahren gewöhnlich ein bißchen früher los, um uns den Mund auszuspülen.«

Charlie verstand. »Tja, ich weiß nicht ...«

»Geht schon klar, Charlie.« Das war Bernards Stimme von nebenan, der genau wußte, was vorging. »Es ist ihr Gewohnheitsrecht.«

Makrelen-Jack grinste vergnügt, und Charlie lächelte zurück. Wenige Minuten später stieß die Barkasse von der Bordwand ab. Charlie hörte die Gischt prasseln, als sich ihr Bug in eine Welle bohrte, und kam zu dem Schluß, daß der Starkwind doch nicht nachgelassen hatte.

In den *Tudor Tea Rooms* stand Macready endlich Stanier von Angesicht zu Angesicht gegenüber. Der Kapitän und Justine hatten einen äußerst gekonnten Tango aufs Parkett gelegt, wie um ihre Stellung als das führende Tanzpaar des Klubs zu unterstreichen.

Am Ende kam Stanier, der inzwischen wußte, wer der untersetzte, gutgebaute Tanzpartner von Tegwyns Mutter war, zu ihnen herüber.

»Meinen Glückwunsch, Kapitän Macready. Darf ich mich vorstellen? Ich bin James Stanier, der neue Hafenmeister.« Mit leutseligem Lächeln streckte er die Hand aus.

Macready grunzte nur. »Dann sind Sie also der junge Laffe, der mein Schiff heut abend ausgesperrt hat.« Das kam als Feststellung, nicht als Frage.

»Tut mir leid, Käpt'n. Ich mußte noch bei Flut die *Sea Dragon* ins Dock verholen. Sie haben leider zu lange gebraucht, um Ihren Anker hochzukriegen, und ...«

Er zuckte die Schultern, und zwar in seltsam ausländischer Manier, schien es Macready.

»Nun hören Sie mal gut zu, junger Mann: Kommen Sie mir und meiner Crew nie wieder in die Quere. Wenn ich der Küstenwache meine Ankunftszeit durchgebe, haben Sie sicherzustellen, daß diese verdammten Tore offen sind. Lassen Sie's meine Sorge sein, ob genug Wasser überm Süll steht, ich kenne diesen Hafen verflucht viel besser als Sie ...«

Justine stand dabei und erschrak über das apoplektisch gerötete Gesicht Macreadys. Sie wandte sich um und machte heftige »Komm her«-Gesten in Richtung von Miss Byford, der die Bewirtung oblag. Miss Byford half Justine in ihrer Boutique, war die Schneiderin des Klubs und ein kleines, verschrumpeltes sexuelles Neutrum mit der Energie eines zehnjährigen Knaben. Sie trippelte herbei, und ihr Tablett mit Teetassen und Zubehör, ihr: »Nehmen Sie Zucker, Kapitän Stanier? Und für Kapitän

Macready natürlich ohne«, besänftigte schließlich den Zorn Macreadys.

Stanier hatte sich von dem Ausbruch nicht aus der Ruhe bringen lassen. Das ist der Jammer mit diesen Kelten, dachte er, sie beherrschen ihr Temperament nie lange genug, daß ihr Verstand funktionieren kann.

»Bei mir genießt kein Schiff eine Vorzugsbehandlung, Kapitän Macready, auch Ihres nicht. Vielleicht sollte ich Sie daran erinnern – obwohl hier bestimmt nicht der richtige Ort für eine Meinungsverschiedenheit unter Gentlemen ist –, daß *ich* schließlich der Hafenmeister von Porth Ardur bin.« Stanier nippte an seinem Tee.

Macready öffnete den Mund, um ihm zu antworten, überlegte es sich anders und klappte ihn wieder zu. Staniers Betonung des Wortes »Gentlemen« behagte ihm nicht.

»Vielleicht, Kapitän Stanier, sollte *ich* Sie daran erinnern – denn ich weiß, Kapitän Macready ist viel zu sehr Gentleman, um es selbst zu tun –, daß er als Kapitän der *Caryatid* gleichzeitig Hafenkommissar von Port' Ardur ist.« Justine schenkte dem Jüngeren ein warmes Lächeln.

Macready hätte die hübsche Witwe vor Dankbarkeit herzen mögen.

Stanier errötete, und Tegwyn warf ihrer Mutter einen Blick zu, der vor Gift förmlich troff. Doch die Bemerkung hatte Macreadys gesträubte Federn wieder geglättet, und er bemühte sich im Überschwang seiner neuentdeckten Liebe, Öl auf die Wogen zu gießen.

»Langsam, langsam, Kapitän. Wenn Sie so freundlich sind, die Tore in...«, er warf einen Blick auf seine Uhr, »in zweieinhalb Stunden wieder öffnen zu lassen, dann läuft die *Caryatid* ein, und wir verlieren kein Wort mehr darüber.«

Er wandte sich ab und machte sich mit Justine daran, die Klubmitglieder für den nächsten Tanz aufzustellen. So war es einzig Tegwyn, die Stanier murmeln hörte: »Verdammt will ich sein, wenn ich das tue.«

Jene Mannschaftsmitglieder der *Caryatid*, die sich eine Wache lang an Land vergnügen konnten, versammelten sich um die Sperrstunde gewöhnlich in der Bar des *Feathers*, um sich noch ein hastiges Bier zu gönnen, ehe sie zum Boot hinunterstolperten. Einige von ihnen verbrachten den ganzen Abend in der Hafenkneipe, und die Bootscrew hatte jetzt 45 Minuten lang ein Bier nach dem anderen gekippt.

Calico-Jack war im Boot mit an Land gekommen und hatte acht schnelle Gläser geschafft, als der Wirt die letzte Runde ausrief. Um 22.29 Uhr betrat Kapitän Macready mit Justine die Lounge, und beide tranken Gin und Tonic.

»Laufen Sie heut nacht noch ein, Käpt'n?« erkundigte sich die Wirtin, die sie bediente.

Macready nickte. »Um diese wüste Meute in der Bar sind Sie nicht zu beneiden«, sagte er.

»Ach, die sind schon in Ordnung. Bei ihnen geht alles automatisch.« Die Wirtin schniefte. »Dann will ich sie mal abkassieren.«

Sie ging und ließ sie in der leeren Lounge allein. Macready sah Justine an, und sie lächelte zurück.

»Danke, daß du diesem Frischling den Zahn gezogen hast.« Ihr Lächeln vertiefte sich. »Mir hat's nicht gefallen, wie er mit dir sprach, und mir gefällt auch nicht, was er mit Tegwyn macht.«

»Ich wußte nicht, daß es dir wichtig ist, was andere Leute sagen.« O Gott, dachte Macready, das klingt ja fast so abgedroschen wie im Film. Aber er hätte sich keine Sorgen zu machen brauchen.

Justine zuckte die Schultern. »Es war mir auch egal – bis heute abend.«

»Komisch, nicht? Ich meine, wir kennen uns jetzt schon so lange ...« Er holte tief Atem und kam sich vor wie ein grüner Junge. »So lange, und es hat mich noch nie so danach verlangt wie jetzt, dich zu küssen.« Sie blickte zu ihm auf, und er beugte sich über sie, um sie ganz leicht und vorsichtig zu küssen, fast eine wütende Zurückweisung erwartend. Aber Justine öffnete langsam ihre Lippen. Sofort zuckten Signale von Hirn zu Hirn, von Lenden zu Lenden, drängende Signale. Aber die Besonnenheit siegte, und sie lösten sich voneinander, bevor die Wirtin zurückkehren konnte.«

»Liebst du deine Frau, Septimus?« fragte Justine.

»Gwendolen?« antwortete er überrascht.

Justine brach in ihr offenes, vergnügtes Gelächter aus, das die Frage entschärfte. »Natürlich Gwendolen, andere Ehefrauen hast du doch nicht, oder?« Wieder lachte sie. »Also, liebst du sie?«

»Wir leben schon so viele Jahre zusammen ... Vermutlich ist sie mir zur Gewohnheit geworden. Diese Frage stellt man sich nicht oft ...«

»Oder dem anderen?«

Macready zuckte die Schultern, dann nickte er. »Wohl kaum.«

Nun war Justine an der Reihe, tief Luft zu holen. »Septimus, wahrscheinlich wirst du mir jetzt nicht glauben, nicht bei meinem Ruf hier, aber seit mein Mann tot ist, habe ich mit keinem anderen geschlafen. Oh, ich habe mit Männern geflirtet, habe sie ermutigt, habe mich zum Essen ausführen lassen oder ins Kino, aber nie ... Du weißt schon ...« Sie errötete.

»Diesen Gerüchten hab' ich sowieso nie geglaubt ...« begann er galant.

Aber sie unterbrach ihn. »Septimus, was ich zu sagen versuche: Wirst du – willst du mit mir schlafen?« Sie versteckte den sinnlichen Mund in ihrem Gin-and-Tonic-Glas.

Macready antwortete spontan, ohne erst darüber nachzudenken – genau wie Stanier es von einem impulsiven Kelten erwartet hätte: »Ja!«

Als die Zeit nahte, zu der das Boot ablegen mußte, waren die Gläser in der Bar fast alle geleert.

In seinem vergnügten Rausch erzählte Calico-Jack etwa zum zehntenmal in der Stunde seit seinem Eintritt, daß sein Inselliebchen unter dem alten Pelzmantel völlig nackt gewesen war. Für ihn schien es der Höhepunkt seines Lebens gewesen zu sein, aber seine Kameraden hatten von ihm schon mehr solcher extravaganter Stories gehört. Der Wirt klopfte mahnend auf die Theke, und schließlich strömte die Crew der *Caryatid* widerwillig in die Dunkelheit hinaus, in Richtung ihres wartenden Boots.

Sie sangen aus vollem Hals, als Kapitän Macready die Treppen hinunterstieg.

»Nur keine Angst, meine Liebe«, sagte Stanier fürsorglich, »ich werde den Portier bitten, mir einen Drink zu besorgen, und während er ihn holt, gehst du hinauf. Er tut das jeden Abend für mich, deshalb schöpft er bestimmt keinen Verdacht.«

Tegwyn blickte an der feuchten Fassade des *Station Hotel* empor. Hol der Teufel meine Mutter, dachte sie impulsiv. Dann sah sie Stanier an. Er lächelte auf sie herab, geduldig, fürsorglich. Ein wahrer Gentleman.

Da nickte sie. »Also gut.«

Todsünden

Es war nur gut, daß wenigstens ein Mann in Porth Ardur in dieser Nacht die Sünde des Ungehorsams beging. Thomas Jones, der die Aussperrung der *Caryatid* nicht vergessen konnte, stieg um Viertel nach zwölf vor dem Hafenmeisterbüro von seinem Fahrrad. Mit einer Handvoll Petroleumlampen kam er wieder zum Vorschein und verschwand auf der Mole in die regennasse Dunkelheit hinein.

Damit erwies er zumindest einigen aus der *Caryatid*-Crew einen großen Gefallen. Zugegeben, wäre er in Übereinstimmung mit Kapitän Staniers Anweisungen (daß ohne seinen ausdrücklichen Befehl und ohne seine Anwesenheit keinem Schiff in der Bucht signalisiert werden durfte) untätig geblieben, dann hätte sich das, was später zwischen Kapitän Macready und Justine geschah, nicht ereignet. Aber vielleicht wäre es auch nur aufgeschoben worden. Auf alle Fälle blieb Jones' Verhalten ohne jede Auswirkung auf die eifrige Aktivität im *Station Hotel*, als deren Resultat weder Mutter noch Tochter erfuhren, daß die andere in dieser Nacht nicht daheim geschlafen hatte. In dieser Hinsicht leistete Thomas Jones der Öffentlichkeit einen Dienst, indem mit seiner Hilfe der Frieden in zumindest einem Haushalt gewahrt wurde. Daß er damit indirekt auch Kapitän Stanier deckte und ihm einen persönlichen Gefallen erwies, blieb dem übereifrigen jungen Mann verborgen. Aber wir wollen nicht vorgreifen.

Um 1.08 Uhr machte die *Caryatid* im Hafen fest. Nur Minuten nachdem ihre Leinen belegt waren, wurde es an

Bord so still wie im Grab. Die Hauptmaschinen wurden abgestellt und die Kesselfeuer mit Asche bedeckt. Selbst die Dampfgeneratoren verstummten, weshalb die an Bord Gebliebenen Petroleumlampen anzündeten. Das nautische Personal und der Löschtrupp hasteten an Land, manche in ihren besten Anzügen, andere in ihrer Arbeitskleidung. Als letzter ging Bernard Foster von Bord. Um diese Zeit warf sich Charlie schon entkleidet auf seine Koje. Etwa zehn Minuten lang lag die *Caryatid* wie ausgestorben da. Unter Deck goß sich der Nachtwächter eine frische Tasse Tee ein, rückte die Petroleumlampe näher an seinen Schauerroman heran und wartete aufs Eindösen.

Nach diesen zehn Minuten hätte ein später Beobachter eine Bewegung im Ruderhaus und im Schatten des Piers bemerken können. Aber es gab keine Beobachter, denn die Nacht war windig, und eine neue Regenbö peitschte über den Hafen. Selbst unser erster Sünder, Thomas Jones, hatte um diese Zeit schon seine Kate erreicht und schloß triefnaß die Haustür auf.

So konnte Justine Morgan, nur von ihrem ungeduldigen Liebsten beobachtet, unbeschadet die Gangway hinauf und in die wartenden Arme von Septimus Macready trippeln. In seiner Kajüte nahm er ihr den Mantel ab. Sie riß sich das Tuch vom Kopf, schüttelte ihr Haar aus und kickte die Pumps in eine Ecke, alles mit einer einzigen sinnlichen Bewegung. Bewundernd sah er ihr in die strahlenden Augen.

»Wo hast du gewartet? Tut mir leid, daß es so lange gedauert hat.«

Sie kicherte. »Das errätst du nie: in der Kirche.«

»Na, da hol mich doch der Teufel ...« Erst jetzt ging ihm die Bedeutung seiner Worte auf, und sie lachten beide verschwörerisch wie unartige Kinder.

Justine konnte selbst nicht sagen, was sie dazu gebracht hatte, in die Kirche zu gehen, denn sie war keine gläubige Christin. Doch Sankt Iseult erhob sich gleich hinter dem Tonnenlager, etwas oberhalb der Stadt, und sie wußte, daß das Portal stets unverschlossen war, denn der Vikar vertrat die Ansicht, das Haus Gottes müsse allen ständig offenstehen. Und irgendwie brauchte Justine diese Zuflucht, nicht nur vor dem Regen, sondern auch für ihr eigenes Gewissen. Ihrem Mann war sie in heißer Liebe ergeben gewesen, so heiß, daß sie sich die Erinnerung daran auf intimste Weise bewahrt hatte, wovon nur sie und Brians Schatten etwas wußten. Und Gott natürlich. Es mußte einen Gott geben, denn andernfalls wäre die Seele ihres Mannes verloren gewesen und ihr nächtlicher Trost nichts weiter als Selbstmißbrauch. Aber irgendwie vermochte Justine das nicht zu glauben.

Und nun hatte sich an diesem Abend etwas Neues ereignet. Sie war nicht sicher, was es war und ob sie das überhaupt wissen wollte. Doch der Anblick ihrer kleinen Tochter, so entflammt in den Armen eines Mannes, hatte auch in ihr selbst einen wartenden Funken entzündet. Der einzige Mann, der in ihrem Leben eine feste Rolle spielte, war Septimus Macready, und bei seinem Anblick hatte sie plötzlich begriffen, daß die von ihm ausstrahlende Verläßlichkeit sehr anziehend war. Natürlich existierte diese Anziehungskraft schon seit Jahren, was ihrer beider Körper unbewußt auch registriert hatten. Das machte sie zu dem fabelhaften Tanzpaar, das sie waren, speiste aber auch die hellsichtigen Gerüchte in Porth Ardur.

In Septimus brannte die Lust nach jahrelanger Enthaltsamkeit so stark wie damals bei seiner kurzen körperlichen Beziehung zu Gwendolen. Erwartungsvoll pulsierte das Blut in seinen Adern. Er drehte die Petroleumlampen niedriger und zog Justine in seinen winzigen Schlafraum.

Ein Deck unter ihnen schlief Charlie Farthing und träumte von einem heiligen Land, dessen Heidekraut unter den Hufen seines Streitrosses so weich war wie Samt. Kahle Felsen ragten aus der Heide, und am Horizont erhob sich ein Megalith, der älter war als die Zeitrechnung. Er spürte das Kettenhemd an seinem Hals kratzen und den Helm an seiner Hüfte gegen seinen Schenkel schlagen, aber der feuchte Westwind kühlte sein Gesicht, und vor ihm lag die Straße nach Avalon ...

Zwei Decks tiefer war der Nachtwächter schlafend über den Messetisch gesunken und träumte von nichts.

Justine legte sich in der schmalen Koje zurück, und Septimus beugte sich über sie. Er zitterte.

»Mein Gott, Justine, wie schön du bist ...«

Sie lächelte zu ihm auf und spürte ihr eigenes Fleisch vibrieren. Ihr Schoß kam ihr plötzlich so schwer vor, daß sie die Schenkel öffnete, als er sich dazwischenkniete. Er ist gut in Form, dachte sie, immer noch fest und muskulös, mit einem drahtigen Pelz auf der breiten Brust ... Und weiter unten so gierig wie ein Knabe.

Im Traum spürte Charlie Farthing seinen Hengst unruhig werden, weil er eine Stute gewittert hatte. Die Heide schien kein Ende nehmen zu wollen. Sich halb aus dem Sattel erhebend, blickte er suchend umher, um die zu erspähen, nach der es ihn verlangte. Dabei ritt er leicht bergauf, bis hinter dem Kamm ein hoher Menhir in Sicht kam. Laut wieherte der Hengst. Als sie sich näherten, trat ein heller Zelter hinter dem Stein hervor, und auf ihm saß eine grünäugige Maid, deren rotes Haar im Wind wehte. Unbeholfen in seiner schweren Rüstung, stieg Charlie ab und kniete vor ihr nieder. Aber der Boden war hart, so hart … Charlie erwachte auf den Decksplanken, mit Armen und Beinen in sein Bettzeug verstrickt.

Im *Station Hotel* war Tegwyn eifrig dabei, auch das Letzte aus James Stanier herauszuholen. Doch in Erfüllung seiner Pflicht gegenüber einer Lady mußte der Ehre eines Gentleman Genüge getan werden, deshalb wuchs Stanier in einem Rausch sexueller Lust über sich hinaus …

Etwa zu der Zeit, als Charlie aus der Koje fiel, war auch ein anderer Sünder aktiv. Als praktisch eingestellter Mann hatte Calico-Jack schon immer bedenkenlos gesündigt und die Folgen mit philosophischer Gelassenheit ertragen. Immerhin war er noch nicht enthemmt genug, um in seine Koje zu pinkeln, deshalb erhob er sich schließlich und merkte, daß das Kissen seit einer Stunde offenbar pausenlos um seinen Kopf rotiert war. Schwankend ging er zum Lokus, entleerte seine Blase und sah auf dem Rückweg in der Messe eine halbe Flasche Whisky stehen. Er stolperte hinein und setzte sie an. Dabei erinnerte er sich verschwommen an das Bonmot, wonach ein Pessimist die Flasche als halb leer, ein Optimist sie jedoch als halb voll bezeichnet hätte. Kichernd kippte er sich den Inhalt in den Rachen.

Der Preis für seine Gier wurde ihm mit Zinsen heimgezahlt. In breitem Strom schoß gelbes Erbrochenes aus seinem Mund und über den Messetisch. Calico-Jack krachte bewußtlos auf den Fußboden.

Als Sünden gelten in der Regel solche Taten, die den von religiösen Gesetzen festgelegten Moralkodex verletzen. Bloßes unmoralisches Verhalten dagegen ist weniger klar definiert, weil der Gesichtspunkt des Richters dabei die entscheidende Rolle spielt. Allgemein gilt als unmoralisch, was einen anderen verletzt, entweder direkt in Ausübung der Tat oder indirekt als deren Folge.

Thomas Jones' Verstoß gegen Kapitän Staniers ausdrücklichen Befehl konnte als Sünde gelten, weil Stanier sein Vorgesetzter war. Aber kein Priester hätte ihn für diese Tat verdammt, die er aus Mitgefühl für seine Freunde auf der *Caryatid* beging. Und doch schadete seine Eigenmächtigkeit Stanier, denn sie verletzte dessen Stolz, woraufhin Staniers Stoffwechsel möglicherweise zuviel Galle ausschüttete, was sein späteres Hinscheiden beschleunigte, und zwar um – na, um wieviel? –, um zwei Minuten vielleicht. Wer wollte das sagen?

Auf jeden Fall war Stanier jung genug, um sich, falls ernsthaft verärgert, dafür zu rächen, womit er dann die Tretmühle menschlicher Vergeblichkeit um einen halben Umlauf weitergedreht hätte.

Die Aktivität im *Station Hotel* war ein weiterer uralter Tanz, fiel aber trotzdem unter die Unzucht, der die Kelten selbst nur zu gern frönten, die sie aber bei anderen verurteilten. Wenn dabei niemand Schaden nahm, worin bestand dann das Vergehen? Falls daraus ein Kind entstand, könnte eine Verurteilung gerechtfertigt scheinen, aber Stanier war ein junger Mann mit ausgeprägtem Sinn für Würde. Niemand würde ihn in die Falle einer hastigen Heirat locken, um einen Bastard zu legitimieren. Deshalb praktizierte er seine kalte angelsächsische Lust viel zu überlegt, als daß daraus irgendeine Unbill entstehen konnte.

Nur die süße, reife Liebe von Septimus und Justine beinhaltete die klare Erkenntnis, daß jemand mit Sicherheit verletzt werden würde, falls sie davon erfuhr: Gwendolens Schatten stand wie eine schmerzliche Barriere zwischen den Liebenden und verlieh ihrem Gefühl die Würze der

Trauer und eine Ahnung kommenden Unheils, die gegen Morgen immer stärker wurde.

Schließlich erhob sich Justine und tastete nach ihren Kleidern. Macready beobachtete sie.

»Werden wir das wiederholen, meine Liebe?« fragte er leise. Sie zuckte die Schultern, Tränen traten ihr in die Augen.

»O ja, mein Liebster, ja, ja ...« schluchzte sie in seinen Armen. Er streichelte ihr Haar, bis sie sich gefaßt hatte. »Mir kommt da eine Idee«, sagte sie, plötzlich wieder ganz ihr altes, heiteres Selbst. »Fährst du nicht mal irgendwohin, wo du mehrere Nächte bleiben kannst?«

»Du meinst – mit dem Schiff?«

»Mhm.«

Macready dachte nach. »Vielleicht nach Ynyscraven, der kleinen Insel 60 Meilen von hier. Aber Justine, du könntest niemals an Bord kommen ...«

»Nicht doch, Dummerchen. Ich könnte aber dort Urlaub machen und du ... Du weißt schon ...«

Die Vorstellung gefiel ihm, und er grinste entzückt. »Was für eine großartige ...«

»Aber wir müssen sehr vorsichtig sein. Ich will keinen Skandal hier in der Stadt.«

Sie zog ihre Strümpfe an und befestigte sie. Septimus erhaschte einen letzten Blick auf ihre Schenkel, bevor sie den Rock darüber streifte.

»Also gut«, sagte er. »Wir machen hier so weiter wie bisher. Und ich arbeite irgendeinen Plan aus, wonach wir am Leuchtturm von Ynyscraven einen längeren Job erledigen müssen.«

Sie nickte und band ihr Kopftuch um. Er half ihr in den Mantel.

»Dann schleiche ich mich jetzt an Land.«

Er begleitete sie bis zur Gangway. Dort fiel der Schein der starken Petroleumlampe kurz auf ihr Gesicht, dann war sie verschwunden. Septimus kehrte in seine Kajüte zurück. Sein Blick blieb an einem hellen Fleck auf dem Boden hängen: Justine hatte ihr Höschen vergessen. Lächelnd hob er es auf. Doch dann fuhr ihm plötzlich der Schreck in die Glieder. Mein Gott! Wenn Gwendolen das gefunden hätte, dachte er, während er das Höschen in die Tasche stopfte. Oder dieses Schandmaul von Steward ...

Hastig riß er die Tür seines Kleiderschapps auf. Jede der drei Uniformen darin mußte er gelegentlich tragen ... Ah! Das war die Lösung! Er zog sein Messejackett heraus und versteckte das seidene Knäuel in der Innentasche.

Justine bemerkte ihr Versehen, noch bevor sie das Ende des Kais erreicht hatte. Auch sie wurde plötzlich von Panik gepackt. Genau diese Kleinigkeiten waren es, an denen Ehen scheiterten. Wie konnte sie bloß das Höschen vergessen, sie, die doch so sorgfältig auf ihre Kleidung achtete? Aber sie war in dieser Nacht so ausgehungert gewesen wie eine überreife Jungfrau, das war vielleicht eine Entschuldigung. Dann erinnerte sie sich an Septimus' Umsicht und Zuverlässigkeit, zuckte die Schultern und hastete weiter die steile Straße bergauf. Dabei fragte sie sich, ob sie in ihrem Alter noch schwanger werden konnte. Der Gedanke brachte sie zum Lächeln. Zwanzig Minuten nach Verlassen des Schiffs glitt sie unter ihre Bettdecke und lag in tiefem Schlaf, als Tegwyn die Haustür der kleinen Steinkate aufschloß.

Der Lohn der Sünde

Am nächsten Morgen erwachte Thomas Jones mit dem unangenehmen Gefühl, daß etwas nicht stimmte. Es war nicht ernstlich beunruhigend, mehr wie ein leichter Juckreiz, der den üblichen Lauf seines Lebens störte. In seinem zerwühlten Bettzeug warf er sich unruhig herum. Endlich setzte er sich gereizt auf. Da fiel es ihm wieder ein.

Stanier.

Der Teufel sollte ihn holen, den angelsächsischen Klotz! Er würde wissen wollen, warum die *Caryatid* im Widerspruch zu seinen Befehlen schon im Hafen lag.

Fluchend erhob sich Jones und setzte den Kessel auf, um sich eine Kanne Tee zu brauen. Dabei kam ihm eine Idee. Es war kein origineller Einfall, eher würdig der neugegründeten Pfadfinderbewegung, und außerdem mindestens so alt wie Jones' kriegerische Vorfahren. Zwar waren eben diese Vorfahren von Staniers angelsächsischen Ahnen ausgetrickst worden, aber genau diese Erinnerung bestärkte Jones in seinem Entschluß: Er würde angreifen. Kein vernünftiger Taktiker bezweifelte den bewährten militärischen Grundsatz, wonach Angriff die beste Verteidigung war. Damit würde Thomas Jones den Zorn Kapitän Staniers von sich ablenken und der Strafe für seinen Ungehorsam entgehen.

Genaugenommen war es nicht Jones' Taktik, die Staniers Zorn besänftigte. Das hatte bereits Tegwyn Morgan besorgt. James St. John Stanier blieb lange im Bett und genoß die Erinnerung an seine überaus befriedigende Liebesnacht. Jones' Notiz (daß im Hafen keine Bewegungen angesagt waren außer dem Einlaufen der *Caryatid*, um das er sich gern selbst kümmern wolle, ohne den Käpt'n zu belästigen) blieb fast ohne Wirkung auf Stanier, der bereits beschlossen hatte, noch einige Stunden im Bett zu verbringen. Lächelnd schlief er wieder ein.

Nach all den Jahren moralisch einwandfreien Verhaltens quälte Kapitän Macready sein schlechtes Gewissen das ganze Wochenende. Er war nicht der Typ, der sich leicht verstellen konnte. So eifrig wie eine Möwe dem Fischtrawler folgte er dem Kielwasser seiner Frau, worauf diese ehrenwerte, durch und durch pragmatische Frau annahm, daß er sich krank fühlte. Sie reagierte darauf mit verstärkter Fürsorglichkeit, was wiederum die Schuldgefühle des Gatten verschlimmerte. Mit großer Erleichterung erklomm er deshalb am Sonntag abend die Treppe zum Schlafzimmer; wenn er das nächstemal erwachte, so sagte er sich, konnte er in die saubere Luft über der See entkommen, und dort waren die Sünden der Menschen nur noch irrelevante Bagatellen.

Es lag nicht im Wesen seiner Frau, gründlicher nach den Motiven ihres Mannes zu forschen. Wenn er ihre Dienstleistungen akzeptierte, so folgerte sie, daß sie das Übel gelindert hatte. Mit einem leisen Anflug von Selbstmitleid vertraute sie darauf, daß ihr Septimus am Montag morgen wieder ganz er selbst sein würde.

So blieb es allein Calico-Jack vorbehalten, den bitteren Lohn der Sünde bis zur Neige auszukosten. Am Samstagmorgen litt er unter einem monumentalen Kater. Nicht mal ein Bier und ein Whisky obendrauf, um elf Uhr vormittags im *Feathers* erstanden, konnten seine Kopfschmerzen lindern. Zum Glück war Calico-Jack aufgrund jahrelangen Kampftrinkens gegen diese Qual abgehärtet und akzeptierte die Folgen mit einem Stoizismus, der selbst Epiktet Respekt abgenötigt hätte.

Die *Caryatid* war nur das letzte in einer schier endlosen Liste von Schiffen, die Jack schon ein halbes Jahrhundert lang mit einem Zuhause und mit Lohn und Brot versorgt hatten. Aber nur sie bot ihm die goldene Aussicht auf eine Rente, denn Calico-Jack gehörte zu jener Sorte Männer, die sich als Heizer jahrzehntelang in den Kesselräumen der Dampfer abrackerten und am Ende, wenn ihre Sehnen ausgeleiert waren und ihr Atem nur noch als stoßweises Keuchen kam, mit einem irdischen Besitz an Land gingen, der in einen kleinen Seesack paßte.

Für einen solchen Mann gehörte ein Besäufnis genauso zum Lebensstil wie für andere der regelmäßige Besuch in der Bibliothek oder auf dem Golfplatz. Calico-Jack hatte sich schon in jeder Ecke dieser müden alten Erde sinnlos betrunken. Die berauschenden Qualitäten fast aller Spirituosen, vom Arrak bis zum Ouzo, konnte er ebenso zuverlässig beurteilen, wie er auch genau wußte, wo man in den Häfen dieser Welt, von Archangelsk bis Yokohama, den besten *vin du pays* bekam.

Der Kater, an dem er jetzt litt, war nicht der schlimmste seines Lebens, aber es gab andere, beunruhigendere Symptome, die sein »belebender« Nachschlag im *Feathers* jedoch bald überdeckte. Calico-Jack wußte nicht, daß sein Leberleiden allmählich ein kritisches Stadium erreichte. Man konnte nicht behaupten, daß er nur trank, um die Schmerzen zu vergessen; vielmehr vergaß er schlichtweg alles, wenn er trank. So verbrachte er sein Wochenende nach gewohnter Manier. Da er in Porth Ardur keine Familie besaß, schlief er an Bord und investierte die meisten wachen Stunden, ebenso wie seinen gesamten Wochenlohn, in die Besuche im *Feathers*.

Dennoch war Calico-Jack kein simples Gemüt, denn dafür besaß er einen zu vielfältigen Erfahrungsschatz und war selbst in seinem Alter noch mit einer gewissen Vitalität gesegnet. Manch jungen Ingenieur hatte er schon damit überrascht, daß er viele Strophen romantischer Balladen aufsagen konnte, wie man sie einst in die Köpfe wehrloser Internatsschüler geprügelt hatte. Den Großteil seiner Bildung verdankte er jedoch der Hohen Schule des weiten Erdballs, jener gemeinsamen Alma mater aller Handelsschiffmatrosen.

Dabei war Jack keineswegs unglücklich. Niemand konnte ihm etwas vormachen, denn er wußte sehr wohl, daß er nackt auf diese Welt gekommen war und sie auch nackt wieder verlassen würde. Vielleicht lag darin die Wurzel seiner Abgeklärtheit, denn er arbeitete hart vor dem vorsintflutlichen Feuerofen des Kesselraums, während er seinen hageren Körper von außen mit Kohlenstaub und Schweiß und von innen mit einem internationalen Schnapssortiment verwüstete. Und er amüsierte sich ebenso hartnäckig und bei weitem ehrlicher als James Stanier.

Selbstverständlich hatte Calico-Jack geliebt. Er war als Sieger aus manchem Strauß mit Barkeepern und Huren hervorgegangen. Er rühmte sich, das Unmögliche mit dem Unaussprechlichen begangen zu haben (oder war es genau umgekehrt?), und konnte als Beweis mehrere Narben vorweisen. Doch als seine kostbarste Erinnerung bewahrte er sich die an seine erste Reise, zu der er mit 14 Jahren auf einem Walfänger angeheuert hatte, der überraschend in seinem heimatlichen Fischereihafen aufgetaucht war. Mit ihm war er vier Jahre lang durch den weiten blauen Pazifik gesegelt und hatte die Liebe eines braunen Mädchens genossen. Er gehörte zu den letzten jener alten Teerjacken, die über den täuschend Stillen Ozean hereingebrochen waren, seine Inseln mit wahrlich wikingscher Wildheit heimgesucht und den unschuldigen, bezaubernd willfährigen Insulanern Alkohol und Syphilis gebracht hatten. Im Verlauf dieser Reise hatte sein Walfänger fünfmal die Marquesas angelaufen, und Calico-Jack, obwohl die unwichtigste Figur an Bord der alten Bark, hatte sich dort mit der Hemmungslosigkeit ausgetobt, die von der Pubertät und dem ständigen schlechten Beispiel der Erwachsenen genährt wird.

Aber Jack hatte auf den Marquesas nicht nur herumgehurt. Er hatte auch ehrlich geliebt, verzehrend und romantisch geliebt. Denn er hatte seine Schöne beim Baden in der Lagune entdeckt, hatte sie verführt – oder war von ihr verführt worden – und hatte mit ihr unter dem blauschwarzen Samt des Tropenhimmels drei phantastische Wochen verbracht. So war es bei jedem seiner Besuche gewesen, bis sich der Walfänger auf die Heimreise machte, alle Luken vollgestopft mit dem Tran, nach dem die Fabriken gierten. Der Abschied tat weh, und Jack versprach zurückzukehren, allerdings nur halben Herzens, denn er wußte es besser. Er hatte während seiner fünf Besuche mitangesehen, wie seine Liebste um die Mitte immer dicker wurde, wie ihre provozierend spitzen Brüste schwer absackten und wie sehr es auf der Insel von Mischlingskindern wimmelte. All das hatte seine Leidenschaft abgekühlt. So war er früh mit den Naturgesetzen der Vergänglichkeit konfrontiert worden und hatte beschlossen, ein Wanderleben zu führen. Doch als alter, fast gebrochener Mann erinnerte er sich immer öfter an seine erste große Liebe. In seinem Gedächtnis gewann sie die Strahlkraft des Rigel Kentaurus, der vor Jahren vom Himmel über den Marquesas auf das Paar herabgeleuchtet hatte.

Das Wiederaufleben dieser Erinnerung gaukelte ihm die Überzeugung vor, daß er in die Irre von Ynyscraven verliebt war. So jedenfalls nannte die Crew der *Caryatid* Sonjas Mutter, die sie schon seit langem kannte. Vor 15 Jahren war sie mit drei Überseekoffern und einem kleinen Kind in einem Fischerboot auf der Insel gelandet. Seither galt sie irgendwie als Künstlerin und als harmlos derangiert. Die Inselbewohner mochten ihre Tochter, und die Mutter benahm sich nicht weiter auffällig, bezahlte pünktlich ihre Rechnungen und ging ansonsten jedem aus dem Wege. Lange Zeit hatte sie Calico-Jack nur gegrüßt und höchstens ein- oder zweimal mit ihm getanzt. Sie schienen sich damit zu begnügen, schweigend beieinanderzusitzen und sich an der Gegenwart des anderen zu wärmen, ohne auch nur ein Wort zu wechseln. Selbst ein Esel hätte begriffen, daß beide nicht ganz richtig im Kopf waren. Oder vielleicht hatten sie nur, jeder für sich, aus einem Quell der Einsamkeit und des Leids gekostet, über den niemand jemals sprach.

So triumphierte auch an diesem Wochenende die Liebe über Calico-Jacks körperlichen Verfall. In der Sonntagnacht sah man ihn wieder aus dem *Feathers* schwanken, rechtzeitig genug, um die beiden Kessel anzufeuern und Dampf aufzumachen für die Montagstide.

Seltsamerweise verschont das göttliche Strafgericht nur zu oft diejenigen, die es nach der öffentlichen Meinung am meisten verdient hätten. In der properen Steinkate, die Mrs. und Miss Morgan beherbergte, war von der Sünde oder ihrem bitteren Lohn nichts zu spüren. Vielmehr gewannen beide Frauen gegenüber ihrem jeweiligen Verhalten genau die ambivalente Einstellung, die ihr Geschlecht von der simpleren, brutaleren Selbsterkenntnis des Mannes unterscheidet.

Beide Frauen fühlten sich frisch verliebt. Damit vor allem entschuldigten sie alle folgenden kleinen Sünden. In Justines Fall traf dies wahrscheinlich sogar zu, wogegen bei Tegwyn »Liebe« kaum die richtige Bezeichnung war. Von ihrem jeweiligen Standpunkt aus fanden sie es jedoch völlig richtig, daß ihre Herzen von einer Liebe sangen, wie sie sie bisher noch nie erlebt hatten.

Trotzdem bohrte darin der winzige Wurm des Schuldgefühls, ein speziell keltischer Wurm, denn er nährte sich von der guten Meinung anderer Leute, und deshalb quoll der Morgansche Haushalt fast über vor Liebenswürdigkeit und Eintracht. Die Tochter bemühte sich, der Mutter zu gefallen, und die wiederum versuchte, jene Lücke in ihrer mütterlichen Wachsamkeit zu überspielen, die eingetreten war, als sie in den maskulin behaarten Armen von Septimus Macready gelegen hatte. Vollauf beschäftigt mit ihren gegenseitigen Täuschungsmanövern, bemerkte keine im Benehmen der anderen irgend etwas Verdächtiges, und so verbrachten sie das Wochenende in bester Laune. Diese wiederum schrieben beide ihrer Verliebtheit zu, jede in der festen Überzeugung, daß es ihr allein so ging, und das bestärkte sie aufs schönste in ihrer Selbsttäuschung.

Männer, die nur selten die ebenmäßige Textur ihres Lebens beflecken, leiden ebenso selten an den Schmerzanfällen und übertriebenen Erwartungen ihrer abenteuerlustigeren Mitmenschen. Das galt auch für Bernard Foster. Dessen Wochenende bestand aus einem pflichtgemäß vollzogenen Beischlaf mit seiner Frau, aus einem Spaziergang mit seinen beiden Söhnen und dem Spaniel und aus einem ebenso pflichtgemäßen Besuch auf der *Caryatid*, wo er Charlie Farthing abholte, um einen

»gemütlichen Sonntag abend mit der Familie« zu verbringen.

Zu behaupten, daß Bernard Foster keinen Sinn für Humor besaß, wäre falsch. So hatte er beispielsweise seinen Spaniel »Windsbraut« getauft, erstens weil sie eine Hündin war und zweitens weil sie die unselige Neigung hatte, öffentlich einen Wind fahren zu lassen. Seine arme Frau konnte den Witz dabei nicht ganz nachempfinden, was leider zunehmend für ihre gesamte Einstellung zum Leben galt. Aber Bernard war ein hingebungsvoller Vater, ein guter Seemann mit Freude an seiner Arbeit und ein Pfeifenraucher. Keine dieser Beschäftigungen, besonders nicht die letzte mit ihrem ungeheuren Verbrauch an Streichhölzern, ließ ihm anscheinend viel Freiraum für übertriebene Heiterkeit.

Charlies Besuch wurde ein Erfolg. Er war ein angenehmer Unterhalter mit einem ansehnlichen Äußeren, und das bewog Anthea, sich so viel Mühe mit ihrer Kleidung und ihrem Make-up zu geben, daß Bernard ein wenig eifersüchtig auf Charlie wurde... Na ja, sei's drum, seufzte er und griff nach seinen Streichhölzern.

Neue Bündnisse

Die nächsten Wochen vergingen, ohne daß der Friede in Porth Ardur durch mehr als ein paar Katzenpfötchen gestört wurde. Weil die meisten dieser kleinen Wellen aber kein öffentliches Aufsehen erregten, konnte eigentlich niemand argwöhnen, daß in der Stadt irgend etwas im argen lag.

An Bord der *Caryatid* gab es eine unangenehme Konfrontation zwischen den Kapitänen Stanier und Macready, als ersterer beschloß, Macready auf seinem ureigensten Territorium zur Rede zu stellen. Dabei verlor ausnahmsweise auch Stanier die Beherrschung. Die Lautstärke eskalierte dermaßen, daß sowohl Foster wie Charlie zwangsläufig Ohrenzeugen wurden. Charlie Farthing lauschte mit besonderem Interesse, weil sein Name und sein Benehmen anscheinend dabei die Hauptrolle spielten. Zwar traf es zu, daß am Ende von Staniers Tirade Charlies Auftreten und Aussehen auch einen Schatten auf Macready warfen und daß die maritime Bedeutung der *Caryatid* nicht mal der eines Themseleichters gleichgesetzt wurde, aber mit diesen Behauptungen hatte Stanier seinen eigenen Untergang heraufbeschworen. Charlie konnte nicht verstehen, warum Foster ihn dauernd in die Rippen boxte, während die beiden Offiziere am Fuß der Brückenleiter standen und wie Schuljungen lauschten. Plötzlich begriff er, daß Stanier seinen Gegner auf ein Gebiet abdrängte, das der ältere als absolut sakrosankt betrachtete. Als Stanier schließlich die Luft ausging, begann Macready endlich zu antworten. Gespannt hörte Charlie zu, während neben ihm Bernard Foster in einem

Anfall von Schadenfreude, die Charlie ihm niemals zugetraut hätte, von einem Fuß auf den anderen hüpfte.

»Und in Zukunft, Macready, bitte ich mir aus, daß Sie sich meiner Befehlsgewalt in diesem Hafen unterordnen. Denn Sie und dieser alte Kohleneimer, den Sie ›Schiff‹ nennen, dürfen nur deshalb hier liegen, weil das Hafenamt es gütigst gestattet. Und glauben Sie nicht, Sie könnten mich einschüchtern, indem Sie mir Ihre Kommissarsplakette unter die Nase halten, denn Sie sitzen nur dank eines Ausnahmegesetzes als Vertreter des Leuchtfeuerdienstes im Vorstand, und das beeindruckt mich nicht die Bohne. Ich bin und bleibe hier der Hafenkommandant, vergessen Sie das niemals!«

Eine Pause. Dann:

»*Mr.* Stanier«, (Macready betonte die Anrede so abwertend, wie es nur ein Kelte kann, der sich des Englischen bedient), »*Mr.* Stanier, ich stehe jetzt lange genug hier und höre mir Ihren verdammten Blödsinn an. Nach meinem Urteil, das sich auf die Kleinigkeit von 39 Dienstjahren an dieser Küste stützt, ist Mr. Farthing ein so vielversprechender junger Offizier, wie ich ihn mir nur wünschen kann. Falls er Ihren Kreuzfahrermaßstäben nicht entspricht, schlage ich vor, daß Sie besser wieder den Pudel auf dem Sonnendeck spielen und mit der Ladung ficken, statt meine Offiziere auf meinem Schiff anzuschwärzen, nachdem Sie Ihre lächerliche Autorität mißbraucht und dieses Fahrzeug willkürlich ausgesperrt haben. Ihre Engstirnigkeit beweist sonnenklar, daß Sie total unfähig sind, mehr zu kommandieren als ein Motorboot. Wenn ich von Ihnen nur noch *ein* Wort höre, jage ich Sie mit Gewalt von meinem Schiff. Haben Sie das kapiert, verdammt noch mal? Denn ich laufe jetzt mit der Flut aus, und Sie kann meinetwegen der Teufel holen!«

Weder Charlie noch Foster hörten noch einen Mucks von Stanier. Grinsend standen sie im Gang, als das hochrote Gesicht von James St. John Stanier an ihnen vorbeischoß.

Danach konnte die *Caryatid* eine Zeitlang den Hafen von Porth Ardur, wie seit Jahren gewohnt, unbehindert anlaufen und verlassen. Macready nahm an, daß Stanier endlich erwachsen geworden war, und ging um des lieben Friedens willen sogar so weit, im Vorbeifahren zum Hafenamt hinüber zu lächeln. Stanier empfand dies jedoch als Verhöhnung und sann auf Rache.

Dabei fand er überraschend Unterstützung durch eine Außenseiterpartei, was ihn noch eifriger darüber nachsinnen ließ, wie er seine neuen Verbündeten am nützlichsten einsetzen konnte. Die Eskalation der Fehde zwischen den beiden Männern ging zum Teil auf Gwendolen Macready zurück. Das war von ihrer Seite nicht so beabsichtigt, bewirkte aber dennoch, daß eine einflußreiche Fraktion in Staniers Lager wechselte.

Seit Jahren beklagten sich die Hausfrauen von Porth Ardur über die dicken schwarzen Rußwolken, die *Caryatids* Schornstein ausspie, wenn sie an jedem Montag morgen Dampf aufmachte und auslief. Der Ausstoß fiel nämlich zeitlich zusammen mit dem Aufhängen unzähliger Quadratmeter frischgewaschener Bettbezüge und Kissen, von den Unaussprechlichen gar nicht zu reden. Schon mehrmals war eine Hausfrauenabordnung im Büro des Leuchtfeuerdienstes vorstellig geworden, wo sich der Kanzleichef, unerfahren in der Besänftigung wütender Frauen, in seinem Zimmer eingeschlossen hatte, bis sich die zornschnaubende Phalanx wieder zerstreut hatte. Man protestierte auch bei Kapitän Macready persönlich, doch der bedauerte die Belästigung lediglich und erwähnte sie seinem Chefingenieur gegenüber. Der aber war

Junggeselle und scherte sich einen Dreck um die Frauen dieser Welt, weil ihm eine vor Zeiten den Tripper angehängt hatte. Folglich unternahm er nichts und grinste nur gehässig, als ihm einfiel, daß in der Regel der an Bord wohnende Calico-Jack Dienst hatte, wenn die *Caryatid* auslief. Dieser Umstand würde aufs schönste dafür sorgen, daß der Ruß auch weiterhin die Matronen von Porth Ardur in Rage brachte.

Die Frauen, von denen viele mit Männern aus *Caryatids* Crew verheiratet waren, hatten es schon mit mancher Kriegslist versucht, darunter auch mit einer, die schon Lysistrata und ihre Freundinnen angewandt hatten. Dies führte jedoch zu einem völlig einseitigen Verzicht und zu mehreren hitzigen Eifersuchtsszenen, ganz zu schweigen von einem aufschlußreichen Wortgefecht in der Kundenschlange vor Beynons Metzgerei. Folglich wurde diese Taktik wieder verworfen. Die simple Lösung, die große Wäsche auf Dienstag zu verschieben, fiel keiner der beiden Streitparteien ein, denn nun ging es ums Prinzip, und da gab es keine ehrenhafte Kapitulation.

Auf dem Weg über Anthea Foster kamen einige Details des Streits zwischen Macready und Stanier auch Gwendolen zu Ohren. Folglich schrieb sie die Geistesabwesenheit ihres Mannes diesem Vorfall zu und nicht seiner Romanze mit Justine. Mrs. Macready begann sich in ihren eigenen Kreisen nach Kapitän Stanier zu erkundigen. Übereinstimmend schien man dort der Meinung zu sein, daß der neue Besen scharf kehrte, worauf ihr die unschuldige Bemerkung entschlüpfte, daß ihr Mann offenbar einiges von dem Kehricht abbekam. Hier hakte sofort Mrs. Beynon ein, die Metzgersfrau, die darin eine willkommene Schwachstelle erkannte, reif zur Ausbeutung durch die geplagten Hausfrauen von Porth Ardur.

Zur Zeit von Kapitän Edwardes hatten sie mit dem Versuch, den Hafenmeister auf ihre Seite zu ziehen, kein Glück gehabt. Kapitän Stanier jedoch schien ein vielversprechender Partner zu sein, und Mrs. Beynon fand für ihren Vorschlag schnell Unterstützung. Die als Deputierte ausgewählten Damen schluckten ihre Abneigung gegen »den von auswärts« hinunter und sagten sich, daß er ein stattlicher Neuzugang zu ihrem Gesellschaftsleben war, vielleicht sogar ein würdiger Heiratskandidat für ihre Töchter. Also sprach eine Abordnung bei Stanier im *Station Hotel* vor, wo er sie zunächst großzügig mit *Gin-and-Tonic* bewirtete.

»Und nun, meine Damen, was kann ich für Sie tun?« begann er, wobei seine Männlichkeit die Runde sofort dominierte. Weltläufig lächelte er in ihre gespannten Gesichter.

»Uns geht es um folgendes: Dieses alte Schiff stößt jedesmal Unmengen von Rußwolken aus, und wir Hausfrauen ...« Das Problem wurde Kapitän Stanier dargelegt, der – obwohl insgeheim voller Spott – den Damen versicherte, daß er für ihre Zwangslage Verständnis hätte und über Abhilfe ernsthaft nachdenken würde.

Letzteres entpuppte sich jedoch als schwierig für den jungen Mann. Erstens hatte er wenig Zeit zum Nachdenken, denn seine Affäre mit Tegwyn lief immer noch auf Hochtouren. Und zweitens hatte er andere Sorgen: Er suchte eine Unterkunft.

Sein Vertrag erlaubte ihm einen vierwöchigen Aufenthalt im Hotel, und danach wurde von ihm erwartet, daß er selbst für eine Wohnung sorgte. Schließlich entschied er sich für ein möbliertes Haus im vornehmsten Viertel von Porth Ardur, in der Glendŵr Avenue. Diese Straße mit ihrer Reihe alter Bäume und viktorianischer Villen schmeichelte seinem Selbstbewußtsein und entschädigte ihn zum Teil für sein schäbiges Ziegelkabuff. Die Hausbesitzer waren für längere Zeit in die Kolonien dienstversetzt, und ihre mit orientalischem Krimskrams vollgestopften Räume paßten genau zu dem Bild, das Stanier von sich selbst hatte: das des großen weißen Empiregründers. Das Haus eignete sich auch ganz entzückend für die Schäferstündchen mit Tegwyn, die sich auf dem Tigerfell vor dem Kamin so dekorativ räkelte. Auch hatte Stanier bisher nicht geahnt, daß ein Elefantenfuß als Schemel sexuell derart stimulierend sein oder ein Lederschild mit Assegaispeer erotischen Zwecken dienen konnte.

Und so fühlte er sich alles in allem und trotz seiner Differenzen mit Macready in Porth Ardur bald heimisch.

Dieses Gefühl verstärkte sich noch Mitte Juni durch das Erscheinen von Sir Hector Blackadder, der sein renoviertes Boot inspizieren wollte. Die *Sea Dragon* war eine moderne Dieselyacht von 34 Meter Länge und der ganze Stolz Sir Hectors. Er bemannte sie gewöhnlich mit Arbeitslosen aus Porth Ardur, die sich, verzweifelt erpicht auf den Verdienst, mit genug Unterwürfigkeit anbiederten, um dem Millionär zu gefallen. Das erlaubte ihm gleichzeitig, die *Sea Dragon* als eine Art Arbeitsbeschaffungsmaßnahme für Unterprivilegierte vor sich und anderen zu rechtfertigen.

Dabei konnte man Sir Hector nicht als hartherzigen Mann bezeichnen. Er lebte in einer Zeit, in der solch simple Ideen anstandslos akzeptiert wurden, und tatsächlich stimmte ein großer Teil der Bevölkerung sogar mit ihm überein und betrachtete ihn als ihren Wohltäter. Das wiederum erfreute Sir Hector, der Kapitalisten für die neuen Aristokraten hielt und dies auch gern in der Öffentlichkeit verkündete. Genausogern behauptete er, daß jeder es so weit bringen könne wie er, wenn er nur hart genug arbeitete, und daß ihm sein Adelstitel von dem beeindruckten Monarchen zu dem Zweck verliehen worden sei, um andere Angehörige seiner Klasse zu ermutigen. Nie bekam man von ihm zu hören, wie er sein Anfangsvermögen erworben hatte, aber in Porth Ardur kursierte die Legende, daß er früher stets mit einer Schere in der Tasche zur Schule gegangen war. Damit hatte er in den Vorgärten heimlich Blumen abgeschnitten und sich nach der Schule ganz unschuldig vors Krankenhaus gestellt, um den mit leeren Händen ankommenden künftigen Vätern Chrysanthemen und Iris zu verkaufen.

Welche die Quellen seines Vermögens auch sein mochten, er war inzwischen sagenhaft reich und betrachtete den Besitz einer Luxusyacht als standesgemäß. Obwohl er Eigentümer der Cambrian Dampfschiff-Reederei war und 23 rostige und profitable Schiffe besaß, war er auf nautischem Gebiet ziemlich unbewandert. Deshalb sah er sich genötigt, einen Skipper einzustellen, und dies war der zweite Grund, weshalb er in Porth Ardur erschien.

Während Sir Hector begutachtend seine renovierte Yacht umrundete, kam Stanier herbeigeschlendert und stellte sich vor.

»Haben Sie ein Patent, Kapitän?«

»Aber natürlich, Sir Hector.«

»Bei welcher Reederei sind Sie gefahren?«

»Isthmus and Occidental, Sir«, antwortete Stanier, insgeheim wütend, daß er danach gefragt wurde. Schließlich gab es einerseits die I&O – und andererseits den Rest der Handelsmarine ...

»Jemals daran gedacht, für die Cambrian Dampfschiff-Reederei zu arbeiten?«

Stanier, der eine Falle roch, warf Blackadder einen schnellen Blick zu. Der Millionär betrachtete ihn gelassen.

»Nein, Sir.«

»Wahrscheinlich haben Sie gehört, daß dort nur ein paar alte rostige Schiffe laufen, auf denen die Leute schlecht verpflegt und willkürlich angeheuert und gefeuert werden ... Mal ehrlich, ist es nicht so?«

Stanier lächelte skeptisch und zuckte die Schultern. »Na ja, so ungefähr, Sir Hector ...«

Blackadder lachte. »Sie sind wenigstens ehrlich. Was man über uns sagt, mag ja stimmen, Kapitän, aber meine Schiffe machen Profit. Ich *weiß*, daß sie pro Reise mehr einbringen als Ihre I&O-Dampfer, und letzten Endes ist nur der Gewinn entscheidend. Wenn I&O die Postverträge der Regierung verlieren würde, wäre sie binnen zehn Jahren bankrott. Jawohl, das wäre sie. Keine Widerrede.«

»Aber so etwas steht nicht zu erwarten, Sir Hector.«

»Seien Sie kein Narr. In zwei Jahren ist es damit vorbei, dann übernehmen Flugzeuge die Postbeförderung. Der Luftverkehr ist heute der interessanteste Markt, ich selbst werde in diese Richtung expandieren.« Sir Hectors Blick hob sich über die Dächer von Porth Ardur zu den Bergen dahinter, als suche er zwischen den Wolken nach einem Flugzeug. Es war der Blick des Visionärs.

Dann faßte er wieder Stanier ins Auge. »Hätten Sie gern einen Job, Kapitän?«

»Bedaure, Sir Hector, aber ich verstehe nicht.«

»Oh, ich weiß, Sie sind hier angebunden, aber Ihnen steht doch bestimmt Sommerurlaub zu. Ich offeriere Ihnen einen Arbeitsurlaub als Skipper der *Sea Dragon*. Planen Sie für mich einen dreiwöchigen Törn an dieser Küste, es gibt hier sehr malerische Fleckchen. Was halten Sie davon?«

»Tja, Sir Hector, das würde mir schon zusagen, aber ...«

»Kommen Sie mir nicht mit Bedenken, Kapitän. Ich besitze einigen Einfluß und garantiere Ihnen, daß Sie Urlaub kriegen. Sie können an meinem Tisch essen und auch Ihre Frau mitbringen. Sie sind doch verheiratet?«

»Äh, nein, Sir Hector.«

»Wollen Sie mir etwa einreden, ein I&O-Offizier wie Sie wäre in Port' Ardur nicht fündig geworden?«

Stanier grinste. »Na ja, genaugenommen habe ich, äh ...«

»Gut, dann ist das geregelt. Solange sie die Erbsen nicht vom Messer ißt und den Unterschied zwischen Champagner und Rotwein kennt, soll sie mir willkommen sein. Ist sie hübsch?«

Stanier errötete beim Gedanken an Tegwyn mit dem Assegai und schwieg.

»Na klar ist sie hübsch«, fuhr Sir Hector fort. »Staffieren Sie sie nur mit einem anständigen Abendkleid aus. Lassen Sie uns heute abend in meinem Hotel essen und die Details besprechen. Bringen Sie eine Seekarte mit ...«

Und so bekam Kapitän James St. John Stanier sein erstes selbständiges Kommando auf See.

Bis der Juni in den Juli überging, waren in Porth Ardur diverse Pläne gereift. Stanier, Blackadder und Tegwyn Morgan bereiteten sich darauf vor, in der ersten Augustwoche in See zu stechen. Stanier hatte Tegwyn nicht ohne weiteres dazu überreden können, denn falls sie ihn auf die *Sea Dragon* begleitete, mußte ihr Verhältnis öffentlich bekannt werden. Tegwyn wußte, in der Yachtcrew würden viele über ihre Anwesenheit die Stirn runzeln, deshalb kam sie auf die Idee, sich als offizieller Gast von Stanier auszugeben, und redete des langen und breiten über eine angeblich formelle Einladung. Lange scheute sie davor zurück, ihre Mutter einzuweihen, doch als sie sich endlich dazu überwand, war sie überrascht von Justines Reaktion.

»Aber natürlich, Schätzchen, fahr nur mit, und amüsier dich gut. Am besten schließe ich dann den Laden und mache selbst einige Tage Urlaub.« Justine lächelte ihre Tochter an. »Du wirst ein paar schicke Abendkleider brauchen, mal sehen, was sich da machen läßt ...«

Tegwyn umarmte ihre Mutter. »O Mama, du bist einfach wundervoll!«

Justines Freude war jedoch nicht uneigennützig. Als sie am nächsten Freitag mit Septimus tanzte, gab sie ihm grünes Licht für ihre eigenen Pläne. Beim Verlassen der *Tudor Tea Room* flüsterte sie ihm schnell das Datum zu, an dem sie auf Ynyscraven einzutreffen hoffte.

»Und wie willst du dort hinkommen, Liebste?« fragte Macready.

»Ich nehme den Zug nach Aberogg. Dort geht das Postboot zur Insel ab, nicht wahr?«

Macready nickte und drückte ihr lächelnd die Hand. »Dann dauert das Warten nicht mehr lange, mein Herzblatt.«

Charlie Farthing hatte Sonja mehrmals wiedergesehen und war verliebter denn je. Die *Caryatid* hatte hin und wieder einen Nachmittag lang am Leuchtturm von Ynyscraven zu tun, und jedesmal war Sonja über den Bergkamm zu ihnen herabgestiegen. Unter dem Grinsen, Augenzwinkern und zweideutigen Gestikulieren der Matrosen hatten sie Küsse und gestammelte Koseworte getauscht.

Deshalb war Charlie entzückt, als Kapitän Macready ihnen eröffnete, daß sie im August eine Zeitlang auf Ynyscraven verbringen würden.

»Wir müssen den Lift dort erneuern, das dauert mindestens eine Woche. Es ist Ihnen doch recht, Mr. Farthing?« Macready lächelte, hauptsächlich jedoch in eigener Sache.

»Jawohl, Sir, sehr recht.«

Nachdem Macready gegangen war, erkundigte sich Charlie bei Foster, was die Erneuerung des Lifts genau bedeutete. Foster zündete seine Pfeife an und paffte.

»Na ja, wir müssen den alten Draht des Lastenaufzugs kappen und entfernen, dann einen neuen ausbringen, ihn ablängen, spleißen und steif durchsetzen. Wenn das geschafft ist, werden der Traveller und der eigentliche Seilzug erneuert. Das macht viel Arbeit und dauert etwa fünf Tage, falls alles klappt. Länger, wenn was schiefgeht.« Er stieß Rauchwolken aus. »Und sowie der neue Seilzug aufgeriggt ist, müssen unsere Mechaniker den Windenmotor überholen. Das können sie erst, wenn wir fertig sind, weil wir die Winde vorher zur Lastenbeförderung brauchen. Ich rechne dafür zwei zusätzliche Tage, deshalb geht wahrscheinlich unser Wochenende drauf. Unsere Frauen werden meckern, aber den Kerls steht 'ne prima Zeit bevor. Der Alte macht immer um sechs Feierabend, da kann das Boot schon gegen sieben zum Pub starten.« Wieder paffte er. »Und du bist dann im siebten Himmel.«

Foster grinste Charlie an, und der grinste zurück.

»Klingt wie 'n verdammter Urlaub«, meinte er schlau.

»Von wegen! Mehr wie verdammt harte Arbeit. Du wirst dir jede freie Stunde sauer verdienen.«

So schmiedeten die einzelnen Fraktionen Pläne für ihr Vergnügen und ihr Amüsement, und die Vorfreude der

Hauptakteure stieg von Tag zu Tag. Mehrere Mitglieder der *Caryatid*-Crew hörten die Neuigkeit mit Entzücken, vor allem Calico-Jack. Justine beglückwünschte sich selbst zu dem Arrangement, während Tegwyn, in sexuellen Exzessen schwelgend, sich aus den verborgeneren Schubladen im Laden ihrer Mutter mit einer Garderobe ausstattete, die nicht ausschließlich fürs abendliche Dinner gedacht war.

Stanier ging das ganze Unternehmen mit kühler Professionalität an. Er verhielt sich, als sei es die *Mauretania*, deren Kommando er übernehmen sollte, und wies Tegwyn unwillkürlich den Status eines Passagiers zu. Das hing damit zusammen, daß James St. John Stanier Passagiere bis zum Überdruß genossen hatte.

Macready bereitete sich vergnügt auf mehrere idyllische Liebesnächte vor und besänftigte sein Gewissen, indem er sich an den Wochenenden zuvor im Haus nützlich machte und einige Arbeiten erledigte, auf die Gwendolen schon längst nicht mehr zu hoffen gewagt hatte.

Und Charlie Farthing träumte von der Liebe ...

So hätte eitel Wonne herrschen können, bis die *Caryatid* und die *Sea Dragon* von Porth Ardur und das Postboot für Ynyscraven von Aberogg ausliefen, wäre nicht ein unvorhergesehenes Ereignis eingetreten. Es beeinträchtigte die Urteilskraft des einen Kapitäns und brachte den anderen um seinen Gleichmut.

Eine Kriegserklärung

Laut Clausewitz ist Krieg die Fortsetzung der Politik mit anderen Mitteln. Falls er mit Politik meinte, daß Fraktionen mit entgegengesetzten Zielen ihre Positionen beziehen, so mag er recht haben. Aber Krieg bleibt Krieg, ob nun auf internationaler Ebene oder rund um den Dorfteich, und er unterliegt dem üblichen Muster menschlicher Zwistigkeiten, wonach eine Serie kleinerer Zwischenfälle im Ausbruch offener Feindseligkeit kulminiert. Historiker allerdings lieben einen *casus belli*, deshalb soll dieser Faktor nicht unterschlagen werden, als die Charaktere aufeinanderprallten und der Frieden von Porth Ardur zerriß.

Einige Tage vor dem Aufbruch zu seinem Törn mit Sir Hector beschloß Stanier, gegen Macready ins Feld zu ziehen. Seine Bündnisse hatten Bestand, und außerdem war ihm eine seltsame kleine Information zugeflogen. Mit dieser Kenntnis bewaffnet, glaubte er sich unverwundbar und beabsichtigte, Macready wegen der anstößigen Rußwolken seiner *Caryatid* zur Rede zu stellen. Als er morgens von der Glendŵr Avenue zum Hafen hinunter schlenderte, lächelte er zufrieden in sich hinein. Tief unten konnte er den hohen gelben Schornstein der *Caryatid* schwarzen Rauch ausspeien sehen. Der Qualm trieb landeinwärts, das flache Tal hinauf, in dem die Mehrzahl der Bevölkerung wohnte.

Staniers Lächeln wurde zur Grimasse, als er vor sich die untersetzte, schaukelnd ausschreitende Gestalt Macreadys gewahrte, der in seiner Seemannsjacke mit den vier Goldstreifen und der Kapitänsmütze zum Hafen ging.

»Verdammter Scharlatan«, murmelte Stanier in der

Erinnerung an sein kürzliches Gespräch mit Sir Hector Blackadder.

Wenn der Millionär fürs Wochenende nach Porth Ardur kam, speisten sie oft miteinander. Ihre Unterhaltung drehte sich dann um die bevorstehende Kreuzfahrt, und letzthin hatte sich Sir Hector über die Bemannung seiner Yacht ausgelassen.

»Oh, die Crew ist nicht das Problem.« Sir Hector paffte eine dicke Havanna. »Den Koch und das Kabinenpersonal bringe ich selbst mit, sie gehören zu meinem ständigen Dienstpersonal. Der Ingenieur hat bei mir, wie Sie wissen, fast einen Vollzeitjob, und die zwei Mechaniker und sechs Matrosen suche ich mir jedes Jahr unter den arbeitslosen Fischern dieser Gegend. Nein, der richtige Skipper ist das Problem ...«

Bei dieser Bezeichnung verzog Stanier das Gesicht, aber Sir Hector redete weiter durch seine blaue Rauchwolke, ohne zu merken, daß er dem Stolz des Jüngeren gerade einen schweren Schlag versetzt hatte.

»Normalerweise suche ich mir hier im Hafen jemanden, der gerade stellungslos und pleite ist. Oft kannte auch der alte Edwardes einen Urlauber mit irgendeinem Patent. Natürlich werden sie nicht alle eingeladen, an meinem Tisch zu speisen.«

Er lächelte Stanier an, der halbwegs versöhnt zurücklächelte.

»Und keinem meiner Skipper habe ich bisher gestattet, seine Freundin mitzubringen.« Sir Hector zog an seiner Havanna.

»Ich fühlte mich geehrt, Sir Hector ...«

Der Millionär grunzte, dann blickte er auf. »Sie gefallen mir, Stanier. Sie haben so eine skrupellose Ader, und ich bin auf der Suche nach einem Juniorpartner ...«

»Ich bin – äh – überwältigt, Sir Hector, ich – äh ...«

Der adlige Junggeselle wischte Staniers Versprechen ewiger Loyalität verächtlich beiseite. »Erst mal sehen, mal sehen ... Wie gesagt, meine Sorge galt oft dem richtigen Skipper. Ich selbst verstehe nicht viel von Navigation, weiß aber, daß die Tidengewässer hier ziemlich tückisch sein können. Einmal hatte ich einen gräßlichen Kerl namens Evans, leider das Beste, was Old Edwardes damals für mich auftreiben konnte. Er war ein verdammter Trawlerskipper und schwor Stein und Bein, er sei der erfahrenste Schiffsführer hier an der Küste, hätte nur eine kleine Meinungsverschiedenheit mit seinem Eigner gehabt. Zu meinem Pech blieb mir keine Zeit, seine Beglaubigungen zu überprüfen. Ich hatte eine unheimlich attraktive italienische Contessa eingeladen, und mein Urteilsvermögen war etwas – na ja ...« Sir Hector lachte so herablassend, als enthülle er einem Untergebenen ein Staatsgeheimnis, »etwas getrübt. Lassen Sie sich in Ihrem professionellen Urteil niemals von einer Frau beeinflussen, junger Mann. Das geht immer schief, und ehe Sie sich's versehen, ist irreparabler Schaden angerichtet.« Sir Hector paffte gereizt an seiner Zigarre und fuhr fort: »Der vermaledeite Idiot verirrte sich mit der Yacht zwischen einige Felsen, durch die der Tidenstrom schoß wie ein Gebirgsbach nach der Schneeschmelze. Es war ein herrlicher Nachmittag dort unten, irgendwo beim Leuchtturm, dem – wie heißt er noch? – dem Buckasoundso ...«

»Buccabu, Sir Hector. Darf ich nachgießen?«

»Buccabu, genau! Äh – ja, mein Junge, der Portwein ist ganz brauchbar, jedenfalls für den Schuppen hier. Buccabu ... Den Namen werde ich nie vergessen. Dachte, mit uns ist's aus. Ich hatte den Braten ja schon gerochen, weil der Halunke eine Buddel Rum mit ins Ruderhaus brachte. Aber bei Gott, da saßen wir schon in der Scheiße. Rundum nur weißes Wasser, das zischend am Boot saugte. Die *Sea Dragon* hat 986 PS, aber die brachten nicht mehr als ein Furz beim Gewitter ...« Erbleicht in der Erinnerung, schöpfte Sir Hector Mut aus seinem Portweinglas.

»Und was passierte?« fragte Stanier gespannt.

Das war alles ziemlich aufregend im Vergleich zu der geordneten Routine auf einem I&O-Dampfer ...

»Ein Matrose stürzte ins Ruderhaus, schrie, er kenne sich hier aus und würde uns lotsen, aber jemand solle den verdammten Skipper rausschmeißen und das Ruder übernehmen. Tja, ich selbst konnte nicht steuern, hatte aber kein Problem, den alten Säufer von der Brücke zu jagen. Und als ich mich wieder umdrehe, da steht meine Contessa am Ruder und wirbelt mit fliegenden Haaren und weißen Armen die Teakspeichen herum, genau nach den Richtungsangaben, die ihr der Matrose vom Bug zuschreit. Ich sehe sie noch vor mir ...« Sir Hector starrte in die Ringe und Spiralen des Zigarrenrauchs, die fast bewegungslos über ihrem Tisch hingen. »Gott, war das ein Anblick! Ihre Augen sprühten Blitze, und ihre geweiteten Nüstern vibrierten.« Er seufzte wehmütig. »Wie sich herausstellte, segelte sie bei der italienischen Olympiamannschaft mit. Seither habe ich immer wieder mal selbst gesteuert.« Er zerdrückte seinen Zigarrenstummel im Aschenbecher.

»Hoffentlich erwarten Sie auf unserem Törn nicht ähnliche Abenteuer, Sir Hector«, sagte Stanier, ebenfalls seine Zigarre ausdrückend.

»Jedenfalls nicht Abenteuer dieser Art.« Sir Hector blinzelte ihm zweideutig zu.

»Eigentlich hätte ich angenommen, daß Sie unter den Offizieren der *Caryatid* einen geeigneten Kandidaten finden«, kam Stanier auf ihr Thema zurück; er goß Portwein nach.

Blackadder schüttelte den Kopf. »Die bekommen zuwenig Urlaub. Foster allerdings hat die *Sea Dragon* für mich hierher überführt. Damals erfuhr er auch von der freien Stelle beim Leuchtfeuerdienst. Übrigens, kennen Sie den alten Macready?«

Stanier verzog das Gesicht. »Jaaa«, antwortete er vorsichtig.

Sir Hector lächelte. »Komischer Kauz. Fährt angeblich schon seit Kindesbeinen auf ihren Schiffen. Für mich sieht er aus wie das Urbild eines Kapitäns, ganz anders als meine Skipper. Was halten Sie von ihm?«

Der Wein war Stanier zu Kopf gestiegen. »Der Mann besteht nur aus heißer Luft und goldbetreßter Uniform. Stolziert wie ein Admiral um seinen alten Kohleneimer. Schätze, er ist noch nie über diese Küste hinausgekommen.«

»Da haben Sie recht, mein Junge. Der gute Macready besitzt noch nicht mal ein Kapitänspatent des Handelsministeriums. Das überrascht Sie? Aber es stimmt! Er gehört noch zu der Generation, die's nicht brauchte, aber lassen Sie sich nur nicht täuschen. In punkto Seemannschaft macht ihm keiner was vor.«

Die Warnung ging an Stanier vorbei. Das weinselige Herz hüpfte ihm vor Freude in der Brust, denn jetzt besaß er die richtige Waffe, um diesen hochnäsigen Scharlatan namens Kapitän Macready zu vernichten.

Die Erinnerung an dieses Gespräch beflügelte Kapitän Staniers Schritte so, daß er förmlich über das Kopfsteinpflaster flog. Verächtlich verzog er den Mund, als er am

Gelände des Leuchtfeuerdienstes mit seiner weiß gekalkten Granitmauer vorbeikam.

Thomas Jones erwartete ihn mit einer Liste der Schiffe, die an diesem Morgen auslaufen wollten. »Reine Routine, Käpt'n. Erst Fischtrawler und bei Hochwasser dann die *Carry.* Macready läßt uns sagen, daß er sofort rausgeht, wenn genug Wasser überm Süll steht. Hat irgendeine Notreparatur an der Hellweathertonne ...«

»Ja, ja, schon gut, Mr. Jones. Und jetzt gehe ich an Bord der *Caryatid*, auf ein Wörtchen mit Kapitän Macready.« Er machte auf dem Absatz kehrt und stolzierte davon, auf die Gangway der *Caryatid* zu.

Grinsend blickte Jones ihm nach.

Auch Kapitän Macready war bester Laune. Erstens bereitete ihm die Vorfreude über *Caryatids* Stippvisite auf Ynyscraven und die Aussicht auf mindestens fünf ganze Nächte mit Justine fast körperlichen Schmerz. Zweitens war es ein wunderschöner Morgen, und solche Glücksfälle wußte der Kommandant neuerdings zu schätzen. Und schließlich war er vor einem Noteinsatz immer aufgekratzt. Deshalb schob er mit innigem Vergnügen die Papiere auf seinem Schreibtisch zusammen und starrte hinunter aufs Vorschiff, wo seine Leute die neue Tonne für die Hellweatherbank festlaschten. Leise summte er vor sich hin, mit sich und der Welt zufrieden.

Aber dann spürte er etwas wie eine drohende Wolke am Horizont seiner Träume aufziehen: Störender Lärm drang in sein Bewußtsein. Irgendwo unten schien ein Streit ausgebrochen zu sein. Er erkannte Fosters Stimme, sie klang gedämpft und um Abwiegelung bemüht.

»Tut mir leid, Sir, wir laufen so bald wie möglich aus, und Kapitän Macready ist voll beschäftigt. Sir, ich muß darauf bestehen ...«

»Gehen Sie mir aus dem Weg, Mann! Für wen halten Sie sich?«

Lärm wie von einem Handgemenge – und dann polternde Schritte auf der Gangway. Kapitän Stanier riß die Tür zu Macreadys Kajüte auf.

Macready stand immer noch am Bullauge. Jetzt wandte er sich langsam um und dem Eindringling zu. Der Streit mit Foster hatte Stanier erhitzt, und weil er zu schnell die Gangway heraufgerannt war, rang er nach Atem.

»Ah, Kapitän Stanier, guten Morgen. Bedauerlicherweise hat man Ihnen als Lehrling wohl nicht beigebracht, an Türen anzuklopfen ...«

Mit Vergnügen beobachtete Macready, wie Staniers Gesicht noch röter wurde. Aber der Mann gewann schnell seinen Atem und seine Beherrschung zurück.

»Dafür entschuldige ich mich, Kapitän Macready, aber ich muß Sie vor dem Auslaufen unbedingt sprechen, und Ihr Erster war nicht gerade entgegenkommend.«

Macready zuckte die Schultern. »Also, was kann ich für Sie tun?«

»Würde es Ihnen etwas ausmachen, mich kurz hinaus aufs Bootsdeck zu begleiten, Sir?«

Staniers vernünftiger, überredender Ton entwaffnete Macready. Er konnte nicht wissen, daß sich der Hafenmeister unterwegs jedes Wort zurechtgelegt hatte.

Die beiden Männer traten aufs Bootsdeck hinaus, und Stanier hob den Blick. Über ihnen ragte *Caryatids* hoher beiger Schornstein empor, flankiert von zwei riesigen Lüftern. Aus dem defekten Pfeifenventil strömte wie stets ein dünner, zischender Dampfstrahl. Dieser Dampf war weiß, sogar blendend weiß vor der dicken Wolke schwarzen Qualms, der – mit unverbrannten Rußpartikeln durchsetzt – aus dem Schornstein quoll. Erst senkrecht, dann sich träge ausbreitend, rollte er über die Dächer von Porth Ardur.

»*Darüber*, Kapitän Macready, muß ich mit Ihnen sprechen.« Stanier machte eine dramatisch ausholende Armbewegung. Es war die erste Geste gespielter Empörung, die er sich seit seiner Ankunft gestattete. »*Darüber* gehen bei mir ständig Beschwerden ein, seit ich meinen Dienst als Hafenkapitän angetreten habe. Ich muß darauf bestehen, daß Sie Ihren Ingenieuren und Heizern verbieten, dermaßen viel überflüssigen Rauch zu machen ... Man merkt sofort, daß Ihre Leute nicht das geringste vom Kesselheizen verstehen.«

Macready war bereit, die Beschwerde über den Rauch zu tolerieren, selbst von Stanier. Er akzeptierte den Vorstoß, denn er war nicht neu und ging offensichtlich auf Einflüsterer zurück, die sich vom neuen Hafenmeister Unterstützung versprachen. Er war sogar bereit, Stanier entgegenzukommen und ihm zu versprechen, daß er den Vorfall untersuchen werde. Was er aber nicht hinnehmen konnte, unter keinen Umständen, das war Kritik an der *Caryatid* und an seinen Leuten. Dazu war nur eine einzige Person berechtigt, nämlich ihr Kommandant, Kapitän Septimus Macready selbst.

»Hören Sie mal, Sie junger Laffe, woher in aller Welt nehmen Sie das Recht zu behaupten, Sie wüßten, wie man einen Kessel anheizt?«

Die Worte brachen mit solcher Heftigkeit aus ihm hervor, daß Stanier von einem Speichelspritzer getroffen wurde.

Mit hochrotem Gesicht wartete Macready auf die Erwiderung des Jüngeren und legte sich schon weitere Beschimpfungen zurecht. Aber Stanier blieb ein Urbild angelsächsischer Kaltblütigkeit.

»Kapitän«, antwortete er, dabei den Titel mit beißendem Sarkasmus betonend, »*ich* habe ein Kapitänspatent. Sie haben keins. Also sind Sie wohl kaum befugt, mich zu belehren.« Triumphierend starrte er seinen Gegner an.

Langsam stieß Macready den Atem aus. Ihm war so unbehaglich zumute, als hätte man ihn geschlagen. Die Luft, die er sich aufgespart hatte, um diesen Kläffköter vom geheiligten Deck seiner *Caryatid* zu pusten, entwich wie von selbst, er schien zu schrumpfen. Mit großer Anstrengung atmete er von neuem ein.

Durch die zusammengebissenen Zähne zischte er Stanier an: »Verschwinden Sie von meinem Schiff, Sie ...« Seiner Selbstbeherrschung mißtrauend, wandte er sich taumelnd ab.

Gemächlich stolzierte Stanier an Land. Es war wirklich ein wundervoller Morgen.

Macready sank auf seinem Sofa zusammen. Staniers Pfeil hatte ihn bis ins Herz getroffen, und nicht einmal der Gedanke an Justine milderte seine plötzliche Niedergeschlagenheit. So fand ihn Foster vor, als er kam, um das Schiff klar zum Auslaufen zu melden.

»Geht's Ihnen auch gut, Sir?« fragte er besorgt und beugte sich über die zusammengesunkene, reglose Gestalt.

»Wie? Äh, ja – ja, natürlich.«

»Soll ich die Maschine auf Standby gehen lassen?«

»Was? Ach so, ja, unbedingt. Machen Sie nur.«

Mit einer Kraftanstrengung riß Macready sich zusammen und sprach sich Mut zu. »Ich hab' die Fassung verloren«, murmelte er, seine Kapitänsjacke glattstreichend. Er atmete tief ein, nahm die Dienstmütze vom Haken und ging auf die Brücke. Seltsamerweise dachte er an Gwendolen. Und als er die Hand auf den Maschinentelegraph legte, war sie wieder völlig ruhig.

Nach seinem Sieg kostete Stanier das Gefühl stiller Zufriedenheit voll aus. Erstmals seit seiner Ankunft in Porth Ardur sah er sich als Mann mit dem Finger am Puls des Geschehens, als Mann mit einem wohlgeordneten Leben und einer rosigen Zukunft. Mit dem ganzen Enthusiasmus der Jugend nahm er die Vorbereitungen für seine Kreuzfahrt in Angriff. Seine Matrosen waren angeheuert und entlohnt, und die Yacht selbst erreichte allmählich einen so perfekten Zustand, wie er sogar dem anspruchsvollsten Kapitän der I&O-Reederei imponiert hätte.

Seine Affäre mit Tegwyn blieb nach außen hin diskret, insgeheim jedoch hemmungslos wollüstig, was völlig seinen speziellen Wünschen entsprach. Staniers sexuellem Appetit war keine Abkühlung anzumerken, aber ein aufmerksamer Beobachter, den es natürlich nicht gab, hätte in den Bettgewohnheiten des Pärchens eine Regelmäßigkeit entdeckt, wie sie meist dem Absinken der Temperatur vorausgeht.

Für Tegwyn wurde die Hingabe an Stanier allmählich zur Besessenheit. Bisher war sie noch nie einem Mann begegnet, der einer Frau offiziell so viel Aufmerksamkeit schenkte, der sich in der Öffentlichkeit derart galant verhielt und sie privat doch so unersättlich und berauschend in Besitz nahm. Gewohnt an das lodernde Verlangen des keltischen Mannsvolks, dem Liebesbeweise alles bedeuteten und Diskretion gar nichts, kam sie sich vor wie eine hofierte Herzogin. Außerdem war sie hingerissen von der Aussicht auf eine Kreuzfahrt mit der *Sea Dragon* und genoß es, als sie unter den Frauen von Porth Ardur ein gewisses Maß an mißbilligender Eifersucht spürte.

Auf ihrem Weg in die moralische Zerrüttung wäre Tegwyn Morgan ungehindert nie so weit gekommen, hätte ihre Mutter nicht anderes im Kopf gehabt. Aber auch Justine sonnte sich im rosigen Schein der Vorfreude. Zwar traf sie Macready weiterhin nur einmal wöchentlich bei ihrem gewohnten freitäglichen Tanztraining, dennoch verspürte sie keine Eifersucht, wenn sie ihn daheim bei seiner Frau wußte. Jahrelang hatte Justine eine heimliche, unaussprechliche Passion für ihren toten Mann genährt. Wie von selbst wandte sich ihre Phantasie jetzt dem Kapitän zu, und manchmal, in den seltenen Augenblicken höchster Ekstase, verschmolzen für sie beide zu einem einzigen Mann. Ihre ganze verführerische Erscheinung schien in diesen Sommerwochen noch zu reifen, bis sie einer Frucht glich, die den höchsten Süßegrad erreicht, kurz bevor sie vom Baum fällt, um angeschlagen am Boden zu verfaulen.

Die *Caryatid* dampfte gegen den starken Seegang an, zerteilte ihn energisch mit ihrem Steven, hob und senkte sich unaufhörlich im Rhythmus der Wellen. Gischt prasselte an Deck, und ihr weißes Kielwasser schoß zischend achteraus.

»Irgendwo im Westen muß Sturm geherrscht haben«, meinte Charlie zu niemand im besonderen.

»Mhm«, stimmte Bernard Foster zu, das Glas vor Augen und immer noch mit der Frage beschäftigt, womit Stanier wohl Kapitän Macready so erschüttert hatte.

»Schau mal, Charlie«, sagte er plötzlich.

Charlie setzte sein eigenes Glas an und richtete es nach Norden.

Die *Caryatid* dampfte nach Westen, immer am Rand der Hellweather-Bank entlang. Diese sandige Untiefe verlief elf Meilen etwa in Ost-West-Richtung, mit rund zwei Meilen Ausdehnung an ihrer breitesten Stelle. An der Westspitze stampfte das Feuerschiff gleichen Namens im Schwell, den roten Rumpf entstellt durch die großen schwarzweißen Buchstaben, die auch dem dümmsten Seemann seine Position signalisierten. Eine Meile östlich des Feuerschiffs, wo das Wasser flach wurde, lag die West-Hellweather-Tonne. Oder hätte jedenfalls da liegen sollen. Jetzt schien sie sich allerdings von ihrer Muringkette losgerissen zu haben und auf der Bank gestrandet zu sein. Und so hatte Bernard Foster sie gesichtet: einen rotweißen, schrägen Zylinder, der im trockengefallenen Sand auf der Seite lag.

Er blies ins Sprachrohr, und Kapitän Macready erschien auf der Brücke. Er ließ das Schiff stoppen, und die drei Männer starrten nach Norden, während der Rudergänger lässig an den Speichen des Rads drehte und insgeheim mit sich selbst wettete, ob der Alte wohl näher rangehen und die gestrandete Tonne bergen würde.

Charlie spürte ein nervöses Kribbeln im Bauch, als er zur Tonne hinübersah. Der leichte Wind kam aus Westen, und der Himmel hatte sich bezogen: kein vielversprechender Tag. Nördlich von ihnen schien die See heftig bewegt, weil der Schwell dort auflief und sich donnernd am Hindernis der Sandbank brach. Plötzlich schien ihm der Name Hellweather – Höllenwetter – erschreckend treffend. Die trockengefallenen Sandflächen wurden zwischen Gischt und weißem Wasser nur gelegentlich sichtbar, aber die latente Energie der anstürmenden Seen entlud sich mit einem Brüllen, das deutlich über die halbe Meile Entfernung ans Ohr der drei Beobachter drang. Endlich sprach Macready.

»Das Wasser läuft ab. Wir bringen die neue Tonne aus, dann nähern wir uns von der anderen Seite. Möglicherweise kommen wir mit einem Boot in Lee an die Bank heran. Einverstanden, Mr. Farthing?«

»Aye, aye, Sir«, antwortete Charlie, der plötzlich begriff, warum Seeleute niemals »ja« sagten.

Eineinhalb Stunden später lag die neue Tonne auf ihrer Position, und die *Caryatid* entfernte sich. Ihr glänzend neuer, unverwitterter Anstrich ließ sie vor dem grauen Hintergrund von See und Himmel leuchten wie ein Juwel.

Doch der Farbfleck wurde kleiner und kleiner und Charlies Bauchgrimmen schlimmer und schlimmer. Es verstärkte sich noch, als er sah, wie sich die Matrosen um das Motorboot sammelten. Mit ernstem Gesicht gab Bernard Foster dem Bootsführer einige Anweisungen, und Charlie ärgerte sich schon, daß der Erste anscheinend am Können seines Zweiten zweifelte. Aber dann spürte er wieder seinen Magen und war dankbar für die Vorsorge seines Vorgesetzten.

Foster trat zu ihm.

»Ich habe gerade mit Makrelen-Jack gesprochen, Charlie. Er ist unser bester Bootsführer, du kannst dich voll auf ihn verlassen. Okay?«

Charlie nickte. »Warum ist es so dringend, die defekte Tonne sofort abzubergen?«

»Die Dinger reißen sich nur selten los. Wir müssen den Grund dafür wissen. Auch würde die Tonne normalerweise nicht dort liegen bleiben, sondern bei Flut aufschwimmen und treibend die Schiffahrt gefährden.« Er lächelte ermutigend und fügte mit leiser Stimme, in der eine Andeutung von Stolz mitschwang, hinzu: »Außerdem verlieren wir sie nur ungern. Es wäre eine Blamage.«

Während das Motorboot davontuckerte, blickte Charlie zur *Caryatid* zurück. Immer wieder verschwand ihr geringes Freibord hinter dem Schwell und ließ nur Brükke, Masten und Schornstein sehen. Und immer wieder erklomm sie einen Wellenkamm, wo dann ihr gerader, sachlicher Arbeitssteven stark mit dem eleganten Heck kontrastierte. Charlie merkte, daß er lächelte und das forsche kleine Schiff bewunderte, das ohne großes Trara seinem schwierigen Geschäft nachging. Dann blickte er wieder zurück ins Boot, auf dessen Boden eine riesige Bunsch sauber aufgeschossener, dreieinhalbzölliger Hanftrossen lag. Verpackt in schwarzes Ölzeug und Südwester, in seiner Rettungsweste noch unförmiger wirkend, pfiff der Mann im Bug leise vor sich hin. Der Bootsführer saß an der Pinne und hatte als einziger den Blick nach vorn gerichtet.

Bei der Annäherung erkannte Charlie die Tonne sofort. Die Ebbe war weit fortgeschritten und gab eine große Sandfläche frei. Hinter der Tonne steilten sich die Brecher zweieinhalb bis drei Meter hoch auf, ehe sie gischtend nach vorn kippten und mit einem Getöse auf den Sand prallten, das ihren Motor übertönte. Auf der ihnen zugekehrten Seite der Untiefe ging es jedoch ruhiger zu. Die Wellen rollten heran, überschwemmten den Sand und gaben ihn wieder frei; ohne zu brechen, folgte Wellenkamm auf Wellenkamm. Bei diesem Anblick atmete Charlie auf. Doch seine Erleichterung währte nicht lange, denn die Wellenhöhe war immer noch beträchtlich. Er merkte, daß der Buggast sich den Bootshaken geschnappt hatte und ihn in jedem Wellental nach unten stieß. Dazwischen sah er sich immer wieder um und schüttelte den Kopf. Der dritte Mann der Bootscrew machte sich achtern am Anker zu schaffen, und sowie der Buggast nickte, weil er Grund spürte, flog das Eisen über Bord, und seine Leine schlängelte sich hinterher.

Charlie kaute an seiner Unterlippe, weil er sich überflüssig vorkam.

Plötzlich lief das Boot mit heftigem Ruck auf, krachte mit dem ganzen Kiel in den steinharten, komprimierten Sand. Von achtern kam ein Ruf, als Makrelen-Jack den Rückwärtsgang einlegte und der Ankergast schnell die Lose der Leine einholte, damit sie nicht in die Schraube geriet.

»Weiter komme ich nicht, Mr. Farthing«, rief Jack Charlie zu.

Daß er recht hatte, war offensichtlich. Ein kurzes gespanntes Schweigen trat ein, während die Bootscrew darauf wartete, daß ihr Offizier seine Entscheidung traf.

Scheiße, dachte Charlie. Durch seine bisherige Untätigkeit angespornt, packte er die dicke Manilatrosse, knüpfte einen großen Palstek hinein und warf sich die Schlinge schräg über die Schulter.

»Ich gehe«, rief er. »Wenn ich weg bin, zieht euch in tieferes Wasser.« Und etwas leiser zum Buggast: »Du steckst die Trosse sinnig aus.«

Daß das Wasser trotz der Jahreszeit so kalt war, kam als Schock für Charlie. Es reichte ihm bis zur Brust, er verlor darin den Halt und seine Würde, als er den Buggast grinsen sah. Dieser Ehrenmann hatte wohl damit gerechnet, daß er ins Wasser mußte, und schon überlegt, wie er sich drücken konnte.

Plötzlich spürte Charlie, daß eine Welle ihn emporriß. Seine Rettungsweste gab ihm Auftrieb, er stieß mit den Beinen nach hinten und rollte sich auf den Rücken. Schon war er an die sieben Meter vom Boot entfernt. Behindert durch das Gewicht der nassen Trosse, begann er entschlossen zu kraulen und dachte dabei an Sonja, den Blick zum grauen Himmel gerichtet. Immer heftiger trat er mit den Beinen aus, bis er eine Welle plötzlich unter sich durchlaufen fühlte und rücklings auf der Bank strandete, ein großer, zerlumpter Seehund.

Auf dem unterspülten Sand richtete er sich mühsam auf. Wasser troff ihm aus Pullover und Hose, beide Socken waren weg.

Nach einem Wink zum Boot zog er die Lose aus der Trosse und stapfte zur Tonne, wobei sich seine nackten Füße im Sand festsaugten. Der Boden des Zylinders lag ihm zugekehrt, verkrustet und tangbewachsen wie eine riesige behaarte Muschel. Charlie sah sofort, was passiert war: Kein Kettenstück hing mehr unten an der Tonne, denn die starke Öse, das sogenannte »Arscheisen«, an dem sie befestigt sein sollte, war gebrochen. Er zog die Trosse nach vorn zum »Naseneisen« der Tonne und machte sie daran fest. Toppzeichen und Spiere fehlten. Indem er die ganze Lose der langen Trosse hinter sich herzerrte, machte sich Charlie auf den Rückweg.

Makrele schob sich mit dem Boot vorsichtig wieder heran, und der Buggast setzte die Trosse möglichst steif durch, so daß Charlie halb schwamm, halb gezogen wurde, bis er am Boot war. Pitschnaß wurde er von den Matrosen unter großer Anstrengung an Bord gehievt.

»Ihnen muß verdammt kalt sein, Zwei-O«, stellte der Buggast trocken fest.

Charlie grinste nur. Jetzt fühlte er sich nicht mehr wie ein blutiger Anfänger.

Makrele stieß zurück in tieferes Wasser und drehte das Boot. Die Ankerleine wurde am Bug belegt, und die Manilatrosse lief übers Heck aus, während sie auf ihr Eisen zuglitten. Grunzend hievten sie einige Male, dann war es an Bord.

Langsam tuckerte das Motorboot zurück zur *Caryatid*.

Sie war inzwischen näher herangekommen und vor Anker gegangen. Am starken Rollen erkannte Charlie, daß sie nur wenig Wasser unter dem Kiel hatte. Besorgt verglich er den Rest der Trosse, der noch im Boot lag, mit der Distanz, die sie von ihrem Dampfer trennte. Aber Bernard Foster war ein zu alter Hase auf diesem Gebiet, als daß er sich verschätzt hätte. Von der Trosse lagen immer noch zehn Faden im Boot, als der Tampen aufs Vordeck der *Caryatid* flog.

»Das ist höchst ungewöhnlich, Mr. Farthing«, sagte Kapitän Macready und musterte Charlie von Kopf bis Fuß.

»Wie meinen, Sir?« fragte der Jüngere verständnislos.

»Ihrer Kleider sind pitschnaß, aber Ihre Seestiefel sind relativ trocken.« Der Kapitän grinste.

Charlie mußte lachen. »Oh, ich schwimme niemals mit Stiefeln an den Füßen, Sir.«

»Dann ziehen Sie sich jetzt besser etwas Trockenes an, Mr. Farthing«, sagte Kapitän Macready, der sein seelisches Gleichgewicht fast wiedergefunden hatte. Natürlich nur so lange, wie er nicht an Stanier dachte.

Ein Anruf am Freitag morgen informierte Stanier, daß Sir Hectors Gäste am Samstag abend eintreffen würden. Sofort machte er sich an die abschließenden Vorbereitungen auf der *Sea Dragon*. Vor allem drehte er sie an ihrem Liegeplatz so, daß sie mit dem geringsten Aufwand und dem größten Bravado aus dem Innenhafen brausen konnte.

Während er noch manövrierte, wurde das Schleusentor für einige Fischkutter geöffnet, denn es war eine halbe Stunde vor Hochwasser. Im Hafenamt legte Thomas

Jones den Telefonhörer zurück und trank den letzten Schluck Tee aus seinem Becher.

»Die *Carry* wird in einer Stunde hiersein«, sagte er zu seinem Kumpel Stan, der nickte.

Jones warf einen Blick aus dem Fenster.

»Hampelt dieser blöde Hund immer noch mit der Yacht herum, Tom?« fragte Stan.

Jones nickte. »Bin verdammt froh, wenn wir ihn nächste Woche los sind.«

»O Gott, wie werden wir nur ohne ihn zurechtkommen?« fragte Stan in gespieltem Entsetzen.

»Besser als *mit* ihm.« Zum erstenmal ließ Fred sich hören, der den Fatalismus seiner Kollegen nicht mehr ertragen konnte. »Der is 'ne verdammte Arschgeige!«

»Na, na, Fred, reg dich ab. Er bleibt bestimmt nicht lange hier.«

»Woher willst du das wissen?« fragte Fred scharf mit neuerwachtem Interesse.

Jones zuckte die Schultern. »Sieht doch 'n Blinder. Männer wie Stanier sind zu ehrgeizig für 'n Hafen wie unseren. Wart's nur ab, wie sich sein Kontakt mit Sir Bloody Henry entwickelt.«

Jones wandte sich vom Fenster ab und sank auf einen Stuhl. Fred holte ein Päckchen Karten heraus.

Draußen belegte Stanier den letzten Festmacher der *Sea Dragon* und ging von Bord. Hochwasser war bereits vorbei, aber der Hafen stand immer noch offen, wie er verärgert bemerkte. Und von seinem »Stab« war nichts zu sehen. Auf der jenseitigen Mole schritt er bis zum Schleusentor. Zwischen ihm und seinem Amt gähnte die anstößige Lücke. Ein angebissener Apfel trieb langsam, fast unmerklich, seewärts.

Stanier hob die Stimme. »Hafenamt ahoi!« rief er.

Keine Antwort.

Vor Ärger lief er rot an. »Jones!« brüllte er mit der Lautstärke, die man von einem wütenden Hafenkapitän erwarten konnte.

»Meine Fresse«, sagte Jones, »wer macht da solchen Krach?«

»Stanier.« Fred blickte nicht auf, sondern starrte düster auf seine Karten nieder.

»Scheiße!« Jones legte seinen Royal Flush auf den Tisch und ging hinaus.

»Jones! Wo stecken Sie, verdammt noch mal?« schrie Stanier übers Wasser, ohne auf das gute Dutzend Gaffer, Angler und Urlauber zu achten, die das Gebrüll des Hafenkapitäns neugierig gemacht hatte.

»Sorry, Käpt'n. Was ist denn los?« Jones stellte sich begriffsstutzig.

Hinter ihm waren Fred und Stan herausgetreten. Fred sagte: »Die *Carry* kommt in die Bucht.«

»Was los ist?« rief Stanier. »Hochwasser ist längst vorbei, *das* ist los! Wie oft muß ich Ihnen noch sagen, daß die Schleuse bei Hochwasser geschlossen werden muß? Wir haben heute den höchsten Wasserstand des Monats, und die Tide läuft schon ab! Na los, stehen Sie nicht rum, Mann! Schließen Sie das vermaledeite Tor!«

»Ich soll das Tor schließen, Käpt'n?« Jones spielte um Zeit, ermutigt durch die sichere Distanz zu Stanier.

»Ja, verdammt noch mal, schließen Sie's!«

»Aber die *Car* ...«

»Keine Widerrede! Schließen Sie das verdammte Tor!« Stanier war außer sich vor Wut, denn er merkte, daß er keine gute Figur abgab und daß seine Zuhörerschaft auf mindestens zwei Dutzend angewachsen war, nicht gerechnet die Gesichter an den Fenstern der Hafenkneipe.

»Ach, leck mich«, seufzte Fred und ging zu der Hebelanlage hinüber, mit der das Tor bedient wurde.

»Aber, Fred ...« begann Jones, dann zuckte er die Schultern. Wie Fred schon sagte: »Leck mich.«

Sowie sich die beiden Torflügel zu schließen begannen, ging Stanier auf den Laufsteg hinaus, und als sie sich in der Mitte trafen, lief er schnell zu seinen Untergebenen hinüber: ein Napoleon, der seine Marschälle vergatterte.

»Es wird ein bißchen knapp für uns, Sir«, sagte Foster zu Macready.

Der Kapitän ließ sein Fernglas sinken. »Das klappt schon«, sagte er zuversichtlich. »Ich hab' beim Chief volle Kraft voraus angefordert, bis ich wieder läute.«

Foster nickte. »Dann lasse ich die Leute also auf Standby gehen?«

»Tun Sie das, Mr. Foster.« Kapitän Macready spähte wieder durchs Glas, nur um sich zu vergewissern.

Die *Caryatid* kam durch die Bucht gedampft, dicke Rauchwolken ausstoßend und einen weißen Gischtknochen vor dem Steven. Die Matrosen drängten sich an der Reling und sahen zu, wie die vertrauten Dächer von Porth Ardur näher kamen, die sich im Schatten des Mynydd Uchaf duckten.

»Er hat's eilig«, meinte Chippy, der Zimmermann, und spuckte über die Reling.

»'s Wasser läuft schon ab, Chips«, antwortete der Bootsmann schlau. »Außerdem is heut abend Tanz.«

Vor dem Molenkopf läutete Kapitän Macready »Maschine stopp« nach unten. Die *Caryatid* verlor an Fahrt.

»Hart Backbord!« befahl er, und das Schiff begann zu drehen, dabei noch langsamer werdend.

Als die Hafeneinfahrt in Sicht kam, stieß Macready einen Fluch aus. Das Schleusentor hatte sich vor seiner Nase geschlossen.

Gleichzeitig rief der Steuermann: »Das Tor ist zu, Sir!«

»Mittschiffs ... So halten.« Macready streckte schon die Hand aus, um den Maschinentelegraph auf »Voll zurück« zu stellen.

Instinktiv blickte er sich um und registrierte, daß die *Caryatid* immer noch Fahrt voraus machte. Dann sah er etwas, das ihn umstimmte.

»Auf die Mitte des Tors zuhalten, Rudergänger.«

Verblüfftes Schweigen.

Dann die Bestätigung: »Auf die Mitte des Tors, Sir.«

»Gut so.« Macready fühlte sich beinahe schwindlig im Kopf. Schnell suchte er die Mole nach Jones und seinen Helfern ab und sah sie in einer Gruppe mit Stanier zusammenstehen. Er befahl: »Langsam zurück«, um noch mehr Fahrt aus dem Schiff zu nehmen.

Vom Vordeck starrten ängstliche Gesichter, darunter auch Fosters, fragend zur Brücke hinauf. Der Erste schickte sich an, nach achtern zu rennen, denn er erinnerte sich an Kapitän Macreadys alarmierende Verfassung am Anfang dieser Woche.

»Halten Sie zwei Fender bereit, Mr. Foster«, kam Macreadys völlig klare Stimme, und der Erste wandte sich wieder nach vorn.

Macready ließ die Maschine stoppen.

Auf der Mole wurde Staniers Strafpredigt niemals beendet. Er verlor den Faden, als er merkte, daß seine drei Untergebenen fasziniert auf etwas in seinem Rücken starrten. Er fuhr herum.

Die *Caryatid* befand sich etwa 20 Meter vor dem

Schleusentor und glitt vorsichtig darauf zu. Stanier stürzte hinaus auf den Laufsteg über den Torflügeln, eine Hand erhoben wie ein Verkehrspolizist.

»Es ist Ebbe!« schrie er. »Der Hafen ist geschlossen! Sie beschädigen das Tor! Zurück, zurück!«

Mit jedem Satz wurde seine ohnehin schon überanstrengte Stimme schriller, bis sie beim letzten Wort mit einem Quieken abbrach.

Am Pier war die Menge inzwischen auf 40 Köpfe angewachsen.

Stanier erreichte die Mitte des Tors genau in dem Augenblick, als *Caryatids* Steven sanft den Spalt berührte.

»Würde nicht mal 'n beschissenes Ei knacken«, meinte der Matrose, der den einen Handfender vor den Steuerbordbug hielt.

»Verflucht saubere Arbeit«, stimmte sein Kamerad zu, der den Fender am Backbordbug bediente.

Von unten starrte Stanier zu ihnen herauf. Von oben warf ihm Foster einen Blick zu, dann sah er peinlich berührt weg. Stanier merkte, daß seine Nasenspitze nur noch zwei Spannen vom steil aufragenden, schwarzen Steven der *Caryatid* entfernt war. Irgendeine fremde Kraft zwang seine Beine auseinander, es war aber alles andere als ein erotisches Gefühl. Er sah hinunter. Ein Spalt Wasser tat sich zwischen ihnen auf, denn die *Caryatid* drückte die Torflügel langsam auseinander. Stanier erkannte, daß er auf jedem einen Fuß stehen hatte und ins Wasser fallen mußte, wenn er jetzt nicht blitzschnell reagierte. Doch seine Reaktion wurde mehr vom Überlebensinstinkt geprägt als von praktischer Vernunft, denn er sprang auf die Seite hinüber, von der er vor 20 Minuten aufgebrochen war.

Sowie Jones sah, daß Stanier in Sicherheit war, legte er den Hebel um und öffnete das Schleusentor.

»Wie 'ne beschiss'ne Vergewaltigung«, meinte der Matrose am Steuerbordbug und holte seinen jetzt überflüssigen Fender ein.

»Verflucht saubere Arbeit«, wiederholte sein Gegenüber an Backbord.

Die *Caryatid* glitt auf ihren Liegeplatz, und Macready ließ die Maschine abstellen. Er kletterte gerade von der Brücke, als ein nervöser Bernard Foster erschien.

»Der Hafenmeister für Sie, Sir.«

Stanier drängte sich an Foster vorbei, rot vor Wut über seine öffentliche Demütigung. Er war nicht nur blamiert worden, sondern hatte auch den ganzen Hafen umrunden müssen, vorbei an seiner eigenen grinsenden Crew auf der *Sea Dragon*, vorbei auch an den vielen Zuschauern, die jetzt von selbst immer mehr Neugierige anzogen, wie das Menschenmengen zu tun pflegen.

»Und was für ein beschissenes Stück Seemannschaft nennen Sie *das*, Macready?« brüllte Stanier fast mit Schaum vorm Mund. »Sie verfluchter, hirnverbrannter, unfähiger Narr!«

Macready lächelte. »Würde es Ihnen was ausmachen, mich kurz hinaus aufs Bootsdeck zu begleiten, Hafenmeister?« Der Kommandant der *Caryatid* winkte Stanier durch die Teaktür.

Stanier stolperte über das hohe Süll. »Was zum Teufel ...«

Der Kapitän war ihm gefolgt und drehte ihn jetzt sanft so, daß er an den Schornsteinlüftern vorbeisehen konnte. Mit gravitätischer Würde hob Macready einen Arm und deutete zum Molenkopf. Seine Geste drückte absolute Selbstsicherheit aus.

Stanier spähte in die angegebene Richtung. Vor den blauen Hügeln des jenseitigen Ufers ragte die Mole in die Bucht hinaus. Auf ihrer äußersten Spitze stand der hohe Signalmast mit einem Geviert aus vier schwarzen Bällen.

»Ihr Hafen ist offen, Hafenmeister. Sie haben vergessen, das Signal zu streichen ...«

Die Kreuzfahrt der *Sea Dragon*

Sir Hectors Dienstpersonal kam am Abend des Samtags an. Der adlige Junggeselle und seine Gäste waren für den Sonntag zum Dinner angesagt, einem formlosen Buffet, zu dem auch Stanier »mit Begleitung« herzlich eingeladen war. In solchen Protokollfragen konnte man dem Hafenmeister nichts vormachen. Er vereinbarte mit Tegwyn, daß er Sir Hector und seine Gäste allein empfangen und sie selbst zehn Minuten später eintreffen würde.

Stanier war mit der *Sea Dragon* restlos zufrieden. Ihr Teakdeck präsentierte sich fleckenlos sauber, alle Farbspritzer waren sorgfältig abgekratzt. Der weiße Anstrich leuchtete jungfräulich rein, die Teakreling, die Türen und andere Holzflächen schimmerten frisch lasiert. Alles sichtbare Messing war poliert, und Stanier persönlich hatte aus weißem Garn schmückendes Fancywork für die Niedergänge geknüpft, wie er es vor einem Jahrzehnt auf seinem Schulschiff gelernt hatte. Die Anker hatte er blau und das kleine Ankerspill weiß lackieren lassen. Alle Schmartings trugen an beiden Enden Türkenköpfe aus vierkardeeligen Leinen, und jeder Tampen an Deck war ordentlich betakelt. Ja, Kapitän Staniers Zufriedenheit mit dem Erscheinungsbild seines ersten Kommandos war vollauf gerechtfertigt.

Nur ein einziges dunkles Wölkchen trübte seinen Horizont. In ganz Porth Ardur hatte er kein neues Messejackett finden können, wollte aber als Kapitän der *Sea Dragon* nicht im Dinnerjackett mit Sir Hector und seinen Freunden speisen. So war er auf den Ausweg verfallen,

Fred in die nächste größere Stadt zu schicken, etwa 30 Meilen entfernt, wo es, wie er am Telefon erfahren hatte, solche Jacken zu kaufen gab.

Nun mußte Fred jede Minute zurückkehren, und bevor Stanier sich nach Hause verabschiedete, ging er noch einmal unter Deck, um Sir Hectors Steward über die erwarteten Gäste zu befragen.

Der Steward hieß Horrocks und war an Land Sir Hectors Butler, ein kleiner, adretter, tüchtiger Mann.

»Also, Horrocks, können Sie mir sagen, wen genau wir morgen erwarten?«

»Gewiß, Sir. Abgesehen natürlich von Sir Hector selbst wäre da vor allem sein Geschäftspartner Mr. Argyle. Er ist Schiffsmakler und wird wahrscheinlich eine Sekretärin mitbringen, in der Regel eine Miss Dorothy Loring ...« Horrocks' Stimme fehlte jede Ironie, doch seine Wortwahl sprach für sich. »Dann wird wohl noch Mr. Pomeroy anwesend sein, ein sehr reicher junger Mann, der viel Geld in Sir Hectors Reederei investiert hat.«

»Kommt Mr. Pomeroy in Damenbegleitung?« fragte Stanier.

»Das bezweifle ich, Sir. Ich glaube, eine Mrs. Pomeroy gibt es nicht. Mr. Pomeroy zieht es vor, allein zu reisen, Sir. Er ist ein ehemaliger Etonabsolvent und war früher Offizier bei der Garde.«

»Verstehe«, sagte Stanier. »Sonst noch jemand?«

Horrocks zuckte die Schultern. »Möglicherweise kommt auch Miss Caroline mit, Sir, aber sie ist ein ziemlich impulsive junge Frau ...«

»Miss Caroline?«

»Sir Hectors Tochter, Sir.«

»Ich wußte nicht, daß Sir Hector verheiratet ist ...«

»Sir Hector und Lady Blackadder leben getrennt, Sir«,

erklärte Horrocks in einem Ton, der jede weitere Frage unterband.

Fred verabscheute seinen Auftrag so sehr, daß er nicht weiter kam als bis zum Bahnhofsrestaurant, wo er sich dermaßen betrank, daß er seinen Zug versäumte. Als er heimwärts taumelte, traf er zum Glück Jones, der schnell herausfand, daß Fred das Messejackett für Stanier nicht besorgt hatte. Also mußte eine Notlösung gefunden werden.

Jones überließ Fred seinem Schicksal, bestieg sein Fahrrad und sauste bergab zum Hafen. An der Gangway der *Caryatid* traf er Makrelen-Jack, der Wache hatte. Die beiden zogen sich zur Besprechung in die Kantine zurück, und nachdem sie sich über die Anzahl der Biere geeinigt hatten, mit denen sich Fred demnächst bei ihnen revanchieren mußte, begaben sie sich ins Wohnquartier der Offiziere.

Das größte Problem der Verschwörer war die Anwesenheit des Zweiten Offiziers Charles Farthing. Aber dann erspähten sie ihn schlummernd auf seinem Sofa und schlichen schnell an seiner Kammertür vorbei.

Es war nur eine Frage weniger Minuten, den Türriegel an der Kapitänskajüte hochzudrücken und in Macreadys Quartier einzudringen. 20 Minuten nach seinem Erscheinen an Bord war Thomas Jones wieder an Land und radelte mit einem Bündel unter dem Arm zur *Sea Dragon* hinüber.

»Vergiß nicht, du mußt das mit dem Steward klären«, lauteten seine Abschiedsworte an Makrelen-Jack.

»Und du vergiß nicht das verdammte Bier«, erwiderte der Matrose.

»Du wirst also nächstes Wochenende unterwegs sein, Schatz?« fragte Gwendolen Macready ihren Mann.

»Äh, ja, wir haben länger auf Ynyscraven zu tun und werden wahrscheinlich erst am Montag darauf fertig … Hier, sieht das nun besser aus?« Macready trat zurück und ließ Farbtopf und Pinsel sinken.

»Ja, viel besser. Also gut, dann sage ich dem Vikar, daß wir das PCC-Treffen hier im Haus abhalten können. Das wird seine Frau entlasten, es geht ihr in letzter Zeit gar nicht gut, wie du ja weißt, Septimus …«

Doch Septimus wußte es nicht. Ehrlich gesagt, war es ihm auch egal, seine Gedanken kreisten ausschließlich um Justine.

»Hier, meine Liebe, das ist das Beste, was ich für dich tun kann.« Justine knüpfte eine Schleife in das Band um den Karton. »Schon gut, Betty, *ich* schließe nachher ab … Warte einen Moment, Liebling.«

Betty Byford verabschiedete sich bis Montag und verließ den Laden. Ungeduldig wartete Tegwyn auf ihre Mutter.

»Ich weiß, du hast es eilig, Liebling. Aber ich müßte ja blind sein, wenn ich nicht wüßte, wozu du dir gewisse Dinge da reingepackt hast.« Justine deutete auf den Karton unter Tegwyns Arm.

In der Boutique roch es muffig. Staubflocken tanzten in den schrägen Strahlen der späten Nachmittagssonne, die durchs einzige Fenster fielen. Besitzergreifend drückte Tegwyn den Karton an sich. Er enthielt eine ganze Kollektion durchsichtiger Reizwäsche, die sie in den Regalen ihrer Mutter nie vermutet hätte. Errötend spürte sie, wie ihre Wangen brannten.

»Schläfst du mit ihm, Liebling?« fragte Justine, der plötzlich klar wurde, daß sie ihre Tochter seit Wochen vernachlässigt hatte. Sie wußte die Antwort, noch ehe sie ihre Frage gestellt hatte.

Tegwyn schwieg.

»Aber natürlich schläfst du mit ihm ... Tja, sag nicht, ich hätte dich nicht gewarnt, wenn er dich fallenläßt. Und glaube nicht, daß ich einverstanden bin, denn das bin ich nicht. Aber ich kann dich dafür nicht verurteilen, Liebling, ich will nur verhindern, daß er dir weh tut.« Sanft nahm Justine ihrer Tochter den Karton ab und legte ihn zurück auf die Ladentheke. »Sei bloß vorsichtig, meine Kleine«, sagte sie mit dieser leisen, heiseren Stimme, die kein Mann, der sie zu hören bekam, jemals vergessen konnte.

Die beiden Frauen blickten einander an. In Tegwyns Augen standen Tränen des Glücks, die ihrer Mutter waren feucht vor Mitleid. Die beiden umarmten einander, Justine küßte ihre Tochter auf den Mund und schob sie dann von sich. Tegwyn sah bildschön aus. Zum erstenmal empfand Justine einen schmerzhaften Stich spontaner Eifersucht. Sie beneidete die Jüngere um ihre Erlebnisse, beneidete sie sogar um die verräterischen Schatten unter ihren Augen. Stolz stellte sich Tegwyn dem prüfenden Blick Justines. Das leichte Unterlegenheitsgefühl, das sie sonst beim engen Kontakt mit ihrer Mutter empfand, war völlig verschwunden.

»Gute Nacht, Mutter.«

»Gute Nacht, *cariad*.« Justine wandte sich ab. Sie kam sich vor wie eine Staffelläuferin, die gerade den Stab übergeben hatte. Nun blieb ihr nichts anderes übrig, als langsamer zu werden und die Bahn zu verlassen.

Kapitän James St. John Stanier sah zu, wie der Daimler vorfuhr (»Der Wagen ist nichts besonderes, alter Junge«, konnte er Sir Hector im Geiste sagen hören). Der Chauffeur sprang heraus und riß die Türen auf. Aus dem Fond stieg Sir Hector, gefolgt von einem kleinen, untersetzten, grauhaarigen Mittfünfziger. Wahrscheinlich Argyle, dachte Stanier. Der Graukopf half einer wesentlich jüngeren Frau heraus, etwas größer als er, mit dunklem Haar und einer gut getrimmten Figur.

»Miss Loring«, erläuterte eine Stimme.

Stanier fuhr herum und erkannte Horrocks. Er nickte. Als nächste erschien eine geschmeidige Blondine von etwa Dreißig, die beim Aufrichten ihre lange Mähne schüttelte.

»Sir Hectors spezieller Gast, Sir«, fuhr Horrocks *sotto voce* fort. »Über sie konnte ich Sie vorher nicht informieren, weil man nie ganz sicher ist …« Eine leichte, würdevolle Betonung lag auf den beiden Worten *speziell* und *ganz*. »Und das ist Mr. Pomeroy.«

Stanier musterte den geschniegelten jungen Mann, der um den Kühler des Wagens bog.

»Keine Miss Caroline?«

»Bisher nicht, Sir.«

Sir Hector führte seine Gäste an Bord und begann mit den wechselseitigen Vorstellungen.

Tegwyn traf 20 Minuten später im Taxi ein. Schon das war für sie ein besonderer Luxus, aber es sprach für ihr Selbstbewußtsein, daß sie dem Wagen entstieg, als führe sie täglich Taxi. Stanier erwartete sie an der Gangway. Alle Bedenken, die er vielleicht vorher gehabt hatte, verflogen bei ihrem Anblick. Auch erklomm sie die Laufplanke ohne das alberne Kichern, das Frauen bei dieser Gelegenheit oft ausstoßen.

Nicht einmal ihr Ardurakzent war bei der Vorstellung fehl am Platze, denn Argyles gälisches Schnarren wurde noch durch Miss Lorings breiten Cockneydialekt übertroffen. Die einzige Person, die sich ihr gegenüber etwas reserviert verhielt, war Sir Hectors spezieller Gast, die Blondine namens Samantha.

Als sich Stanier bei seinem dritten Whisky entspannte, warf er einen zufriedenen Blick in die Runde. Die Dinge entwickelten sich prächtig, wirklich prächtig.

Charlie Farthing sah die Lichter im Salon der *Sea Dragon*. Er trat auf die Brückennock der *Caryatid* hinaus und richtete sein starkes Fernglas auf die Fenster der Yacht. Charlie langweilte sich und wartete ungeduldig auf Montag, wenn die *Caryatid* endlich nach Ynyscraven auslaufen würde.

Gereizt ließ er das Fernglas sinken, denn der Anblick lachender Frauenmünder und schimmernder Seide über sanft geschwellten Brüsten beschleunigte seinen Puls.

Später fühlte er sich noch mieser. Er hatte früh schlafen gehen wollen, aber der hartnäckige, nicht immer blütenreine Gedanke an Sonja trieb ihn aufs kühle Deck hinaus, wo er ruhelos auf und ab tigerte. Dort wurde er dann Zeuge der Ausgelassenheit delikat gesättigter Dinnergäste, die ihren Brandy auf *Sea Dragon*s offenem Sonnendeck schlürften.

Schließlich kapitulierte Charlie und begab sich ins *Feathers*, wo er auf Calico-Jack stieß. Alle Rangunterschiede ignorierend, betranken sich die beiden und tauschten bierselig ihre intimsten Geheimnisse aus, bis es Charlie am Ende dämmerte, daß er hier, falls Calico seinen Willen bekam, mit seinem künftigen Schwiegervater zechte.

Kurz vor zwölf Uhr mittags am Montag verließ die *Sea Dragon* den Hafen von Porth Ardur. Ihr Auslaufen wurde von der gesamten Crew der *Caryatid* beobachtet, die dafür nur zu gern ihre Arbeit unterbrach: das Einladen des langen fünfzölligen Drahtseils für den Lastenaufzug beim Leuchtturm.

Sir Hector und Argyle saßen im Rauchsalon über ihren Papieren, aber Pomeroy und die Ladies standen auf dem Sonnendeck, Strickjacken leger über die Schultern gehängt, und ließen ihr Haar von der frischen Seebrise zausen.

Auf dem Vordeck der *Caryatid* fielen ein oder zwei rüde Bemerkungen, und eine geballte Faust wurde mit obszönem Mittelfinger emporgereckt, was bei den Matrosen lautes Gejohle hervorrief. Aber Stanier unterlief kein Fehler, der ihm die Kritik der zuschauenden »Experten« eingetragen hätte.

Die Blondine namens Samantha wandte sich zu Pomeroy um und fragte ihn mit kühler, arroganter Stimme: »Ich nehme an, du wärst jetzt lieber da drüben bei all den vielen Matrosen, nicht wahr, Darling?«

Tegwyn, die nur vage die Andersartigkeit des jungen Mannes gespürt hatte, spitzte die Ohren.

»Nur, wenn du die ganze Zeit so giftig bleibst, Sammy. Dann wär's mir lieber.«

»Ach, bestimmt wirst du auch an Bord ein Häppchen für deinen griechischen Appetit finden ...«

Pomeroy ignorierte sie und lächelte Tegwyn an. »Ich muß schon sagen«, meinte er, »die Crêpe-de-Chine-Bluse steht Ihnen ausgezeichnet, Miss Morgan.«

Er berührte ihren Arm mit einer so zarten Geste, daß Tegwyn unwillkürlich ein angenehmer Schauer über den Rücken lief. Wieder lächelte Pomeroy.

Sonja lag rücklings im Heidekraut und starrte gen Himmel. Über ihr wölbte sich die blaue Kuppel ohne jede

Wolke, und sie versuchte vergeblich zu begreifen, was genau sie da sah. Es war die Unendlichkeit, die blaue Unendlichkeit, und doch das Nichts, das absolute Nichts.

Sie seufzte wohlig. Dieser Himmel mit seiner Bläue war so unendlich wie ihre Liebe ... Sie bemühte sich, nicht in Klischees zu denken, die ihr den Eindruck zu verderben drohten, daß sie eins werden konnte mit dieser blauen Weite. Der Boden unter ihr fühlte sich warm an, und sie atmete tief, preßte die Handflächen gegen das rauhe Heidekraut. Ihre Brüste hoben und senkten sich in trägem Rhythmus.

Sie dachte an Charlie und begriff plötzlich, daß sie sich schon die ganze Zeit im Unterbewußtsein fragte, ob sie mit ihm schlafen sollte oder nicht. Ihr Atem ging schneller, sie öffnete ein wenig die Beine, versuchte sich vorzustellen, wie es sein würde ...

Unvermittelt fiel ein Schatten auf ihr Gesicht. Schuldbewußt setzte sie sich auf, errötend bei dem Gedanken, daß sie sich wollüstigen Phantasien hingegeben hatte, die ihr, wie sie vermutete, vom Gesicht abzulesen waren. Der Turmfalke, der zwischen Sonja und der Sonne gerüttelt hatte, glitt bei der plötzlichen Bewegung davon.

Sonja umfaßte ihre Knie und blickte auf die See hinaus. Leer erstreckte sie sich bis zum Horizont. Oder doch nicht ganz leer? Weit entfernt im Nordosten tauchte ein kleiner weißer Fleck auf. Sie ließ sich wieder zurücksinken. Kleine weiße Flecken waren nicht die *Caryatid*.

Schließlich erhob sie sich. Die leichte Brise, die den Kamm von Ynyscraven entlangwehte, preßte ihr die Bluse gegen den Körper. Darunter zeichneten sich, hart gegen den Stoff drückend, die erigierten Brustwarzen ab.

Der weiße Fleck, den Sonja gesehen hatte, war die nach Westen fahrende *Sea Dragon*.

Wie auf jeder Reise entwickelte sich auch bei der Kreuzfahrt der *Sea Dragon* bald eine Alltagsroutine, an der sich jeder an Bord mehr oder weniger beteiligte. Für das Frühstück gab es keine feste Zeit, aber Sir Hector erwartete, daß alle Gäste beim Vormittagskaffee anwesend waren, weil dann die Unternehmungen des Tages besprochen wurden. Vielleicht wollten sie auf einer Insel landen oder ein Fischerdorf besuchen, vielleicht wollten sie ankern, sonnenbaden und schwimmen oder so dicht unter Land fahren, wie Stanier es nur wagte, was allerdings nicht sehr nahe war, denn er bevorzugte es, einen großen Sicherheitsabstand zu wahren.

Das Wetter meinte es gut. Tag um Tag schien die Sonne, und der Wind blieb leicht. Überheblichkeit und Vergnügungssucht begleiteten die Passagiere der *Sea Dragon*, als sie vor dem täuschend idyllischen Hintergrund der kambrischen Küste dahinzog.

Die Gesellschaft, die sich tagsüber auf der Höhe zivilisierter Raffinesse wähnte, verbrachte die Nächte je nach persönlicher Neigung. Sir Hector war ein moralisch toleranter Mann, aber keineswegs ein degenerierter Lüstling. Obwohl amouröses Amüsement eindeutig Hauptzweck der Kreuzfahrt war, erwartete er doch Diskretion von seinen Gästen.

Private Meinungsverschiedenheiten wurden taktvoll überspielt, und so blieb die Stimmung bei erlesenen Speisen, guten Weinen, schönem Wetter und der bezaubernden Landschaft ohne jede Trübung. Nicht einmal die Ankunft von Miss Caroline störte zunächst die ausbalancierte Harmonie an Bord.

Miss Caroline stieß zu der Party, als die *Sea Dragon* rund 50 Meilen westlich von Porth Ardur einen kleinen Hafen anlief. Eine schlanke Brünette mit modischem Bubikopf, strahlte sie eine rastlose Energie aus, die in jüngeren Jahren bestimmt auch ihren Vater charakterisiert hatte. Sie neigte dazu, ihre Meinung ziemlich laut und unverblümt zu äußern. Dies hätte die Eintracht an Bord zerrütten können, hätte Miss Caroline nicht tags zuvor von ihrem neuesten Boyfriend den Laufpaß erhalten. Diese Erfahrung dämpfte sie ein wenig und ließ sie öfter in ein tiefes, vielsagendes Schweigen verfallen, das die anderen dankbar ignorierten.

Trotzdem war ihre Anwesenheit bis zu einem gewissen Grad problematisch. Alle Mitglieder der Gruppe hatten die gewählten Sexualpartner der anderen stillschweigend anerkannt. Nur Caroline war allein und konnte durch ihre bloße Gegenwart das Arrangement aus dem Gleichgewicht bringen.

Nach dem Abendessen hatte sich ein kleines Ritual entwickelt, wie die Partner sich zurückzogen. Die Hackordnung war schon in der ersten Nacht geklärt, als Stanier sich seiner Verantwortung bewußt wurde.

Eine Stunde vor Mitternacht hatte er sich entschuldigt: »Vielleicht darf ich mich verabschieden, ich muß noch die Befehle für die Nacht ausschreiben.« Gutenachtwünsche wurden ausgetauscht, dann fuhr er fort: »Tegwyn, soll ich dir die Aussicht von der Brücke zeigen?«

Worauf die beiden verschwanden. Die anderen widmeten sich noch eine Weile ihren Drinks, dann löste sich die Gesellschaft auf.

Am nächsten Abend gegen elf Uhr schlug Sir Hector vor: »Ich nehme an, Kapitän Stanier, daß Sie sich noch um Ihre Befehle kümmern müssen?«

Stanier verstand den Wink, und damit war das Ritual festgelegt.

Auch Caroline hielt sich an das Arrangement, zumindest noch zu diesem Zeitpunkt. Ihr Selbstwertgefühl unterlief ein rigoroses Wiederaufbauprogramm, nach dem sie, wie ihr Vater Argyle unter vier Augen versicherte, mit überwältigender Energie wieder zu sich selbst finden würde.

Stanier genoß den Törn und fühlte sich in seiner Rolle so wohl wie eine Ente im Wasser. Vielleicht irrte er etwas in punkto Vorsicht, aber sein Selbstvertrauen wuchs von Tag zu Tag, bis es am Ende der ersten Woche einen neuen Höhepunkt erreichte. In dem Maß, wie der Seemannsberuf wieder zum Mittelpunkt seines Lebens wurde, begann sein Interesse an Tegwyn zu schwinden. Schon dachte er über die Führung der *Sea Dragon* hinaus, denn das Intervall als Yachtkapitän zeigte ihm klar die engen Grenzen seiner Stellung in Porth Ardur auf. Im privaten Gespräch hatte Sir Hector wiederholt ein Interesse an Staniers künftiger Karriere erkennen lassen und bald sein väterliches Wohlwollen bekundet. Argyle, ein gälischer Schlaukopf, hatte Stanier mehrmals ausgefragt, was ihm den Eindruck vermittelte, daß man ihn einer Prüfung unterzog.

Schließlich fühlte sich Stanier auch von Caroline angezogen, deren lasziv hingegossene Posen an Deck der *Sea Dragon* stark zu Tegwyns mehr besitzergreifendem Verhalten kontrastierten. Mit Tegwyn hatte Stanier fast alle seine pubertären Phantasien in lustvolle Wirklichkeit umgesetzt. Mit ihr hatte er sich die ausgefallensten Wünsche erfüllt, und nun begann ihm allmählich zu dämmern, daß er sozusagen im Fleisch der Tegwyn Morgan erstickte. Im Gegensatz zu ihr wirkte Caroline geheimnisvoll und distanziert. Auch schien sie von einer romantischen Aura umgeben, jedenfalls für einen Pragmatiker wie James St. John Stanier.

Nicht zuletzt war ihr Vater ein unerhört reicher Mann.

Der armen Tegwyn blieb völlig verborgen, daß ihr Liebhaber allmählich abkühlte. Mit der gewissenhaften Loyalität der geborenen Mätresse schmückte sie allnächtlich ihren Körper für ihn. Ihre Avancen fielen stets unwiderstehlich aus, und sie gab sich ihm so enthusiastisch hin, wie es nur wahre Liebe vermag.

So besessen war sie von ihm und so romantisch kam ihr die Kreuzfahrt mit der *Sea Dragon* vor, daß kein Schatten auf ihr Glück fiel, als Stanier eines Tages verspätet in ihre Kabine zurückkehrte. Sie glaubte seiner Begründung, daß er ein Slippen des Ankers befürchtet und deshalb die Position der *Sea Dragon* überprüft hatte.

Sie konnte nicht ahnen, daß Caroline zu sich selbst zurückgefunden hatte.

Stanier war wie gewohnt unterwegs zu seiner Kabine gewesen, als sich ihm plötzlich, aus dem Schatten des hohen Decklüfters tretend, eine Gestalt in den Weg stellte.

»Guten Abend, Caroline.« Er hatte sie sofort erkannt, denn der Vollmond schien hell vom wolkenlosen Nachthimmel herab.

»Guten Abend, Kapitän. Was für eine herrliche Nacht!«

»Ja, tatsächlich. Aber bitte seien Sie doch nicht so förmlich. Ich heiße James.«

»Wären Sie beleidigt, wenn ich Sie Jimmy nenne?«

Stanier verabscheute diesen Namen, hörte sich aber beflissen antworten: »Nein, natürlich nicht.«

An die Reling gelehnt, wandte sie sich ihm voll zu.

»Mein Vater interessiert sich für Sie. Er sagt, Sie hätten eine skrupellose Ader. Ich nehme an, er fragt sich, ob er Sie zu seinem Partner machen soll. Neuerdings beunruhigt es ihn, daß er schon älter ist, als sein Vater jemals wurde. Ich hätte eigentlich ein Sohn werden sollen.« Ihr Blick schweifte über die mondhelle See zu einer kleinen Stadt, deren Lichter eins nach dem anderen ausgingen. Die Berge dahinter lagen so dunkel da wie schon seit Tausenden von Jahren. »Kommen Sie her zu mir, Jimmy.«

Er trat näher und lehnte sich neben sie.

»Wahrscheinlich überlegt er gerade, wie er uns beide verkuppeln könnte. Da Sie ja zur Zeit auf Ihrem Posten unabkömmlich sind, werden Sie wahrscheinlich nach *Laycocks* eingeladen, das ist unser Haus. Spätestens zu Weihnachten, wenn nicht früher.«

Stanier hatte es vor Verblüffung die Sprache verschlagen.

»Haben Sie mir denn nichts zu sagen, Jimmy?«

Er schüttelte den Kopf. »Ich weiß nicht ... Mir fehlen die Worte ...« Bilder von Stanier, dem erfolgreichen Reeder, jagten sich in seinem Kopf.

»Natürlich wird man von Ihnen erwarten, daß Sie mich heiraten, nachdem Sie als Kapitän eines von Daddys Schiffen geführt haben.«

Staniers Herz raste. Dann würde er sich wirklich »Kapitän« nennen können. Vielleicht – oder war der Gedanke zu vermessen? – vielleicht winkte ihm am Ende sogar ein Adelstitel.

Er musterte Caroline von der Seite. Diese Frau heiraten?

Sie wandte sich um und erwiderte seinen Blick. »Also?«

»Würden *Sie* mich denn heiraten wollen, Caroline?«

Sie schenkte ihm ein kühles, entschlossenes, angelsächsisches Lächeln. »Da Sie den Anstand besitzen, mich wenigstens um meine Meinung zu fragen, will ich's mir überlegen. Gute Nacht, Kapitän Stanier.«

Der Inhalt dieses Gesprächs änderte am Benehmen von Stanier und Caroline nicht das geringste. Sie wartete die weitere Entwicklung ab, und er wartete auf ihre Antwort, wobei er sich fragte, ob er sich zum Narren gemacht hatte oder ob ihn das Glück tatsächlich an den Beginn einer aussichtsreichen Liaison katapultierte. In der Zwischenzeit fuhr er fort, Tegwyn zu befriedigen, wobei ihm die Ressourcen der Jugend halfen.

Fast eine Woche nach ihrem Auslaufen von Porth Ardur schlug Sir Hector einen Besuch auf Ynyscraven vor. Die *Sea Dragon* war weit nach Westen vorangekommen, als ihr blau gestrichener Anker am späten Sonntag abend vor Ynyscraven vom spiegelnden Bug ins Wasser klatschte.

Sie teilte sich den Ankerplatz mit dem Dampfer *Caryatid*.

Die Raben von Dungarth

Die Insel Ynyscraven lag wie ein riesiges schmales »Q« in der Silurian Strait. Millionen Jahre, ehe die Vorfahren des Menschen aus dem Urschleim gekrochen waren, hatten Erdbewegungen sie aus einem Granitsockel mit einer Auflage aus Ölschiefer nach oben gepreßt. Der Ölschiefer war später zum größten Teil verwittert, nur ein Rest an der Südspitze der Insel blieb erhalten. Die Nordspitze war hoch und steil, ein fast senkrechter Abbruch zur See mit einem winzigen Plateau, auf dem der Leuchtturm klebte. Hier nisteten Abertausende kreischender Seevögel.

Das felsige Rückgrat der Insel war hauptsächlich mit Heidekraut und Farn bewachsen, während hin und wieder mageres Grasland oder Ginstergebüsch eine spärliche Weide für die Schafe und zähen Ponies bildete, das wertvollste »Exportgut« der Insel.

Das Terrain senkte sich allmählich zur besiedelten Südspitze hinab, wo der Granit unter dem malerisch verwitterten Schiefer verschwand und das zerklüftete Land dem wüsten Ansturm des Atlantik zum Opfer fiel. Hier reckte sich der Schwanz des »Q« als langes, bösartiges Riff nach Südosten, das bei Ebbe an ein geiferndes Gebiß erinnerte, an einen Fang, um den die See in weißen Strudeln schäumte.

Das Riff trug den absolut zutreffenden Namen »die Hundezähne«. Es war gefährlich, denn der Tidenstrom gurgelte bei Ebbe wie auch bei Flut mit starkem Sog um seine verstreuten Felsen. Und doch formte es gleichzeitig eine Art Lagune, in der Schiffe von beträchtlicher Tonnage geschützt ankern und jeden Sturm aus den vorherrschenden Windrichtungen Südwest bis Nordwest abwettern konnten. Vor dem östlichen Ausläufer des Riffs, wo Ynyscraven endlich seinen Kampf gegen die See aufgab und im tiefen Wasser versank, lag eine Glockentonne und gellte ihre gequälte Warnung heraus.

Das Läuten der Hundetonne war für Justine das erste Anzeichen, daß sie sich der Insel näherten. Obwohl die See ruhig blieb, war der Fischkutter *Plover* doch nicht zu vergleichen mit einer *Mauretania*, weshalb Justines Überfahrt von Aberogg entschieden ungemütlich verlief. Daß sie vor Aufregung seit Stunden nichts gegessen hatte, machte die Sache noch schlimmer. Fast sofort nachdem Tegwyn die Boutique verlassen und lange bevor die *Caryatid* ihre Dampfkessel angeheizt hatte, hatte Justine am Bahnhof einen Zug bestiegen und ihre umständliche Reise nach Aberogg angetreten.

Die *Plover* verkehrte planmäßig alle vierzehn Tage mit Post und Vorräten nach Ynyscraven, von wo sie Schafe, Ponys und Passagiere zum Festland mitnahm. Für letztere gab es keine Kabinen, sie mußten sich in der winzigen Messe mit der dreiköpfigen Crew arrangieren, so gut es ging. Justines hinreißende Figur und ihr freundliches Benehmen hatten natürlich die drei Fischer sofort behext, weshalb sie ihr jeden Komfort offerierten, den ihr kleines Schiff nur bieten konnte.

Trotzdem war sie dankbar, als sich die *Plover* endlich kratzend an den kleinen Steinpier der Insel legte und sie mit zitternden Knien an Land gehen konnte. Der Skipper stellte seinen »Jungen« ab, einen blonden Hünen von Mitte Zwanzig, der ihren Koffer schulterte und mit ihr den steilen Pfad zum Haus des Inselvogts hinaufstieg.

Der Vogt und seine Frau erwarteten sie schon. Sie wirkten etwas verlegen, und Justine befürchtete einen schrecklichen Augenblick, daß ihre amouröse Verschwörung entdeckt worden war.

»Mrs. Morgan, wie schön, Sie kennenzulernen. Ich bin – äh, na ja – mir ist es etwas peinlich, aber ...«

»Mrs. Morgan, mein Mann will sagen, daß wir erst heute morgen eine Nachricht von unserem Sohn erhielten, der uns dringend zu sehen wünscht. Kapitän Macready hat uns darüber informiert, daß Sie mit ihm und seiner Frau befreundet sind und bei uns Urlaub machen wollen. Aber mein Mann hat unsere beiden Ferienkaten schon vermietet ...« Hilflos hob die Frau des Vogts beide Hände. »Sie verstehen unser Problem?«

»Tja, in dem Fall sollte ich vielleicht wieder umkehren ...«

»O nein, du lieber Himmel, nein!« fuhr die Frau fort. »Wir haben uns nur gefragt, ob Sie bereit wären ... Na ja, ob es Ihnen etwas ausmachen würde, das Haus für uns zu hüten? Wissen Sie, wir haben keine Ahnung, was unser Sohn von uns will, aber es muß wichtig sein, und wir wollen das Haus nicht unbeaufsichtigt lassen. Wir haben zwar ein Dienstmädchen, die Tochter eines Schäfers, aber ohne Kontrolle ist sie ein bißchen sorglos ...«

Angesichts der Umstände stimmte Justine nur zu gerne zu. »Aber natürlich, das mache ich mit Freuden. Ich fühle mich geschmeichelt, daß Sie mir derart vertrauen ...«

Die Frau des Vogts winkte ab. »Sie sind mit den Macreadys befreundet, das allein ist schon Empfehlung genug. Und jetzt, da wir Sie kennengelernt haben ...«

Die beiden Frauen lächelten einander zu.

»Außerdem«, schloß der Inselvogt, »könnten Sie von Ynyscraven kaum verschwinden, selbst wenn Sie wollten.«

Alle drei lachten, Justine sogar aus ehrlichem Herzen.

Und so wurde Justine Morgan für kurze Zeit die Herrin von Ynyscraven.

Justine erwartete die *Caryatid* mit Kapitän Macready frühestens für Montag abend. Damit blieben ihr knapp 24 Stunden, um sich einzurichten. Nachdem der Vogt und seine Frau aufgebrochen waren und sie das Dienstmädchen kennengelernt hatte, ein simples, rotwangiges Mädchen namens Faith, machte sich Justine mit dem Haus vertraut.

Es hatte zwei Frontgiebel und ein Dach aus Schiefer. Zu beiden Seiten der Diele lagen spärlich, aber elegant möblierte große Zimmer. Die Fußböden bestanden aus gestrichenen Holzdielen mit dicken Perserteppichen darauf. Im ersten Raum nahm ein Bücherregal eine ganze Wand ein, der zweite war ein Speisezimmer mit einem großen Mahagonitisch. Die Treppe zum Obergeschoß mündete in einen langen Flur, von dem drei Schlafzimmer abgingen. In jedem stand ein Doppelbett, ein Stuhl und ein Waschtisch mit Porzellanschüssel und -krug. An der Rückseite des Hauses lag der Anbau mit Küche, Wirtschaftsraum, Außentoilette und Stall, und gleich dahinter erhob sich eine hohe, fast senkrechte Felswand, die rückwärtige Grenze des kleinen Anwesens. Keine sieben Meter vom Haus entfernt hätte man oben auf dieser Wand stehen und einen Stein in den Schornstein werfen können.

Die Front des Grundstücks ging nach Osten und lag früh im Schatten. Als sich die Kühle des Sommerabends auf den Rasen senkte, wagte sich Justine hinaus, um ihr Reich zu inspizieren. Auch hoffte sie, vom Rand des Gartens aus den Ankerplatz sehen zu können.

Sie öffnete das Gartentürchen und erkannte den Pfad,

auf dem sie früher am Tag mit dem Fischer heraufgestiegen war. Einige Schritte daneben entdeckte sie einen Aussichtsplatz, von dem aus die ganze Lagune zu ihren Füßen lag.

»Warten Sie auf die *Caryatid*?«

Beim Klang der Stimme fuhr Justine zusammen. Sie blickte sich um. Ein Mädchen im Aranpullover, mit rostbraunem Haar und grünen Augen stand hinter ihr.

»Sie haben mich erschreckt!« beklagte sich Justine lächelnd.

»Warten Sie auf die *Caryatid*?« wiederholte das Mädchen.

»Ja, eigentlich schon.« Es war sinnlos, sich zu verstellen, denn sie und Macready würden bestimmt zusammen gesehen werden.

Das Mädchen trat neben sie. »Wir erwarten sie morgen abend oben an der Nordspitze.«

»Ach so.« Justine kam sich unbeholfen vor. Dieses wie aus dem Nichts aufgetauchte Mädchen schien ihr weit überlegen zu sein. »Woher wissen Sie das?«

»Ich war heute nachmittag oben beim Leuchtturm. Die Wärter haben's mir erzählt. Wohnen Sie im Haus?«

»Ja. Und Sie sind hier daheim?«

»Ja. Ich bin Sonja.« Das Mädchen streckte die Hand aus.

Die beiden Frauen musterten einander, und Justine fühlte sich an Tegwyn erinnert. Diese Sonja war im gleichen Alter wie sie, aber längst nicht so hübsch; trotzdem wirkte sie viel weniger verletzlich. Etwas verlegen tauschten sie einen Händedruck. »Sind Sie in jemanden von der *Caryatid* verliebt?« fragte Sonja.

Mit blitzenden Zähnen lachte Justine auf – so spontan, daß sie Sonja damit ansteckte. »Was in aller Welt bringt Sie auf diese Idee?«

Lächelnd zuckte Sonja die Schultern. »Weshalb wären Sie sonst hier?«

»Vielleicht um Urlaub zu machen?« schlug Justine vor.

»Sie sind viel zu schön, um allein in Urlaub zu fahren«, antwortete das Mädchen mit entwaffnender Offenheit. »Außerdem finde ich's sowieso heraus. Ich erfahre alles, was auf Ynyscraven geschieht.« Verstohlen blickte sie nach Norden, wo ein Klippenvorsprung eine kleine Landspitze bildete.

Ein Hauch nächtlicher Kühle ließ Justine erschauern. Sie wollte schon ins Haus zurückkehren, als Sonja leise und vertraulich fortfuhr: »Ich warte auch auf die *Caryatid*.«

»Dann sind *Sie* wohl in jemanden an Bord verliebt?« fragte Justine.

Das Mädchen nickte. »Ich nehme an, das macht uns irgendwie zu Schwestern.«

Justine schmunzelte. Eine Weile standen sie schweigend da, dann kam der Älteren eine Idee. »Wenn Sie alles wissen, was auf der Insel vorgeht, dann wissen Sie auch, daß ich hier allein bin.«

»Ja – und im Haus des Vogts wohnen. Ich weiß.«

»Würden Sie mir beim Abendessen Gesellschaft leisten?« Nach ihrer freiwilligen Fastenzeit spürte Justine plötzlich einen Bärenhunger. »Dabei könnten Sie mir alles über Ynyscraven erzählen, über das wahre Ynyscraven. Ich will mich hier nicht wie eine Fremde fühlen.«

Sonja musterte die dunkle, voll erblühte Schönheit, die vor ihr stand. Fremd würde diese Frau hier niemals sein, dachte sie. Plötzlich sagte sie: »Ihr Haar sieht aus wie zwei Rabenflügel.«

Unwillkürlich griff sich Justine an den Kopf. »Ob das wohl von Bedeutung ist?«

Sonjas leise Frage verklang, als dächte sie über ein Geheimnis nach.

»Kommen Sie zu mir ins Haus – sagen wir, in einer halben Stunde?«

»Natürlich. Eine fürstliche Einladung schlägt man nicht aus.«

Abrupt wandte sich Sonja ab, Justine total verwirrt zurücklassend. Des Mädchens Bemerkung über ihr Haar war schon seltsam genug gewesen. Und dieser letzte Satz – war der ironisch gemeint? Wenn ja, dann war er in seltsam sachlichem Ton geäußert worden. Justine wandte sich um und ging ins Haus zurück. Der Ankerplatz unten versank im Schatten der Nacht.

Das Mädchen Faith wurde heimgeschickt, nachdem es Justine geholfen hatte, im Wohnzimmerkamin ein Feuer zu entfachen. In der Küche fand sie kalten Lammbraten und einen Krug mit Apfelwein. Justine zündete die Petroleumlampen an, zog einen Sessel in die Wärme des Kaminfeuers und wartete auf Sonja. Die kalten Granitmauern des Hauses, die sie umgaben, waren so still, daß sie das Blut in ihren Ohren rauschen hörte.

Als Sonja kam, schnitt Justine den Braten auf, und die beiden Frauen setzten sich an einen kleinen polierten Holztisch. Das Lampenlicht schimmerte in Sonjas grünen Augen, und Justine war überrascht, wie schön sie plötzlich aussah.

»Sprechen Sie immer in Rätseln?« fragte sie schließlich. »Tut mir leid, das war mir nicht bewußt ... Oh, Sie meinen wohl, was ich über einen fürstlichen Befehl sagte?«

»Ja, das auch. Und ob die Farbe meiner Haare von Bedeutung sei.«

»Sie sind doch nicht gefärbt?« Sonjas Frage klang so

scharf, daß sie es sofort bereute. »Entschuldigen Sie, ich wollte nicht unhöflich sein. Aber gefärbt wären sie ohne jede Bedeutung.«

Justine wollte das schon abstreiten, doch dann fiel ihr ein, daß eifrige Beteuerungen oft für Lügen gehalten werden. Deshalb legte sie Messer und Gabel hin und griff sich an den Hinterkopf. Sie schüttelte ihr Haar, daß es ihr um die Schultern tanzte und das Lampenlicht blaue Reflexe darin weckte. »Hier«, sagte sie, »ist das schwarz genug für Ihre Rabenflügel?«

Sonja erhob sich und kam um den Tisch herum. Mit den Fingerspitzen berührte sie die wirre Mähne. »Ja, das ist es«, sagte sie und setzte sich wieder.

Mit einer Kopfbewegung warf Justine ihr Haar hinter die Schultern zurück. »Und jetzt sollten Sie mir besser diese Rätsel erklären.«

Sonja ließ ihr Besteck sinken. »Es fiele mir leichter, wenn ich wüßte, warum Sie nach Ynyscraven gekommen sind. Sie sind hier, weil Sie jemanden lieben, nicht wahr? Ich wette, ich weiß auch, wen. Weil der Vogt Ihnen sein Haus überlassen hat, ist das nicht schwer zu erraten: Ihr Freund ist Kapitän Macready, stimmt's? Er steht sich sehr gut mit dem Vogt.«

»Kann sein.« Justine merkte, daß sie errötete. »Bei Ihnen scheint sich alles um die Liebe zu drehen.«

»Stimmt. Macht es Ihnen was aus, wenn ich noch mal wiederkomme und Ihnen ein paar Fragen stelle? Nicht jetzt – vielleicht später.«

»Haben Sie denn keine Familie?«

»Nicht direkt. Meine Mutter ist ein bißchen distanziert.«

»Gut, wenn ich helfen kann?« Justine fragte sich, wie man an diesem verzauberten Ort distanziert sein konnte.

»Danke. Und nun will ich Ihnen von der Insel erzählen. Sie gehört dem Earl von Dungarth. Seine Familie geht bis auf die Zeit Wilhelm des Eroberers zurück. Es heißt, daß seine Vorfahren kurz nach der Invasion hier ankamen. Damals war die Insel noch unabhängig. Sie scheint den Angelsachsen lange widerstanden zu haben, denn sie besaß noch ein keltisches Kloster und einen eigenen Herrscher. Der erste Earl erbat sich vom König, daß er die Insel in sein Lehen mit einschloß, und segelte herüber, um sie in Besitz zu nehmen. Aber als er unten in der Bucht erschien, dort wo Sie an Land gingen, stieß er auf Gegenwehr. Es gab einen Kampf, in dem der Fürst von Ynyscraven ums Leben kam, aber die Invasoren wurden fürs erste zurückgeschlagen. Doch dann brachte der nächste Ostwind sie wieder. Wie es heißt, lief der Earl diesmal die Bucht unter vollen Segeln an, obwohl der Wind Sturmstärke erreichte. Die Verteidiger hielten sich zurück, weil sie glaubten, des Earls Schiffe würden auf den Klippen zerschellen. Aber sie rechneten nicht mit seinem Kampfgeist. Er befahl seinen Kriegern, sich auf den Schiffsboden zu legen, und übernahm selbst das Steuer. Sein Lieutenant steuerte das zweite … Pardon, langweile ich Sie?«

»Nein, meine Liebe, ich bin fasziniert. Wollen Sie damit sagen, das alles geschah direkt unterhalb der Stelle, wo wir heute nachmittag standen?«

Sonja nickte und stellte ihr Glas ab. »Ja. Die beiden Schiffe preschten direkt auf den Strand zu, schlugen in der Brandung quer, und als sie kenterten, führte der Earl seine Krieger schwimmend an Land. Die Inselbewohner wurden besiegt und flohen, nur einige wenige verschanzten sich in der Halle ihres Fürsten, die hier gestanden haben soll, wo jetzt dieses Haus steht.

Der Fürst hatte eine weit und breit berühmte Schönheit zur Frau, deren rabenschwarzes Haar die Dichter besangen. Ihr Ruhm soll den Earl entflammt haben, und um sie zu erringen, erbat er sich auch die Insel zum Lehen. Die Witwe zog sich in einen alten Wehrturm zurück, gälisch *dun*, oben auf dem Hochland. Er stand in der Nähe des Leuchtturms, man kann die Mauerreste heute noch sehen: auf einer kleinen Landspitze, *garth* genannt. Er hieß das ›Fort auf der Spitze‹ oder *Dungarth*.«

»Aha, ich verstehe. Erzählen Sie weiter.«

»Na ja, der Earl überrannte die ganze Insel, wollte die Fürstin aber ohne weiteres Blutvergießen erringen. Deshalb legte er einen Sperriegel vor die Landspitze und rief der Lady zu, sich zu ergeben. Sie trat auf die Zinnen heraus und verhöhnte ihn, aber ihre Schönheit und ihr Mut reizten ihn nur noch mehr. Er gab ihr Bedenkzeit bis zum nächsten Morgengrauen, und als er dann noch immer nichts von ihr hörte, griff er an. Seine Männer eroberten die Burg, ohne auf Widerstand zu stoßen, und als sie in den Hof stürmten, flatterte eine große Schar Raben vom Turm auf. Aber sie fanden keine Fürstin mehr vor, keine Krieger, gar nichts.«

»Und was war geschehen mit ihr?«

Sonja zuckte die Schultern. »Das verrät uns die Legende nicht. Es heißt, sie wird eines Tages zurückkehren und der Insel ein neues Herrschergeschlecht bringen.«

»Und Sie halten das für möglich? Daß die Fürstin zurückkehrt, meine ich?«

»Kann sein. Auf dieser Insel glaubt man an Legenden. Die Leute hier nennen einen starken Ost immer noch den ›Wind des Eroberers‹, obwohl nur wenige den Grund dafür kennen. Ich dachte, vielleicht sind Sie die Fürstin, denn Sie sehen irgendwie – ich weiß nicht – irgendwie so aus, wie ich sie mir vorgestellt habe, als eine starke

Frau ... O nein, lachen Sie mich nicht aus! Wenn ich gewußt hätte, daß Sie darüber lachen, hätte ich Ihnen das alles nie erzählt!«

Sonja war wütend, aber Justine griff begütigend nach ihrer Hand.

»Meine Liebe, Ihre Geschichte könnte durchaus wahr sein.«

Beim Anblick von Sonjas verschlossener Miene bedauerte sie die plötzliche Verstimmung. Sehr sanft fuhr sie fort: »Ich muß Ihnen gestehen, daß ich hier auf Ynyscraven einen seltsamen Seelenfrieden verspüre. Und den Zweck meines Besuchs haben Sie richtig erraten. Warum sollte ich es abstreiten? Was hier geschehen soll, wird mich fürstlich froh machen. Nein, meine Liebe, ich habe nur über mich selbst gelacht und über die Vorstellung, ich könnte in meinem Alter noch ein Kind empfangen, geschweige denn ein ganzes Herrschergeschlecht.«

Sonja atmete erleichtert auf. Dann kam ihr ein neuer Gedanke. »Aber vielleicht haben Sie eine Tochter im richtigen Alter?«

Diesmal verschwand das Lächeln von Justines Gesicht wie weggewischt. Sie schwieg.

Später unterhielten sich die beiden Frauen noch eine Weile. Justine vertraute sich Sonja an und war selbst überrascht, daß sie mit diesem seltsamen, weltentrückten Wesen so offen sprechen konnte. Schließlich erhob sich das Mädchen.

»Es ist spät geworden«, sagte Sonja. »Weil Sie hier allein sind, leuchte ich Ihnen noch hinauf in Ihr Zimmer, ich kenne das Haus und finde meinen Weg zurück. Hier schließt niemand nachts die Haustür ab, deshalb lasse ich mich selbst hinaus.«

Sie nahm die Lampe und ging Justine in die Diele voraus.

In Justines Schlafzimmer stellte Sonja die Lampe auf den Waschtisch. Sie rückte Schüssel und Krug beiseite und stellte einen Spiegel auf die Marmorplatte. Dann zog sie einen Stuhl heran.

»Nehmen Sie Platz«, sagte sie, auf den Stuhl deutend.

Justine setzte sich und griff nach ihrer Haarbürste. Sie wollte schon gute Nacht sagen, als das Mädchen ihr sanft die Bürste aus der Hand nahm und Justines Flechten mit langsamen, lustvollen Streichen zu strählen begann. Zuerst wurde Justine verlegen, doch dann schloß sie die Augen. Nach diesem langen, anstrengenden Tag genoß sie das sinnliche Gefühl. Sie dachte an ihr Schlafzimmer in Porth Ardur und an die einsamen Tröstungen, zu denen sie ihre Zuflucht genommen hatte.

Mehrere Minuten lang schwiegen beide. Dann begann Sonja wieder zu sprechen.

»Mein Vater, der meine Mutter dadurch ruiniert hat, daß er sie verführte, war ein slawischer Graf. Manchmal nennt mich Mama ihr ›kleines Komteßchen‹. Ich nehme an, es ziemt sich für eine Komteß, einer Fürstin das Haar zu richten.«

»Ich habe nichts dagegen«, sagte Justine in diesem leisen sinnlichen Ton, in den sie bei solchen Gelegenheiten immer von selbst verfiel.

Sonja entdeckte ein rotes Band auf dem Bett und faßte damit Justines Haar zu einem dicken Pferdeschwanz zusammen. Ihn leise tätschelnd, meinte sie: »Na also, die Rabenflügel sind gefaltet ...«

Langsam erhob sich Justine vom Stuhl und ließ ihren Rock zu Boden gleiten. Dann streifte sie sich die Bluse von den Schultern. »Gute Nacht, meine Liebe«, sagte sie, Sonja taktvoll verabschiedend.

»Gute Nacht«, flüsterte das Mädchen.

Die verzauberte Insel

Am Montag abend ankerte die *Caryatid* vor dem Leuchtturm von Ynyscraven. Charlie bediente den optischen Telegraphen, und Kapitän Macready ging mit seinem Ersten Offizier an Land. Die Leuchtturmwärter erwarteten sie am kleinen Pier und wurden von Macready und Foster über die geplanten Arbeiten ins Bild gesetzt. Eine Stunde später dampfte die *Caryatid* zur Südspitze der Insel und ging hinter dem Riff vor Anker. Nachdem die allerletzten Vorbereitungen für das Einrichten des neuen Lastenaufzugs erledigt waren, gab Kapitän Macready seiner Crew Landurlaub.

An der Schanzkleidpforte sah Foster zu, wie auch der letzte Mann grinsend ins Boot stieg, und winkte dem Bootsführer, von der Bordwand abzustoßen. »Um Mitternacht seid ihr wieder da, Leute«, rief er ihnen nach, als das Boot mit aufheulendem Motor davonschoß.

Sowie es zurückkehrte, stieg Kapitän Macready von der Brücke, um seinerseits von Bord zu gehen. »Kommt Farthing mit?« fragte er.

»Bin schon da, Käpt'n«, keuchte Charlie und rannte aufs Seitendeck.

»Äh, Bernard«, begann Macready leicht verlegen, »ich bin eingeladen, an Land zu übernachten. Schicken Sie mir das Boot um acht Uhr morgens, ja?«

»Gern, Sir. Wo werden Sie übernachten, im Haus des Vogts?« Macready hatte nicht die leiseste Ahnung, wo er bleiben würde, außer in den Armen Justines. Beinahe hätte er wahrheitsgemäß geantwortet, doch dann sagte er auf gut Glück: »Ja. Ja, ganz recht … Ah, hier kommt das Boot.«

»Bis Mitternacht, Charlie«, erinnerte Foster den Zweiten Offizier.

Charlie grinste nur. Bis dahin blieben ihm noch vier Stunden.

»Sie ist da, sie ist da!«

Justine blickte von ihrem Buch hoch.

Sonja kam mit fliegenden Haaren über den Rasen aufs Haus zugerannt. »Die *Caryatid* hat gerade geankert«, ergänzte sie, atemlos ins Zimmer stürzend.

Mit klopfendem Herzen erhob sich Justine.

Sonjas Augen leuchteten wie Gischt in der Sonne. »Kommen Sie, schnell!« Sie lief in die Diele voraus.

»Wo wollen Sie hin?« Verdutzt folgte Justine dem Mädchen die Treppe hinauf.

Sie gingen ins größte Schlafzimmer und traten ans Fenster. Von hier aus konnten sie die letzten zehn Meter vor der Gabelung des Pfads sehen, der vom Landeplatz heraufführte.

»Wir warten hier, bis die Crew vorbeigegangen ist. Danach kommen die Offiziere.«

»Also ist es einer der Offiziere, den Sie erwarten?«

»Ja!« Sonja stellte sich hinter den Fenstervorhang.

In einer moralinsauren Anwandlung runzelte Justine die Stirn. »Sie haben doch hoffentlich keine Affäre mit Bernard Foster, oder?« fragte sie ungläubig.

»Wer ist Bernard Foster? Nein, mein Liebster heißt Charlie!«

Jetzt lachten beide.

Der Garten lag bereits im Schatten, vom wolkenlosen Osthimmel zog die Nacht herauf. Unten wurde ein Gewirr von Köpfen sichtbar: Undiszipliniert, lärmend und durstig erklomm die Crew im Gänsemarsch den Pfad neben dem Haus, einen Pfad, den schon die keltischen Mönche benutzt hatten.

»Oh, die gelten bei uns nicht als Eroberer«, erläuterte Sonja, die irgendwie Justines Gedanken gelesen hatte. »Eigentlich sind sie alle ganz nett. Einer davon, ein alter Feuerwehrmann, ist bis über beide Ohren in meine Mutter verliebt. Sie sind schon seit Ewigkeiten befreundet, es ist richtig rührend.«

»Was? Daß alte Menschen einander gern Gesellschaft leisten?«

»Nein, daß sie sich so gut verstehen. Wahrscheinlich würde er nichts mit ihr zu tun haben wollen, wenn er wüßte, daß sie eine Grafentochter ist.«

»Also sind Sie ...«

»Die uneheliche Tochter eines adligen Weltenbummlers, gezeugt im Körper einer ...«

»Nein, nein, das meine ich nicht ...«

»Sie wollten fragen, ob ich mit einem Grafen verwandt bin. Na ja, Mutter ist die Schwester des letzten Earl von Dungarth. Als sie von einem slawischen Emigranten schwanger wurde, hat man sie verstoßen. Warum, weiß ich nicht, denn die Männer der Familie waren förmlich darauf versessen, mit jeder willigen Frau Bastarde zu zeugen. Der alte Earl starb, als ich drei Jahre alt war, und sein Sohn, mein Vetter, hatte Mitleid mit uns. Er schenkte uns die Kate auf Ynyscraven ... Da kommen sie.«

Die Umrisse von Kapitän Macready und Charlie wuchsen über den Kamm empor.

Die beiden Frauen liefen hinunter und draußen über den Rasen, wo die Männer sie erkannten. Da begriff Macready plötzlich, daß es weder der rechte Ort noch der richtige Zeitpunkt war, die Täuschung weiter aufrechtzuerhalten. Sie konnten sich in den nächsten Tagen nicht vor der Welt verstecken, jedenfalls nicht vor der kleinen Welt von Ynyscraven, ohne sich selbst die ganze Freude zu verderben.

»Meine Liebe …«, sagte er und trat mit ausgebreiteten Armen durch die Gartenpforte.

Justine zog ihn ins Haus.

Auf dem Rasen verschmolzen Charlie und Sonja eng aneinandergepreßt in einem langen Kuß. Charlie hatte kaum mitbekommen, daß sein Kommandant verschwunden war, geschweige denn, mit wem.

Nach einer Weile löste sich Sonja von ihm. »Bevor wir's noch weitertreiben«, sie schenkte ihm ein glückliches Lächeln, »und bevor Mutter zum *Craven Arms* verschwindet, sollten wir zu ihr gehen und dich ihr vorstellen.«

Sie schritten über den Rasen und durch die Gartenpforte, das stille Haus hinter sich zurücklassend.

»Vorher muß ich dir noch einiges über sie erzählen, Charlie …« Sonja setzte ihn über die traurige Geschichte ihrer Mutter ins Bild. »Deshalb wundere dich bitte nicht, wenn sie sich ein bißchen seltsam benimmt«, schloß sie.

Im Haus des Vogts spürte Kapitän Macready, wie sich allmählich ein Zauber über ihn legte. Der Glücksfall, daß sie ihre Romanze in einem Haus für sich allein ausleben konnten, übertraf auch seine wildesten Hoffnungen. Ihm war, als wache irgendein mitfühlender Engel über ihrer verbotenen Liebe und ebne ihnen jeden Schritt. Daß die tumbe Faith Macreadys Anwesenheit wie selbstverständlich akzeptierte, ließ sie die wenigen Augenblicke, in denen sie beim Abendessen allein waren, noch stärker genießen. Als sie gegangen war, stürzten sie sich nicht sofort ins Bett, wie das junge Leute vielleicht getan hätten, sondern kosteten ihre Zweisamkeit aus, indem sie so taten, als führten sie ein normales Eheleben. Sie wußten, daß die Erinnerung an diese gestohlenen Tage vielleicht noch lange vorhalten mußte.

Als ihre Körper endlich verschmolzen, spürten sie, daß sich alles erfüllte, was sich jeder vom anderen versprach, und daß ihre Hoffnungen und Phantasien nicht enttäuscht wurden.

Sonja bewohnte mit ihrer Mutter eine Steinkate an der äußersten Südspitze von Ynyscraven. Geduckt durch die niedrige Tür tretend, fand sich Charlie in einem länglichen Raum wieder, mit einem offenen Kamin in der Mitte der Rückwand. Fenster gab es nur an der Südseite. Eine zweite, offenbar erst nachträglich durchgebrochene Tür in der Ostwand führte in einen Wintergarten. Töpfe und Pfannen hingen über dem Kamin, dessen Sims mit Kunstobjekten und gefundenem Strandgut überladen war. Was an den Wänden noch an Platz blieb, war bedeckt mit seltsamen Gemälden und roh gezimmerten Bücherregalen, in denen viele antike Folianten standen, deren Ledereinbände unter dem feuchten Klima der Insel deutlich gelitten hatten. Die Möblierung war sparsam. In jeder Ecke stand ein Bett mit einem Fell davor und einem Waschtisch daneben. In der Mitte nahm ein riesiger Refektoriumstisch fast den ganzen freien Raum ein, umstellt mit einem bunten Sortiment von Stühlen, die unter der Last von Feuerholz, abgelegter Kleidung und anderem Krimskrams fast zusammenbrachen. Schmutziges Geschirr türmte sich auf dem Tisch, und dazwischen lagen Blätter, die mit unleserlichem Gekritzel bedeckt waren.

»Mutter ist Künstlerin ...«, erläuterte Sonja und führte den verwirrten Charlie in den Wintergarten.

»Tag, Mutter«, sagte sie. »Das ist Charlie. Wir sind sehr verliebt.«

Charlie hatte die Frau schon in der Kneipe gesehen, ohne sich Einzelheiten zu merken. Sie arbeitete an einer Leinwand, und das Bild darauf wirkte nicht ganz so exzentrisch wie die Gemälde im Wohnzimmer. Jetzt wandte sie sich um und starrte ihn an.

Sonjas Mutter zählte noch keine 50 Jahre. Aber sie war eine hagere, verwitterte, ausgetrocknete Erscheinung, die an ein Stück von der See erodiertes Eisen erinnerte, bei dem das weichere Metall oxidiert war und ein grobkörniges Muster aus unzerstörbarem Material hinterlassen hatte. Ihr ovales Gesicht war verkniffen, ihr Mund nur ein bleicher Schlitz unter der scharfen Nase, die eindeutig eine Schwäche für Alkohol verriet. Ihr langes Haar hing strähnig herab. Die Frau wirkte zugleich betagt und alterslos, schwach und doch seltsam zäh.

»Verliebt?« fragte sie mit überraschend kultivierter Stimme. »Verliebt?« wiederholte sie und erhob sich, um Charlie zu mustern.

Um den Hals trug sie eine Kette aus matten Steinchen und Perlen, die aussahen wie von der See abgeschliffene Kiesel. Gekleidet war sie in ein ehemals modernes schwarzes Crêpegewand, das wie ein loses Hemd an ihr hing. Offenbar trug sie wenig darunter, denn der dünne Stoff klebte an ihren Brüsten, ein Umstand, der Calico-Jack wohl nicht entgangen war. Eigenartigerweise wirkten sie ziemlich groß im Vergleich zu ihren schmalen Hüften und dünnen Hand- und Fußgelenken.

»So, so, meine Tochter ist also in Sie verliebt, wie?«

»Und ich in sie, Madam«, bestätigte Charlie.

»Und nun wollen Sie sie garantiert verführen. Ihr jungen Männer seid doch alle gleich.«

»Mutter!«

»Still, Schätzchen. Sei so gut und halt den Mund, bis ich mit dem Burschen hier fertig bin.« Mit ihrem Pinsel wedelte sie unter Charlies Nase herum, bis er den Kopf zurückziehen mußte. »Hören Sie mir gefälligst zu. Ich erlaube es nicht, daß Sie mit meiner Tochter schäkern, wenn Sie kein anständiger Mensch sind. Meine Familie ist seit Generationen ein Opfer von Hurenböcken geworden. Aber Sonja ist anders. Sie ist ein Inselvögelchen, das Ynyscraven niemals verlassen wird. Um diese Felsen geistern überall die Seelen ruinierter, mißbrauchter Frauen, hundert und aberhundert, Witwen, Mütter, Schwestern, Ehefrauen. All diese Toten finden sich hier ein, um ihre verlorenen Männer zu beweinen, umgekommen bei Schiffsunglücken, Plünderung, Mordbrennerei ...« So ging es noch lange weiter, aber Charlie wurde nicht klug daraus und hörte ihr schließlich gar nicht mehr zu. Statt dessen betrachtete er höflich das Gemälde, an dem die alte Frau gearbeitet hatte. Sofort erkannte er darin ein Wappenschild für die *Craven Arms.*

Endlich schwieg die alte Frau.

»Das ist für die *Craven Arms*, nicht wahr?« fragte Charlie, um das Thema zu wechseln.

Die Frau starrte auf ihre Arbeit. »Ja«, sagte sie langsam. »Drei schwarze Raben trauern auf weißem Feld ... Das C davor ist nur ein phonetischer Zusatz zum Namen der Insel, damit er von Leuten, die der Sprache nicht mächtig sind, leichter auszusprechen ist. Sonja, zünde drin die Lampen an, und erzähl dem jungen Mann die Geschichte der Insel.«

Sonja warf Charlie ein Lächeln zu und ging ins Wohnzimmer. Er wollte ihr schon folgen, da hielt ihn die alte Frau zurück.

»Lieben Sie meine Tochter, junger Mann?«

Charlie blickte auf sie herab. Allmählich wurde es dunkel, und er fühlte sich in dem Raum mit den großen Fensterscheiben seltsam eingeschüchtert. So als besäße Sonjas Mutter eine Macht, die sich aus ihrer Hinfälligkeit speiste, ganz im Gegensatz zu seiner eigenen jugendlichen Kraft; als ob ihr Wissen und ihre Erfahrung seine körperliche Überlegenheit bei weitem aufwöge. Ihr Blick hielt seinen fest, und er sah nun, von wem Sonja ihre grünen Augen geerbt hatte. Doch ihnen fehlte das fiebrige Feuer, das in denen ihrer Mutter brannte. Plötzlich fürchtete sich Charlie vor der überwältigenden Stärke dieses Geistes, der aus diesen Augen blitzte, vor diesem allmächtigen Wissen, das Elixiere mischen und Orakel formulieren konnte.

War dies die Kraft, die Kassandra ins Haus Agamemnons geführt hatte?

»Lieben Sie sie?« zischte die Frau, und ihre drängende Frage schien die Luft zwischen ihnen zu zerschneiden.

Seine reflexartig hervorgestoßene Antwort kam aus tiefstem Herzen. »Ja!«

Die Hand der Frau schoß vor und berührte sein Gesicht. Die Finger waren trocken, aber zart. Später sollte Charlie mit ansehen, wie sie Kieselsteine oder vom Meer geglättetes Treibholz genauso betastete – als sei sie blind und wolle sich mit ihrer Natur und Gestalt vertraut machen.

Endlich schien sie zufrieden.

»Dann sollen Sie sie haben.«

Eine Pause trat ein. Charlies Nerven vibrierten, so aufgeladen war die Atmosphäre.

»Junger Mann, hüten Sie sich vor dem Wind, mit dem die Eroberer kommen. Er kommt näher, ich kann ihn schon riechen, er bringt den Gestank des Todes mit… Und jetzt gehen Sie hinein, damit Sonja Ihnen die Geschichte von Ynyscraven und den Raben von Dungarth erzählen kann.«

»Mutter mag dich.«

Sonja ließ den Kopf auf Charlies Schulter sinken, als sie langsam zum Landeplatz hinabstiegen. Über und hinter sich hörten sie die lärmenden Landurlauber der *Caryatid* näher kommen, eine betrunkene, fröhliche Meute, die aus dem Dunkel der Nacht über die Klippe herabflutete.

Charlie spürte Sonjas nachgiebige Taille und drehte sie zu sich herum, preßte ihre weiche Fülle an das harte Drängen seines eigenen Körpers. Rundum quoll aus den Felsspalten von Ynyscraven der süße Duft des Farnkrauts.

In seiner Koje an Bord der *Caryatid* ließ sich Charlie die Ereignisse des Abends noch einmal durch den Kopf gehen. Auf dem Weg zum Landungsplatz hatte ihm Sonja auch die restliche Geschichte ihrer Mutter erzählt. Nicht das geringste an ihrem Äußeren oder an ihrem Benehmen verriet ihr blaues Blut.

Vielleicht ließ sich das durch ihre Verrücktheit oder ihre Exzentrik erklären. Aber nein, in dieser Frau steckte mehr als eine durch aristokratische Degeneration verursachte Verschrobenheit. Hatte er hinter dem knisternden Feuer dieser grünen Augen eine gequälte Seele entdeckt? Dann kam Charlie ein anderer Gedanke, ein beunruhigender, finsterer Einfall, der nach seinem alten, zynischen Ich aus der Zeit vor Porth Ardur roch: War diese alte Frau die Rückseite der romantischen Medaille? War sie die Kröte unter dem Stein? Eine Hexe?

Unweigerlich mußte Charlie an Sonja denken, die so

verwoben war mit der Geschichte dieses ungastlichen Landrückens aus Granit und Schiefer. War das gleiche Gift auch in ihre Adern gesickert? War es überhaupt ein Gift – oder hatte nur die Einsamkeit dieser Insel dem Verstand der alten Frau geschadet? Oder war es ihre leidvolle Biographie?

Über die genaue Art ihrer Geisteskrankheit wußte Charlie nichts Näheres, denn als er Sonja danach fragte, hatte sie nur die Schultern gezuckt und geschwiegen. Mit dem Bedauern, daß man ein Steuermannspatent erwerben konnte, ohne das geringste über Psychologie zu wissen, fiel er in Schlaf.

Sonja kehrte in die Steinkate zurück. Ihre Mutter war noch auf und goß gerade Ginsterwein aus einem Tonkrug in zwei Becher. Dann betrachtete sie ihre Tochter.

»Du könntest an einen Schlechteren geraten, mein kleines Komteßchen«, sagte sie schließlich. »Er sieht nicht aus wie ein Wüstling.«

Sonja schwieg, denn sie kannte die Launen ihrer Mutter und wußte, wann sie besser den Mund hielt.

»Ich nehme an, du brauchst einen Mann?«

Errötend senkte Sonja den Blick: eine fast unmerkliche Bestätigung, mit der sie mehr über sich selbst verriet als auf dem Kamm von Ynyscraven.

Die alte Frau wiegte sich auf ihrem Stuhl. »Ja«, zischte sie schließlich, »das ist unser Unglück – wir brauchen sie, die Männer.«

Sie nahm einen tiefen Schluck Wein und erhob sich taumelnd. Sonja half ihr vorsichtig ins Bett und spürte dabei, wie ein Weinkrampf ihre Schultern schüttelte.

Nicht verrückt, dachte Sonja, nur vom Leben vernichtet.

Sonnenstrahlen, die waagrecht ins Zimmer fielen, und frühe Vogelstimmen weckten Kapitän Macready am nächsten Morgen.

Beim Gedanken an die letzte Nacht suchte sein Blick Justine. Sie lag auf dem Rücken, einen Arm über dem Kopf angewinkelt. Das schwarze Haar umrahmte ihr Gesicht, und eine Locke war ihr über die Wange gefallen, was ihr ein jugendliches, sorgloses Aussehen verlieh. Der entspannte Schlaf schmeichelte ihr und glättete die Fältchen um die Augen, so daß ihre Lider frisch wie die einer jungen Braut aussahen, als sie leise im Traum zitterten.

Septimus lächelte voller Bewunderung. Sein Gesicht verriet keinen billigen männlichen Triumph. Eher schon sah er aus wie ein Engel, aber ein gefallener Engel.

Er wußte, daß er nicht wieder einschlafen konnte, und erhob sich vorsichtig aus dem Bett. Als seine bloßen Füße die kalten Dielen berührten, schauderte er leicht zusammen. Nackt wie Gott ihn schuf, trat er ans Fenster, sich den Haarpelz auf seiner Brust kratzend. Blendend traf die Sonne seine Augen, denn sie stand kaum drei Grad überm Horizont und zu dieser Jahreszeit deutlich mehr in Nord als Ost, dem herrlichen Tag einen gleißenden Gruß entbietend. Macready schloß die Augen, holte tief Luft und streckte sich, bis der Schlaf aus seinen nicht mehr jungen Knochen wich. Dann schob er das Fenster auf und sah hinaus.

»Gott steh' mir bei!«

Auf der Wiese unter ihm suchte eine nackte Frau gebückt nach Pilzen. Beim Quietschen des Fensters hielt sie inne, richtete sich aber nicht auf. Ihre Flanken und Beine waren hager, strähniges Haar hing um ihre Schultern, und ihre schlaffen Brüste pendelten. Macready spürte einen Atem in seinem Rücken.

»Was ist denn?« Verschlafen stand Justine neben ihm, auch sie war nackt.

Die drei starrten einander an. Unten im Garten richtete sich Sonjas Mutter endlich auf, eine absonderliche, fahle Hexengestalt mit einem Korb in der Hand.

Instinktiv legte Macready einen Arm um Justines Schultern und zog sie an sich, bis sie vom Fenster wie ein Bild eingerahmt wurden. Lange verharrten sie so als lebendes Tableau, während jeder darauf wartete, daß der seltsame Zauber zerriß, der sie umgab.

So unvorbereitet ertappt, verspürte Macready plötzlich eine Anwandlung von Schuldbewußtsein. Die pragmatischere Justine durchzuckte ein Stich des Mitgefühls für die ältere Frau, deren Identität sie erriet.

Sonjas Mutter war vom Anblick verwirrt. Der Mann und die Frau am Fenster waren nicht das Vogtehepaar, sie wirkten fehl am Platz, schön, aber gespenstisch. Nur das Gesicht des Mannes kam ihr bekannt vor ... Sie kämpfte gegen den Nebel an, der ihr die Sicht zu nehmen drohte ... Sie sahen so glücklich aus ... Ein Paar ...

Die alte Frau beugte den Kopf und sank in einem Hofknicks zusammen. Der Anblick war lächerlich, und Septimus öffnete schon den Mund zu einem empörten Protest. Aber Justine war schneller als er und legte ihm eine Hand über die Lippen.

»Nicht doch, Liebster. Das verstehst du nicht.«

Besänftigt wandte Macready sich ihr zu. Er beugte sich zu ihr hinab, um sie zu küssen, und sie ließ ihre Hand über seinen Bauch und tiefer gleiten. Aufreizend begann er ihren Hals zu küssen. Sie ließ ihn gewähren, wandte nur den Blick wieder dem Garten zu. Unter Verbeugungen buckelte sich die alte Frau rückwärts zur Pforte, als entferne sie sich von einem Thron.

Justine lächelte in sich hinein und nahm Macready in sich auf.

Zwei Stunden später stand Macready in voller Uniform und nach einem reichhaltigen Frühstück auf der Brücke seiner *Caryatid*. Es war wirklich ein herrlicher Morgen. Kaum ein Lüftchen kräuselte das Wasser, weshalb das Geschrei der Seevögel klar und unverweht an seine Ohren drang. Drohend wuchsen die Klippen der Nordspitze vor dem Bug des Schiffes empor. Auf dem Maschinentelegraphen läutete er »Stopp« nach unten und trat ans Seitenfenster der Brücke. Diesmal mußte er die *Caryatid* viel näher heranmanövrieren als sonst.

»Hart Steuerbord!«

Der Rudergänger bestätigte, und Macready stellte die beiden Handgriffe auf »Halbe Kraft zurück«. Unten schrillte die Glocke, dann läutete es zur Bestätigung auf der Brücke. Die *Caryatid* begann zu zittern. Der Kommandant ließ die Backbordmaschine stoppen und beobachtete, wie das Schiff drehte.

Als die *Caryatid* die Drehung zur Zufriedenheit ihres Kapitäns vollendet hatte, verlangte er: »Mittschiffs!«

Nachdem er die Backbordmaschine auf »Voll zurück« befohlen hatte, um den Schwung abzubremsen, rief er Foster auf dem Vorschiff zu: »Laß fallen!«

Mit einem Aufklatschen und dem Rasseln der auslaufenden Kette fiel der Anker aus seiner Klüse, während das Schiff langsame Fahrt übers Ruder machte.

Macready beobachtete das Heck. Er mußte die *Caryatid* rückwärts in eine Lücke zwischen der Felswand und den vorgelagerten Steinen manövrieren, dorthin, wo der schwere Seilzug befestigt war. Außerdem mußte er zumindest Ruderfahrt im Schiff behalten, sonst … Er wagte den Gedanken nicht zu Ende zu denken. Schließlich ließ er beide Maschinen stoppen. Das grünweiß marmorierte Kielwasser sank in sich zusammen, die letzten Strudel rauschten an der Brücke vorbei nach vorn. Macready gab ein Handzeichen.

Das Motorboot, das zuvor losgeschickt worden war, um Helfer auf zwei bestimmten Felsen abzusetzen, schoß vorwärts und auf den Heckspiegel zu. Dann drehte es mit aufbrüllendem Motor und fuhr Richtung Land davon, das braune Geschlängel einer Heckleine vom Steuerbord-Achterschiff hinter sich herziehend.

»Vorn belegen!« rief Macready seinem Ersten zu.

Die *Caryatid* straffte ihre Ankertrosse, und das Boot kehrte zurück, um einen zweiten Festmacher auszubringen, diesmal vom Backbord-Achterschiff. Binnen Minuten war sie mit dem Heck tief in der Lücke sicher vermurt. Von hier aus konnte sie mit ihrer Deckmaschinerie den Austausch des schweren Lastenaufzugs unterstützen.

Kapitän Macready beugte sich aus dem Brückenfenster. »Alles klar, Bernard. So liegt sie gut. Und jetzt ran an den Speck, es gibt viel zu tun.«

Viel zu tun gab es wahrhaftig. Charlie merkte bald, daß Bernard nicht übertrieben hatte, als er von Knochenarbeit sprach. Obwohl theoretisch eine simple Aufgabe, stellte sie die Männer doch vor unzählige Probleme. Die Distanzen, Höhenunterschiede, schweren Lasten und erforderlichen Kräfte schienen die begrenzte mechanische und personelle Ausstattung der *Caryatid* manchmal zu überfordern. Das Ganze erinnerte Charlie an eine jener Aufgaben beim Steuermannslehrgang, wenn auf der Tafel wahre Wunder vollbracht wurden, während doch jeder erfahrene Salzbuckel wußte, daß verborgene

Tücken in der Realität das ganze Unternehmen zum Scheitern bringen konnten. Nicht geahnt hatte er jedoch, daß auf diesem Schiff derlei Probleme vierkant angegangen und überwunden wurden.

Charlies Respekt vor Bernard Foster stieg ins Unermeßliche. Der Erste schien überall zugleich zu sein. Ob er in einer Art Kiste am Drahtseil abwärts glitt, um die Schäkel zu lösen, ob er die großen Flaschenzüge lockerte, um die Spannung aus dem Drahtseil zu nehmen, ob er über die Felsen kletterte, um die Bettungen der dicken Ösen zu überprüfen, an denen die beiden Enden des Drahtseils hingen ... Die Arbeit des Ersten schien kein Ende zu nehmen. Charlie half, wo er konnte, meist vom Boot aus, aber es war eindeutig ein völlig ausgepumpter Zweiter, der allabendlich hinter der Crew hertrottete, wenn sie den Pfad zum *Craven Arms* erklommen.

Die Gewohnheiten hatten sich bald eingespielt. Jeden Abend warteten schon golden funkelnde Biergläser auf der Theke, wenn die durstige Horde in den Schankraum einfiel. Die meisten der Schmierer, Feuerwehrleute und Matrosen strömten an Land, um zu krakeelen und sich zu betrinken. Und wie sie tranken! Der Biervorrat des *Craven Arms* drohte zu versiegen, noch ehe die *Plover* ihn ergänzen konnte. Sie sangen, tanzten und klönten, sie prahlten und stritten, und am Ende stolperten oder rutschten sie – manche mußten sogar huckepack getragen werden – den Schieferpfad zum Landungsplatz hinunter. Jeden Morgen holte das Boot den Kommandanten ab, und nur Minuten später ging die *Caryatid* ankerauf, um die wenigen Meilen zum Leuchtturm zu dampfen, wo ihre verkaterte Crew schuftend das Bier wieder ausschwitzte, bis das Schiff auf seinen abendlichen Ankerplatz und die Mannschaft ins *Craven Arms* zurückkehrte.

Eindeutig waren es nicht die erschöpften Matrosen, die bei den Zechgelagen dominierten. Calico-Jack schien eine neue Energiequelle angezapft zu haben, seit das Schiff die Arbeit auf Ynyscraven begonnen hatte. Die alte Verrückte, die ihm Gesellschaft leistete, saß gewöhnlich schon in der Kneipe, wenn die Crew einfiel, und mit dem selbstverachtenden Spott der Seeleute sammelte sich alles um das betagte Pärchen, als hielte dieses hier hof.

Die alte Frau trug stets ihren Pelz, doch trotz aller Anstrengungen der unhöflicheren Crewmitglieder fand keiner heraus, ob sie darunter nackt war oder nicht. Sie sprach kaum, und die Männer nahmen ihre Anwesenheit allmählich als selbstverständlich hin.

Eines Abends begann die Unterhaltung, gebremst durch die Anstrengung und zuviel Alkohol, auf laienhafte Weise die Tiefen der Philosophie auszuloten.

Um seine Meinung gefragt, warf Calico-Jack, der bisher nur vor sich hin genickt hatte, den Kopf zurück und rief trotzig: »Liebe! Liebe ist alles, worum die Welt sich dreht!«

Jubel brandete auf. »Is ja was ganz Neues«, höhnte jemand.

Aber Jack ließ sich nicht aus dem Konzept bringen.

»Die Liebe läßt einen Mann über die Stränge schlagen!«

Die Menge johlte ihre Zustimmung. Dabei dachten die meisten an irgendeine tolle Nacht in Santos, Sydney oder Yokohama, wo ihre von der Mutter eingebleute Vernunft der vom Vater vererbten Zügellosigkeit unterlegen war.

»Dabei fällt mir ein Bootsmann ein«, begann Jack, und rund um den Tisch wurde es still. »Ein Bootsmann, der alles auf die Liebe setzte und dadurch ruiniert wurde.«

»Wie kam denn das, Calico?«

»Halt's Maul, dann wirst du's erfahren«, riet ein Kamerad.

»Ich fuhr mal auf einem Flottentanker, und ihr werdet's nicht glauben, wir heizten mit Kohle, mit der beschissenen Kohle der Kriegsmarine.« Jack setzte sein Bierglas an und trank es leer.

»Spendiert ihm ein neues, macht schon ...«

Calico schlürfte sein frisches Bier. »Dieser Bootsmann, müßt ihr wissen, verliebte sich in einen jungen Matrosen. Zugegeben, es war ein hübscher Bursche, die Offiziere nannten ihn ›Billy Budd‹ nach irgendeinem Buch oder so. Aber der Bootsmann war an Bord sehr unbeliebt, weil er mal eine alte Tunte eingelocht hatte, einen Feuerwehrmann, der sich an den jungen Burschen rangemacht hatte. Keiner von uns mochte den Bootsmann, weil uns die Tunte immer freigehalten hatte, und damit war's jetzt vorbei.« Calico-Jack nahm wieder einen tiefen Schluck Bier. »Eines Tages kommt also dieser Matrose, dieser Billy Budd, mit einem Brief in unsere Messe und fragt: ›Was soll ich bloß damit machen, Jungs?‹ Na ja, es war ein Liebesbrief, ein richtig heißer Liebesbrief, müßt ihr wissen. Wir lachten uns alle kaputt darüber, bis wir merkten, daß der Junge ganz verzweifelt aussah. War ja auch kein Wunder. Der Bootsmann ist schließlich der Bootsmann und kann einem das Leben ganz schön sauer machen. Jedenfalls stand in dem Brief, daß dieser Junge, wenn er für den Bootsmann auch was übrig hätte, am nächsten Morgen sein Handtuch aus dem Bullauge hängen sollte.«

Ein genüßlicher Schauer lief durch die Zuhörerschaft. Selbst wer die Geschichte schon kannte oder ihr Ende erriet, beugte sich gespannt vor.

»Am nächsten Morgen trinkt also die ganze Crew

ihren Tee an Deck, und da kommt der Bootsmann vorbei. Jung Billy trabt zu ihm hin und reicht ihm den gefüllten Teebecher, sagt aber kein Wort. Der Bootsmann nimmt seinen Tee und geht wie unabsichtlich zur Reling. Stellt wie zufällig einen Fuß aufs untere Geländer und stützt die Ellbogen auf den Handlauf. Alle beobachten ihn. Der Bootsmann beugt sich vor, immer noch wie beiläufig, und schaut hinunter. Und da unten hängen 57 Handtücher aus allen Bullaugen ...«

Brüllendes Gelächter, in das sogar der Wirt mit einstimmte.

Als es verstummte, fuhr Calico fort: »Aber die Sache hat den Bootsmann ruiniert, müßt ihr wissen. Acht Jahre war er schon auf dem Schiff gefahren und ein tüchtiger Mann ... Von da an trank er zuviel und fiel keine sechs Monate später über Bord. Schrecklich, was einem die Liebe antun kann ...«

Die alte Frau neben Calico-Jack steckte eine Hand aus ihrem Pelz und packte seinen Arm. Die beiden lächelten einander an.

»Alles klar, Mama?« fragte Calico-Jack fürsorglich.

Jeden Abend stiegen Macready und Charlie zusammen den Steilhang hinauf.

»Mr. Foster übernimmt dauernd die Wache«, stellte Charlie am dritten Abend reuig fest.

»Ein guter Mann, unser Mr. Foster. Ein guter Mann.«

»Kann man wohl sagen, Sir.«

Sie stiegen weiter, und der kühle Abenddunst hüllte sie ein wie ein Mantel. Innerlich wand sich Macready vor Verlegenheit. In wenigen Minuten würden sie die Gartenpforte erreichen, wo Justine und Sonja gewöhnlich plaudernd auf sie warteten. Die beiden Frauen schienen sich prächtig zu verstehen, während ihre Liebhaber, durch den Rangunterschied zu steifer Formalität verurteilt, immer noch durch Welten getrennt waren. Am Ende beschloß Macready, den Zorn des Jüngeren zu riskieren.

»Ich bin ein verheirateter Mann, Mr. Farthing. Ich verlasse mich auf Ihre Diskretion, daß Sie niemandem gegenüber diese Abendessen erwähnen, zu denen mich – ähem – Mrs. Morgan einlädt ...«

Der Name kam halb verschluckt heraus, ganz im Gegensatz zur klaren Betonung des Wortes »Abendessen«. Charlie grinste in sich hinein. Verflixt lange Abendessen waren das, die bis zum nächsten Morgen um acht dauerten. Jetzt konnten sie die beiden Frauen schon erkennen.

»Von mir erfährt niemand ein Wort, Kapitän Macready. Sie ist wirklich eine sehr schöne Frau.«

Macready sonnte sich in der Zustimmung des Jüngeren, war aber klug genug, sich nicht weiter darüber auszulassen.

Jeden Abend hatte Justine eine einfache Mahlzeit vorbereitet. Macreadys Aufgabe war es, nach dem Essen alles wegzuräumen, während Justine nach oben eilte und sich für die Freuden der Nacht zurechtmachte. Wenn sie fertig war, rief sie mit dieser tiefen, melodischen Stimme nach ihm, und sein Name hallte in dem dunklen, stillen Haus wider.

Ihr Schlafzimmer war immer erfüllt vom Duft frischer Blumen aus dem Garten des Vogts, die Vorhänge waren stets zugezogen, und stets tauchte eine kleine Petroleumlampe das Bett in ein weiches Licht.

Charlie und Sonja litten nicht unter dem verzweifelten Zeitdruck, der Justine und Macready quälte. Ihnen machten die Probleme der Jugend zu schaffen. Gier und Unerfahrenheit sind in diesem Stadium oft die erste Einführung in die zweischneidige Natur der Liebe. Die ungeklärte Lage scheint von einem oder von beiden eine Entscheidung zu fordern. Falls beide beschließen, ihren natürlichen Trieben nachzugeben, erleben sie vielleicht die Lust der Vereinigung oder riskieren, falls sie unvorbereitet sind, die Folgen daraus. Trifft einer allein diese Entscheidung, führt dies zu Vergewaltigung oder schlägt tiefe Wunden bei dem einen oder anderen. Glücklicherweise reicht jungfräuliche Scham, auch wenn sich darunter eine gesunde Neugier verbirgt, in der Regel aus, die Gier des Mannes zu dämpfen und ihn zu weniger folgenschweren Aktivitäten zu überreden.

Selbstverständlich hatte Charlie schon einige Erfahrung mit Frauen. Doch seine früheren Affären verblaßten im Vergleich mit dem Aufruhr, den Sonja in ihm hervorrief. Zwar befriedigte sie verschämt seine dringendste Not, und er kannte inzwischen den Duft und die Wärme ihrer Brüste. Vor dem letzten und intimsten Schritt scheute er nur deshalb zurück, weil Sonja ihm für später himmlische Freuden versprach.

In der Zwischenzeit gingen sie plaudernd spazieren und sahen jeden Abend gebannt zu, wie das Tageslicht in Westnordwest verglühte.

»Morgen, Charlie, ich versprech's dir – alles.«

»Warum nicht heute, Sonja? Ich liebe dich ... Ich will mich nie mehr von dir trennen ... Du hast nichts zu befürchten, das verspreche ich ... Sonja, ich will dich doch heiraten.«

Mit einem Kuß brachte sie ihn zum Schweigen und zog ihn hinab ins feuchte Heidekraut.

Charlie lag auf dem Rücken und Sonja auf ihm. Er spürte ihren warmen Atem im Gesicht.

»Das erste Mal ist was ganz Besonderes für eine Frau, Charlie. Ich möchte, daß dabei alles perfekt ist.«

Wieder küßte sie ihn, und er tastete nach ihren Brüsten.

»Nein, Charlie, leg dich wieder hin.« Energisch drückte sie ihn zurück und griff mit einer schnellen Bewegung nach seinem Gürtel.

Einen Moment lang war Charlie zu verärgert über die Zurückweisung. Als er endlich reagierte, war es zu spät.

Er spürte, wie ihre kühle Hand sein nur allzu bereites Glied umfaßte. Brennend vor Begierde nahm es einen Umfang an, der ihr den Atem verschlug.

»Morgen«, flüsterte sie ihm zu, als er später keuchend am Boden lag.

Den ganzen nächsten Tag über arbeitete Charlie in bester Laune am Leuchtturm – mit nacktem Oberkörper, um sich für Sonja bräunen zu lassen. Der neue Draht war aufgeriggt und gespannt. Foster brachte die neuen Sicherheitsschäkel für den Seilzug an. Die Sonne brannte herab, kein Lüftchen regte sich.

Im Haus des Vogts suchte sich Justine nach dem Mittagessen gerade ein Buch heraus, um es im Garten zu lesen, als sie eine Stimme in der Diele hörte.

»Wer ist da?«

»Ich bin's. Sonja.«

»Komm rein.«

Das Mädchen zögerte noch, stand unschlüssig in der Tür.

»Danke. Ein wundervoller Tag, nicht wahr?«

Lächelnd erinnerte sich Justine, daß Sonja angekündigt hatte, ihr später einige Fragen stellen zu wollen.

»Ja, herrlich. Aber deshalb bist du doch nicht gekommen, oder?«

»Nein. Ist das Mädchen da?«

»Sie wäscht das Geschirr ab. Komm ins Arbeitszimmer, da sind wir ungestört.«

»Justine?«

Eine Hand auf der Klinke, drehte Justine sich um. »Ja?«

»Du lachst doch nicht über die Frage, die ich dir stellen will?«

»Natürlich nicht. Komm rein.«

Die beiden Frauen traten ins Arbeitszimmer, und die Tür fiel hinter ihnen zu.

Wie stets nahm Justine Macreadys Arm, als sie durch die Gartenpforte und über den Rasen auf das Haus zuschritten. Justine sah, daß Sonja auf dem Seitenweg Charlie davonführte.

»Viele solcher Abende bleiben uns nicht mehr, Liebste«, sagte Macready düster. »Was ist denn?« fragte er, als Justine nicht antwortete.

Justine winkte Sonja zu, die sich umblickte und zurückwinkte. »Sonja ...«

»Was ist mit Sonja? Weshalb trägt sie diesen Strauß Feuernelken?«

»Sie geht zu ihrer Hochzeit, Septimus.«

»Das verstehe ich nicht ...«

»Macht nichts, Liebster. Komm ins Haus.«

Sonja führte Charlie durch das alte Klostertor und weiter auf den oberen Pfad. Zielstrebig wanderten sie am Wirtshaus und an den wenigen Häusern vorbei, welche die Hauptstraße bildeten. Sie schwiegen, denn auf seine Fragen hatte Charlie bisher keine Antwort bekommen, und außerdem hatte er nach diesem harten Arbeitstag Mühe genug, mit seiner Führerin Schritt zu halten. Zu ihrer Linken verbrannte ein herrlicher Sonnenuntergang den Himmel und vergoldete die hohen weißen Cirruswolken, bis sie wie glänzende, durch das Blau wehende Pferdeschweife aussahen.

Nach einer halben Stunde anstrengenden Marschierens, als Charlie fast schon die Geduld verlor, verlangsamte Sonja den Schritt und fiel neben ihn zurück.

Sie nahm seine Hand. »Weißt du noch, was ich dir über die Raben von Dungarth erzählt habe?«

»Ja, natürlich.«

Sonja deutete nach vorn. Vor sich erkannte Charlie einen breiten Sims, der sich scharf vom flammenden Himmel abhob und auf dramatische Art künstlich wirkte. Er zog sich in weitem Bogen auf den Rand der Klippen zu.

»Ist das der Ort?«

»Ja«, flüsterte sie. »Das ist Dun-Garth. Komm mit.«

Langsam stiegen sie einen Hang hinauf, den vor neun Jahrhunderten schon der normannische Graf und sein Kriegshaufen erklommen hatten, um den letzten Widerstand niederzuschlagen.

In einem unregelmäßigen Kreis lagen die Mauerreste der Trutzburg vor ihnen. Bis auf die Landbrücke, über die sie gekommen waren, fiel das Gelände auf allen Seiten als steiles Kliff zum Atlantik ab. Von diesem Ort konnte niemand entkommen, außer über diese schmale Landbrükke. Im Zentrum der kahlen Mauern stand ein großer Sandsteinklotz. Sonja führte Charlie hin, und sie ließen sich nieder. Schweigend und Hand in Hand beobachteten sie, wie der Tag verging. Sonjas Nelken ließen die Köpfe hängen.

Kaum ein Lüftchen riffelte die See unten, doch oben auf der Klippe wehte es gerade stark genug, daß der Wind leise stöhnend um den Sandstein strich. Sein Gesang verschmolz mit dem Stöhnen der Liebenden zu seinen Füßen.

Kurz vor Mitternacht beschloß Makrelen-Jack, daß er seinen Urlaub überschreiten würde. Er war in die Hütte mit dem Steintrog gestolpert, der im *Craven Arms* als Urinal diente, und hatte den Inhalt seines Magens ausgespien. Danach spürte er seinen Kopf wieder klar werden und wollte schon in den Schankraum zurückkehren, als die alte Frau auf ihn zukam. Sie war ihm von der Bar aus gefolgt und stellte sich ihm nun in den Weg. Es war gerade hell genug, daß er sehen konnte, wie sie langsam ihren Pelzmantel öffnete. Blinzelnd starrte er die kaum erkennbaren Brüste an und das dunkle Dreieck darunter.

»Komm mit, Jack, komm mit nach Hause. Ich brauche einen Mann.«

Als junge Frau war Sonjas Mutter dem eingängigen Unsinn erlegen, den ihr ein junger, sehr attraktiver slawischer Graf ins Ohr säuselte. Er hielt sich einen Sommer lang in der Stadt auf und hatte beschlossen, die schönste Frau unter dem Dach seines Gastgebers zu verführen.

Die Tochter des Hauses fiel ihm fast widerstandslos zum Opfer, später aber stieß die Erkenntnis der wahren Natur von dem, was die meisten »Liebe« nennen, sie heftig ab, nicht ohne sie gleichzeitig zu faszinieren. Der körperliche Schmerz, den sie beim ersten Mal verspürte, ging einher mit der Enttäuschung über die grobe Behandlung durch ihren »Liebhaber« und führte am Ende zu einem Abscheu vor allen Männern. Als sie neun Monate später Sonja gebar, war ihr Verstand schon getrübt, und dieser Zustand wurde durch die Reaktion ihrer Familie noch verschlimmert.

Dank der Verbannung nach Ynyscraven hatte sie sich jedoch einen Rest ihres Lebenswillens bewahrt und zu sich selbst gefunden. Sie begann zu malen, wilde, gequälte Bilder, welche die Landschaft widerspiegelten, in der sie lebte. Sie ging mit ihrer Tochter völlig in der Insel und ihrer Geschichte auf, verdiente sich einen kargen Lebensunterhalt und erhielt außerdem eine kleine Rente vom jetzigen Familienoberhaupt, dem Earl of Dungarth.

Obwohl sie Sex verabscheute, suchte sie doch gelegentlich männliche Gesellschaft. Dieser Widerspruch ließ sich nur erklären mit dem Versuch, ihre verlorene Jugend wiederzufinden und noch einmal zu überprüfen, ob es die Liebe, so wie man sie ihr geschildert hatte, überhaupt gab oder ob alles wirklich nur eine schreckliche Täuschung war. Schon lange hatte sie sich vor dem Tag gefürchtet, an dem Sonja mit der Nachricht vor sie hintreten würde, daß ein junger Mann Mutter und Tochter trennen wollte. Und jetzt war dieser Tag gekommen.

Er schien ein anständiger junger Mann zu sein, ohne die Charakterfehler des slawischen Grafen. Und die Vorstellung, daß die Tochter geliebt wurde, ehrlich geliebt wurde ... Die Alte schüttelte den Gedanken daran ab, doch er spukte ihr immer wieder im Kopf herum. Was hatte sie versäumt, oh, was hatte sie versäumt?

Calico-Jack stolperte auf dem unebenen Pfad neben ihr her. Er stieß sich den Kopf am Türstock, als sie ihn ins Haus führte und dann eine Lampe anzündete. Ihr Besucher lehnte blinzelnd an der Tür, hatte mit erfahrenem Auge sofort das Bett entdeckt. Die Frau wandte sich ihm zu und ließ den Pelzmantel zu Boden gleiten. Wie selbstverständlich nahm er die Matrosenmütze ab und zog das Hemd aus. Sie musterte seinen immer noch ansehnlichen

Torso und die im Vergleich dazu spindeldürren Beine, als er aus seiner Arbeitshose stieg.

Als Sieger in so manchen Bordellattacken, betrunken oder nüchtern, versagte Calico-Jack auch jetzt nicht. Der tapsige Eifer Charlies, die immer noch vitale Liebe Macreadys waren seine Sache nicht, er liebte mit dem abgeklärten Verlangen nach menschlicher Nähe. Vielleicht war er sogar der bessere Liebhaber, denn als ihn der Schlaf überwältigte, drückte die alte Frau seinen kahlen Kopf an ihre Schulter, murmelte Koseworte in sein taubes Ohr und träumte von gleißenden Ballsälen und den üppigen Tournüren, welche die Frauen vor einer Ewigkeit getragen hatten.

Charlie und Sonja blieben zur Füßen des Steins liegen, bis die mitternächtliche Kälte sie von Dun-Garth vertrieb. Zufrieden südwärts schlendernd, schweigend und jeder mit seinen Gedanken beschäftigt, kamen sie zu den Ruinen des keltischen Klosters. Unter einem Torbogen liebten sie sich nochmals und fielen danach in Schlaf.

Stunden später scheuchten Nebelschwaden sie aus ihrem Versteck. Rennend und springend, um den Kreislauf wieder anzukurbeln, platzten sie in die Steinkate hinein, auf der Suche nach einem wärmenden Schluck.

Sonjas Mutter war nicht da.

»Sie ist Pilze sammeln, denke ich.« Sonja strich sich das Haar aus dem Gesicht und lächelte Charlie glücklich an, der den Blick nicht von ihr wenden konnte. Sie reichte ihm einen dampfenden Becher Tee, kam um den Tisch herum und setzte sich auf seinen Schoß.

Kapitän Macready verließ das Bett und ahnte den Nebel draußen, noch ehe er das Fenster erreichte. Er öffnete es und sog prüfend die Luft ein.

»Nicht so schlimm«, murmelte er. »Bis neun Uhr oder so sollte es aufgeklart haben, die Sicht muß dann wieder ... Guter Gott!«

»Was ist denn, Septimus?« rief Justine verschlafen vom Bett aus.

»Weiß nicht genau ...«

Macready konnte die Wiese unten gerade noch erkennen, während Hecke und Gartentür im weißen Nebel verschwanden. Aus dem wabernden Vorhang traten zwei gebückte Gestalten. Calico-Jack und Sonjas Mutter sammelten Pilze wie zwei überalterte Wasserkobolde, nackt, grotesk und doch auf seltsame Weise zu dieser verschrobenen Insel passend.

»Das sind Felsgeister«, sagte Justine neben ihm, die sich gegen die feuchte Kälte in die Bettdecke gehüllt hatte. In ihrer Stimme schwang ein amüsiertes Glucksen mit. »Wenn du sie zu lange beobachtest, lösen sie sich in Dunst auf.«

Der männliche Kobold richtete sich auf, blickte hoch und erkannte das Liebespaar am Fenster.

»Morgen, Käpt'n«, sagte Calico-Jack so kühl wie der Nebel selbst und so ungerührt, als sei er Macready am Kai von Porth Ardur begegnet. Auch die Frau blickte auf und glitt dann schnell neben ihren Mann. Sekundenlang starrten die beiden Paare einander an. Schließlich verabschiedete sich Calico-Jack winkend und verschwand, gebückt nach Pilzen suchend, im Nebel. Die alte Frau zögerte noch, dann lächelte sie und tauchte ebenfalls im Nebel unter. Ihr Verschwinden hatte jedoch nichts von einem Rückzug an sich.

Charlie wollte gerade aufbrechen, als Sonjas Mutter mit Calico-Jack vor der Kate erschien. Verblüfft über die beiden nackten, korbtragenden Gestalten, wich er ins Haus zurück. Sonja warf ihm einen warnenden Blick zu und verschwand, um mehr Tee aufzubrühen.

»Guten Morgen, Mr. Farthing«, sagte Charlie, stieg in seine Arbeitshose und nahm den Becher Tee von Sonja entgegen.

Immer noch nackt, schlug die alte Frau vier Silbermöweneier in eine Schüssel und begann sie zu einem Omelett zu verarbeiten, in das sie die gehackten Pilze mischte.

Mit einem guten Frühstück im Bauch machten sich Charlie und Calico-Jack an den Abstieg zum Boot.

»Ich erinnere mich, einmal in BA haben der Steuermann und ich eine Mutter und ihre Tochter aufgerissen. *Die* haben uns auch Frühstück gemacht ...«

Damit hatte Calico das Eis gebrochen. Charlie fiel plötzlich siedend heiß ein, daß er seinen Urlaub übertreten hatte.

An der Gartenpforte stießen sie auf Kapitän Macready. In ein Negligé gehüllt, küßte Justine ihn gerade zum Abschied.

»Morgen, Käpt'n«, wiederholte Calico und zwinkerte verschwörerisch.

»Morgen, Evans. Guten Morgen, Mr. Farthing. Adieu, meine Liebe ...« Mit rotem Gesicht löste sich Macready aus Justines Armen. Hinter seinem Rücken konnte er sie leise kichern hören.

Schweigend stiegen die drei Männer bergab. Je tiefer sie kamen, desto dicker wurde der Nebel. Durch die weiße Watte konnten sie Männerstimmen hören, dann das Brummen eines Bootsmotors. Macready verhielt den Schritt. Respektvoll blieben auch seine beiden Begleiter stehen.

»Sie enttäuschen mich durch Ihr Verhalten, alle beide,

besonders aber Sie, Mr. Farthing. Als Offizier sollten Sie es besser wissen. Von Evans erwarte ich nichts anderes, von Ihnen aber sehr wohl.«

Ehrlich zerknirscht ließ Charlie den Kopf hängen. Bei all dem Respekt, den er für den Alten hegte, kam er sich wie ein Schuft vor. Scham über das, was er mit Sonja getrieben hatte, brannte in ihm. Macreadys Standpauke würdigte alles herab, machte es so billig wie eine schnelle Nummer mit einer Hure in – wo? Buenos Aires?

»Da wir aber alle Männer von Welt sind«, fuhr Macready fort, »bleibt diese Sache unter uns, es sei denn, Mr. Foster meldet Sie, Mr. Farthing, oder der Chief Sie, Evans. In dem Fall bleibt mir nichts anderes übrig, als Sie zu bestrafen. Verstanden?«

Beide murmelten ihren Dank. Der Bootsmotor wurde lauter, dann verstummte er, und man hörte einen Bug über den Kies knirschen, dazu einen Ausruf des Bootsführers, der an Land sprang.

»Und nun, meine Herren, gehen Sie ins Boot und kriechen unter die Persenning. Ich komme nach. Aber ein falsches Wort, und ich ...« Macready ließ die Drohung in der Luft hängen, denn er wußte sich selbst auf sehr dünnem Eis.

Erleichtert wandten sich Calico-Jack und Charlie um und rannten wie noch einmal davongekommene Pennäler über den Strand zum Boot.

Enthüllungen

Charlie kam mit seiner erschlichenen Nacht nicht unbehelligt davon, ganz im Gegensatz zu Calico-Jack. Der hatte für Kameraden, die in Port' Ardur wohnten, schon so viele Nachtwachen übernommen, daß ihm niemand sein Ausbleiben verübelte. Bei Charlie lief das anders.

Am Vormittag war Bernard Foster leise in Charlies Kammer getreten und hatte sich hingesetzt. Charlie döste in seiner Koje. Foster zündete sich die Pfeife an und legte beide Beine aufs Sofa.

»Charlie, ich bin ziemlich enttäuscht von Ihnen.« Paffend riß er ein zweites Streichholz an.

Errötend fuhr Charlie auf. »Wie bitte?«

Foster musterte ihn durch den dichten Tabaksqualm. »Ich weiß, Sie sind behext von diesem Mädchen, Charlie, aber ich kann nicht dulden, daß sich mein Zweiter Offizier zusammen mit einem ausgeflippten Feuerwehrmann die Nacht um die Ohren schlägt.«

Charlie schwang die Beine aus der Koje.

»Hören Sie, Bernard, es tut mir leid, daß ich meinen Urlaub überzogen habe. Es wird nicht wieder vorkommen, und ich weiß, daß ich mich falsch verhalten habe. Aber bevor wir weiterreden, möchte ich eines klarstellen: Ich bin nicht nur auf die Schnelle mit 'ner Hure ins Bett gehüpft. Sonja und ich wollen heiraten. Haben Sie nicht auch mal über die Stränge geschlagen, als Sie mit Anthea verlobt waren?«

Hatte er? Foster schwieg und legte einen Rauchvorhang zwischen sich und den sich aggressiv verteidigenden Charlie. Ehrlich gesagt, konnte er sich nicht daran erinnern. Er erhob sich und wedelte den Rauch beseite.

»Also gut, Charlie, belassen wir's dabei. Aber daß es mir nicht wieder vorkommt.« Als er keine Antwort bekam, fuhr er fort: »Und damit es Ihnen eine Lehre ist, gehe ich heute abend an Land. Diesmal haben Sie die Wache.«

Charlie sank auf seine Koje zurück. Herrgott! Das hatte er wirklich nur sich selbst zuzuschreiben!

Abends trat Foster in Charlies Kammer und warf ihm die Schlüssel zum Vorratsraum zu. »Der Alte ist an Land, ich nehme die Jolle.«

Damit verschwand Foster, und Charlie fühlte sich von aller Welt verlassen.

Eine halbe Stunde später hörte er eine vertraute Stimme draußen seinen Namen rufen. Er rannte an Deck und spähte über die Seite. Unten in der Jolle, die sie für die Arbeit am Leuchtturm benutzt hatten, saß Sonja und sah zu ihm auf. Geschickt brachte sie das Boot längsseits. Sie machte es an der Leine fest, die Charlie ihr zuwarf, und stand kurz danach an Deck.

»Euer Mr. Foster ist mir unterwegs begegnet und hat gesagt, ich würde unten am Strand ein Boot finden, mit dem ich hinausrudern könnte, um dich zu besuchen. Und da bin ich. Ach ja, er sagte noch was: daß er sich jetzt erinnert, aber damit wäre noch lange nicht alles okay ... Und daß du trotzdem deine Wache schieben mußt ... Nein, deine ›verdammte Wache‹, sagte er.« Sie lächelte.

Er nahm ihre Hand und führte sie durch den Gang davon.

Dann sperrte er die Tür von innen zu.

Am nächsten Tag ankerte die *Sea Dragon* neben der *Caryatid*. Der Nebel war nicht zurückgekehrt, und als der

Schatten der Insel über den Ankerplatz fiel, senkte sich die bisher wärmste, ruhigste Nacht herab. An Bord der *Caryatid* musterten die murrenden Wachgänger die *Sea Dragon* mit kaum verhohlener Verachtung.

»Beschissener Ginpalast ...«

»Ein schwimmendes Bordell, sonst nix ...«

»Den Spaß haben immer nur die Reichen ...«

Sir Hector Blackadder hatte beschlossen, statt des Buffets ein formelles Dinner zu veranstalten, denn der Ankerplatz war besonders malerisch, und Staniers Vorschlag leuchtete ihm ein. Daß Stanier damit nur den Kommandanten der *Caryatid* beeindrucken wollte, kam Sir Hector nicht in den Sinn. Und daß Kapitän Macready fleischliche Freuden mit Tegwyns Mutter genoß, wäre wiederum Stanier nicht eingefallen.

In seinem Messejackett klopfte Stanier, von Kopf bis Fuß ganz der Kapitän, diskret an die Tür von Miss Carolines Luxuskajüte.

»Wer ist da?«

»Jimmy.«

Bei dem Namen verzog er das Gesicht. »Kommen Sie rein.«

Sie trug ein einfaches, fast strenges kleines Schwarzes. Ihr modischer Bubikopf und die schlanke Figur gaben ihr ein knabenhaftes Aussehen. Im Vergleich zu Tegwyn wirkte sie wie ein Stock, und doch ... Stanier wurde es unbehaglich, als sie ihn musterte. Überrascht merkte er, daß es prickelnd war, sich nicht ganz als Herr der Lage zu fühlen.

»Was gibt's?«

»Ich habe mich gefragt, ob Sie schon eine Antwort für mich haben?«

Sie kam näher, und er wurde sich plötzlich sehr der Art

bewußt, wie sie sich bewegte. Sie war gertenschlank, aber doch mit einer bezwingenden Kraft ausgestattet, einer selbstsicheren Sinnlichkeit, die er überwältigend fand.

Dicht vor ihm blieb sie stehen. Stanier registrierte, daß ihre kleinen harten Brüste kaum den Stoff wölbten, aber sie lehnte sich in den Hüften zurück und schob leicht ihr Becken gegen seins. Dabei lächelte sie ihm ins Gesicht.

»Ihre Antwort ist fertig, aber ich bin noch nicht bereit, Sie Ihnen zu geben. Gehen Sie, und spielen Sie noch ein Weilchen mit Ihrem keltischen Trampel...« Sie verstummte, rieb sich noch zweimal an seinem Unterleib, dann wandte sie sich ab und entließ ihn mit einem unglaublich herausfordernden Wippen ihres Hinterteils.

Stanier hatte seinen Platz zwischen Tegwyn und Miss Loring. Ihm gegenüber saß Caroline, die ihn den ganzen Abend mit einem ironischen Lächeln betrachtete. Tegwyn, mit Pomeroy als ihrem Gegenüber, fühlte sich dadurch sichtlich irritiert. Samantha und Sir Hector saßen am Kopf der Tafel, während Argyle Miss Loring neben sich hatte.

Im Salon war es heiß, und Carolines kühler Blick erhöhte Staniers Blutdruck noch mehr. Er versuchte Konversation zu machen, doch irgendwie schien die ganze Tischgesellschaft durch die Hitze gelähmt. Immerhin widmete man sich ausgiebig den exzellenten Speisen. Auf Staniers Stirn standen Schweißtropfen, sein Kragen fühlte sich unerträglich eng an. Schließlich hielt er es nicht länger aus und suchte in seinem Messejackett nach einem Taschentuch.

Heraus kam Justines Höschen.

Ein Geriesel zarter Spitze flatterte um sein Handgelenk, als er sich die Stirn wischte. Daß etwas nicht stimmte, merkte er erst, als ihm Lavendelduft in die Nase stieg.

Carolines Grinsen wurde noch breiter, und Pomeroy entschlüpfte ein entzücktes Japsen. Da beider Blicke sich spontan auf die linke Seite richteten, wandte sich Tegwyn Stanier zu. Überrascht öffnete sie den Mund, genau in dem Augenblick, als Stanier begriff, was er da in der Hand hielt. Hastig ließ er sie sinken und versuchte, das Wäschestück wieder in seine Tasche zu stopfen.

Doch Tegwyn war zu schnell. Sie riß ihm das Höschen aus der Hand und strich es auf ihrem Schoß glatt. Sofort erkannte sie es wieder. Einmal im Jahr kaufte ihre Mutter Reizwäsche in der Bond Street, speziell für einige besonders anspruchsvolle Damen in Porth Ardur.

Falls Caroline eine Szene von Tegwyn erwartet hatte, so wurde sie enttäuscht. Ein Mädchen, das beim Quickstep einen Schritt versäumen und sich wieder fangen konnte, ohne seinen Partner aus dem Takt zu bringen, behielt auch die Fassung, wenn es ein Höschen seiner Mutter in der Tasche seines Liebhabers entdeckte.

Enttäuscht erhob sich Caroline, um die Damen aufs Achterdeck zu geleiten.

Fairerweise ist James St. John Stanier zuzugestehen, daß er in diesem Fall ein Opfer von Umständen wurde, über die er keine Kontrolle gehabt hatte. Trotzdem bereitete er sich darauf vor, seine Unschuld zu beteuern, und das vor allem, bevor Tegwyn einen Streit vom Zaun brechen konnte. Deshalb beschleunigte er ihre spätabendliche Verabschiedung mit fast unhöflicher Hast. Tegwyn begriff sofort den Grund dafür und brannte darauf, Stanier der unerhörtesten Verfehlungen zu bezichtigen. Caroline beobachtete, wie die beiden hochroten Gesichter verschwanden, und trat dann zu Pomeroy, der ihres Wissens nach der einzige weitere Zeuge des Zwischenfalls war.

»Na, hat dich das amüsiert, Pom?«

»Ein wenig. Obwohl ich nicht weiß, warum Tegwyn so wütend wurde.«

Caroline schmunzelte. »Was für ein seltsamer Name: Tegwyn. Eigentlich ziemlich derb.«

»Aber sie ist wunderschön«, meinte Pomeroy nachdenklich.

»Pom! Du überraschst mich!«

»Um Himmels willen, Caro, hör doch nicht auf diese dumme Pute Samantha. Sie hält jeden für schwul, der nicht sofort mit ihr ins Bett springt.«

»Warst du denn jemals mit einer Frau im Bett, Pom?«

Pomeroy blieb still.

»Etwa noch nicht?«

»Einmal«, antwortete er trocken. In seinem Ton klang bittere Enttäuschung an.

»Es hat dir nicht gefallen?«

Wieder ein langes Schweigen, aber Caroline wartete geduldig.

»Sie mochte mich nicht. Und ich mußte sie dafür bezahlen.«

»Armer Pom.« Überraschenderweise klang Carolines Mitleid echt.

Pomeroy räusperte sich und richtete sich auf. »Für eine Nacht ist jetzt genug gebeichtet. Ich geh' zu Bett.«

Das klingt so gekünstelt, dachte Caroline. Eigentlich ist er wirklich tapfer.

Pomeroy trat leise in seine Kajüte, entkleidete sich und zog einen Seidenpyjama und einen seidenen Morgenmantel an. Nachdem er sich eine Zigarette angezündet hatte, schlich er zum Querschott und nahm einen Spiegel von der Wand. Der Lärm streitender Stimmen nebenan war endlich verstummt. Er preßte ein Auge an das Loch in der Wand.

Sein Herz begann schneller zu schlagen.

Er konnte gerade noch die niedrige Koje und Tegwyns Oberkörper sehen. Sie war nackt, und Stanier schien über ihren ganzen Bauch zu schlabbern. Doch er ignorierte den Yachtskipper und beobachtete Tegwyns Gesicht. Sie hatte den Kopf so zurückgeworfen, daß ihr Hals einen Bogen bildete. So ausdrucksstark wie von Boticelli gemalt, dachte Pomeroy. Die Augen hielt sie geschlossen, aber auf ihren Wangen konnte er halbgetrocknete Tränen schimmern sehen. Von ihrem zurückgeworfenen Kopf fiel eine Masse schwarzer Haare herab, in denen blaue Lichtreflexe im Rhythmus ihrer schnellen Hüftbewegungen tanzten.

Pomeroy spürte die Gegenwart einer zweiten Person erst, als ihr Atem über seinen Hals strich. Er fuhr herum und hatte Caroline vor sich.

»Pom!« rügte sie mit gespielter Empörung. »Du bist ja ein Voyeur!«

Pomeroys Herz schlug wild. Er sah, daß Caroline wie er selbst nur einen Pyjama trug, und fühlte sich überwältigt von ihrem Auftauchen in seiner Kajüte.

Sanft schob sie ihn beiseite und preßte selbst ein Auge an das Loch.

Er sah, wie sich ihre Lippen zu einem anerkennenden Lächeln verzogen. »Mmmmmm, er ist nicht schlecht«, murmelte sie. »*Quelle technique*!«

Pomeroy hatte sich wieder gefaßt. »Nicht er, Caro, nicht dieser Narr! Aber sie!«

Caroline wandte sich ihm zu. »Heißt das, du hast sie beobachtet, nicht ihn?«

Pomeroy nickte betrübt. »Sie ist das Schönste, was mir jemals vor Augen gekommen ist«, sagte er zerknirscht. »Ich habe die exquisitesten *objects d'art* gesammelt und doch nichts gefunden, was ihr gleichkäme.«

Caroline warf noch einen letzten Blick durch das Loch. Allmählich verspürte sie Ärger, sogar Eifersucht.

»Verdammt, Pom, und ich bin zu dir gekommen in der Absicht, dich vielleicht zu bekehren.«

Pomeroy stand mit offenem Mund da, und Caroline kam sich plötzlich entsetzlich albern vor. »Übrigens, sei so gut und bezeichne Kapitän Stanier nicht als Narren. Er ist mein zukünftiger Ehemann.«

Nun bekam Pomeroy den Mund überhaupt nicht mehr zu.

Caroline biß sich auf die Lippen. »Aber wenn du auch nur ein Wort darüber verlierst, bevor ich es bekanntgebe, dann verrate ich aller Welt, was du hier treibst.« Damit wandte sie sich ab und verließ die Kajüte.

Mit zitternden Händen hängte Pomeroy den Spiegel wieder an seinen Platz.

»Also, was hältst du von ihm, Argyle?« Sir Hector brannte sich eine letzte Zigarre an und goß seinem Gast und sich selbst einen letzten doppelten Brandy ein.

»Er scheint mir ganz akzeptabel, Hector.« Sein Partner kratzte sich die Nase. »Er ist ehrgeizig und, wie ich zugeben muß, ziemlich skrupellos, aber er hat keine kaufmännische Ausbildung. Allerdings würde er bei seiner Intelligenz das Notwendige schnell lernen. Trotzdem verstehe ich immer noch nicht, warum du dir nicht jemanden aus unseren Kreisen ausgesucht hast.«

Sir Hector zuckte die Schultern. »Gesteh mir ein wenig Sentimentalität zu, ja? Ich habe keinen Sohn und glaube nicht, daß ich's noch lange machen werde. Ah, laß das Grunzen. Der Bursche gefällt mir einfach. Ich bezweifle, daß mir ein eigener Sohn so gefallen würde, vor allem, wenn ich an seine Mutter denke.«

»Ach, Alter, du denkst zu schlecht von Ellen. Sie ist 'ne kranke Frau.«

»Krank oder nicht, Junge, mir ist Stanier jedenfalls lieber als jeder Sohn von ihr.«

Argyle schmunzelte.

»Was amüsiert dich?«

»Mir ist nur eben eingefallen, daß du vielleicht den besten Sohn in Miss Caroline hast ...«

»Kann schon sein, mein Freund. In dem Fall werden sie prächtig miteinander auskommen.« Sir Hector erhob sich und ging zufrieden zu Bett, weil die Angelegenheit damit erledigt war.

Argyle blieb noch eine Weile im Salon. Dann stand auch er auf und begab sich auf das sternenhelle Achterdeck.

»Samantha, Hector ist gerade schlafen gegangen.«

Die geschmeidige Blondine an der Reling streckte sich. »Na gut, mein Rob Roy«, sagte sie gereizt. »Dann gehe ich am besten runter und reibe ihm das kranke Bein ein.«

Aus den Tiefen eines Deckstuhls erklang Miss Lorings Gekicher. Ian Argyle warf ihr einen angewiderten Blick zu. Frauen ... dachte er. Was für ein Jammer, daß man sie nicht von der Steuer absetzen konnte.

Der Wind des Eroberers

Die *Caryatid* lag vor der Nordspitze von Ynyscraven vor Anker. Von ihrem Achterschiff führten mehrere Angelleinen ins Wasser, an denen ab und zu gezupft wurde, um die Köder unten für Makrelen verlockend tanzen zu lassen. Die Mannschaft hatte frei, denn am Vortag war die Arbeit am neuen Lastenaufzug beendet worden. Nur der Zweite Ingenieur und ein paar Schmierer schwitzten im Maschinenraum und überholten den »Schitt und Kleinkram«, wie Makrelen-Jack es nannte.

Weiter vorn saß Kapitän Macready an seinem Schreibtisch. Schwungvoll unterzeichnete er den Bericht, in dem er den Kommissaren des Leuchtfeuerdienstes meldete, daß Lastenaufzug und Windenmotor auf Ynyscraven vollständig erneuert beziehungsweise überholt und zur Zufriedenheit getestet waren. Das bereitete ihm eine gewisse Genugtuung wie immer, wenn er einen Job anständig erledigt hatte, aber es betrübte ihn gleichzeitig, weil sein Idyll mit Justine nun fast vorbei war.

Mit einem Finger fuhr er sich innen am Kragen entlang. Es war so heiß wie im Schlund der Hölle. Neidisch dachte er an Justine, die den Tag faul im Garten vertrödeln konnte. Der Gedanke an sie erregte ihn, deshalb stand er auf und spähte aus dem Bullauge. Ein sanftes Lüftchen warf auf der blauen Fläche der See winzige Katzenpfötchen auf.

Ostwind, dachte der Kommandant zerstreut.

In der unnatürlich stillen Morgendämmerung ahnte Sonjas Mutter den Wind voraus. Auf der Wiese vor der Vogtei wuchsen keine Pilze mehr. Sie schauderte zusammen, nicht nur wegen der morgendlichen Kühle auf ihrer nackten Haut.

Als sie in ihre Steinkate zurückkehrte, war Sonja schon auf. Die alte Frau wirkte verhärmt und hatte einen irren Ausdruck in den Augen.

»Was ist los, Mutter?«

»Der böse Wind, Sonja. Der Wind des Eroberers ...«

Das Mädchen trat vor die Tür und sog prüfend die Luft ein. Alles blieb still wie ein dunkler Teich. Schulterzukkend kehrte sie ins Haus zurück. Später wanderte sie zur Vogtei, wo Justine lesend in einem Lehnstuhl lag.

»Guten Morgen, mein Schatz«, sagte sie, als Sonja sich neben ihr ins Gras fallen ließ.

»Morgen, Justine. Ich glaube, am Leuchtturm oben sind sie jetzt fertig. Was wird eigentlich aus dir, wenn sie wieder auslaufen?«

Justine lächelte traurig. »Das weiß ich nicht, meine Liebe. Natürlich muß ich nach Port' Ardur zurückkehren und so weitermachen wie bisher, aber ...« Sie verstummte.

»Wirst du dich denn wieder mit dem Käpt'n treffen?« Sonja sprach frei und offen, ganz anders als die Klatschmäuler in Porth Ardur, dachte Justine.

»Na ja, wir werden weiter zusammen tanzen, nehme ich an.«

»Würdest du gern hier auf Ynyscraven bleiben – für immer, meine ich?«

Justine lachte glockenhell auf. »Wenn's ein Märchen wäre, gern. Aber es geht nicht. Ich muß ja von etwas leben, und der Laden ernährt mich.«

»Den könnte auch deine Tochter führen.«

»Stimmt ...« Ein kleiner Funke freudiger Erregung

durchzuckte Justines Gehirn, wurde aber von praktischen Erwägungen sofort erstickt.

Die Urlauber auf der *Sea Dragon* faulenzten, schwammen oder tranken Champagner. Langgliedrig und kühl, dekorativ wie ein exquisiter Seidenschal, räkelte sich Samantha in ihrem Deckstuhl. Kompakter und weniger bequem saß Dorothy Loring leicht schwitzend daneben und trank Unmengen von Champagner in der irrigen Annahme, daß er ihren Durst löschen würde.

Stanier war in Sir Henrys Luxuskajüte gerufen worden, wo sich Argyle bald den beiden Männern zugesellte. Stanier wurden einige geschäftliche Angebote unterbreitet, die im großen und ganzen dem entsprachen, was ihm Caroline schon angedeutet hatte. Trotzdem war er schier außer sich vor Glück über die goldene Zukunft, welche ihm die beiden Männer ausmalten. Bis Mittag hatten die vielen Whiskys, die ihm Sir Hector aufdrängte, das häufige Schulterklopfen und das ständige »Mein Junge«-Gesäusel des Millionärs sein Urteil ziemlich getrübt.

Als ihm der Bootsmann der Yacht meldete, daß der Ostwind auffrischte, maß er dem keinerlei Bedeutung bei. Der Wind blies augenblicklich nur mit Stärke drei und würde mit der Sonne schlafen gehen.

Bis zum Nachmittag wurde es dann so kühl, daß die faulenzende Samantha unter Deck flüchtete.

Tegwyn war allein aufgewacht und blieb noch eine Weile liegen, nachdenklich zur Decke starrend. Beim Gedanken an die Ereignisse des Vorabends schämte sie sich zum erstenmal, daß sie sich Stanier so ausgeliefert hatte. Nachts im Bett war er irgendwie anders gewesen, nicht mehr ganz der aufmerksame und rücksichtsvolle Liebhaber, der sie bisher so bezaubert hatte. Und der Streit hatte bei ihr einen bitteren Nachgeschmack hinterlassen.

Wenn sie's genau überlegte, war er überhaupt in letzter Zeit deutlich abgekühlt. In plötzlichem Zorn richtete Tegwyn sich auf. Mehrere kleine Vorfälle kamen ihr in den Sinn, heimliche Blicke, verstohlene Gesten. Plötzlich stand das Gesicht der Rivalin vor ihrem inneren Auge.

Caroline!

Fauchend wie eine Tigerin sprang Tegwyn aus der Koje und riß sich das Nachtkleid vom Leib, dabei einen Strom halblauter Schimpfworte ausstoßend. Als sie hastig in die erstbesten Kleider stieg, sah sie zufällig ihr Bild im Spiegel des Toilettentischs: eine wild dreinblickende, fast hysterische Keltin. Herrgott, wie würden diese steifleinenen Engländer sie auslachen, wenn sie jetzt hinausstürzte, um James eine Szene zu machen!

Sie biß sich auf die Lippen. Und dann fiel ihr plötzlich ein, daß ihre Mutter sie gewarnt hatte. Weinend brach sie auf dem Hocker zusammen und ließ den Kopf mitten zwischen die Puderdöschen, Haarbürsten und Parfümflakons sinken.

Das leise Klopfen an ihrer Tür überhörte sie.

»Darf ich reinkommen?« Zitternd betrat Pomeroy die Kajüte und ließ sich auf die Koje sinken, denn er traute seinen Beinen nicht.

Bei der plötzlichen Bewegung fuhr Tegwyn herum. »Mr. Pomeroy!«

»Bitte regen Sie sich nicht auf, Miss Tegwyn.«

»Aber ich ...«

Pomeroy konnte sich nicht mehr beherrschen. Er hatte sich in eine solche Erregung hineingesteigert und hatte sich nun schon so weit vorgewagt, daß ihm jetzt alles andere egal war.

»Miss Tegwyn, bitte hören Sie mir zu, ich meine es gut mit Ihnen. Stanier ist ein Schuft, da bin ich mir ganz sicher. Ich kenne diese arroganten Männer, bin dem Typ im College und im Beruf oft genug begegnet. Sie kennen keine Hemmungen, wenn sie ihren Ehrgeiz befriedigen wollen. Jeder, der ihnen dabei im Weg steht, kommt zu Schaden.«

Tegwyn weinte nicht mehr, sondern gewann allmählich ihren Stolz zurück. Pomeroys Stimme besänftigte sie wie eine Liebkosung. Er schien zu verstehen, wie widerlich mißbraucht sie sich gefühlt hatte.

»Ich habe Sie von Anfang an bewundert. Von Frauen verstehe ich nicht viel, aber ich weiß, daß Sie das Schönste sind, was ich jemals gesehen habe.« Pomeroy blickte auf seine sorgfältig manikürten Hände nieder. »Ich liebe schöne Dinge, es verlangt mich danach, sie zu besitzen, sie zu berühren und ihnen den Rahmen zu geben, den sie verdienen.« Sein Ton verriet schmeichelnde Bewunderung und war ungemein betörend.

Tegwyn blickte ihm in die tränennassen Augen. Er schien ihre verächtliche Zurückweisung zu erwarten, hatte diese Reaktion offenbar schon oft, von Männern wie Frauen, zu spüren bekommen.

»Und ich bin ein sehr reicher Mann«, fügte er flüsternd hinzu, als hielte er das für ein entscheidendes Argument.

Tegwyn streckte die Hand aus und strich ihm über die Stirn.

Am späten Nachmittag lief die *Plover*, im achterlichen Seegang heftig rollend, in die Bucht von Ynyscraven und legte sich an den Pier. Der Vogt und seine Frau gingen an Land. Außerdem brachte der Kutter eine Ladung dringend benötigtes Bier für das *Craven Arms*. Denn für diesen letzten Abend der *Caryatid* war ein großes Abschiedsfest geplant.

Als die Techniker ihre Arbeit beendet hatten, ging die *Caryatid* ankerauf und dampfte auf ihren südlichen Ankerplatz. Auf der Brücke machte Foster seinem Kommandanten besorgte Vorhaltungen.

»Wenn ich offen sprechen darf, Sir: Ich glaube nicht, daß dieser Wind mit der Sonne einschlafen wird. Es behagt mir gar nicht, daß wir hier über Nacht liegen sollen.«

Macready antwortete nicht. Er wußte, daß Foster recht hatte, aber jeder Nerv seines Körpers verlangte nach einer letzten Nacht mit Justine, nach einem gebührenden Abschluß ihrer Romanze.

»Vielleicht haben Sie recht, Bernard, aber zu dieser Jahreszeit wird es schon nicht so stark wehen. Außerdem freut sich die Crew auf ihren Schwanengesang im *Arms*, und ich will sie nicht enttäuschen.«

»Dann also Zapfenstreich um Punkt Mitternacht, Sir?«

»Jawohl.«

Bei seinem Abgang murmelte Foster etwas über das Freikreuzen bei Sturm mit einer betrunkenen Crew. Macready durchzuckte eine schlimme Vorahnung, aber er verdrängte sie. Er mußte Justine unbedingt noch einmal sehen.

Nachdem das Schiff geankert hatte, ging Foster in Charlies Kammer hinunter. Der Zweite war gerade von der Brücke gekommen und zog sich um.

»Hören Sie, Charlie, es tut mir leid, aber ich brauche Sie heute nacht hier an Bord – nein, bitte keine Widerrede. Ich weiß nicht, was in den Alten gefahren ist. Er besteht darauf, den Leuten Landurlaub zu geben, obwohl er verdammt genau weiß, daß wir bis Mitternacht einen ausgewachsenen Sturm haben werden.«

Charlie schluckte seine Enttäuschung hinunter. Bernard hatte viel Verständnis für ihn bewiesen. Er schuldete dem Ersten einiges, und wenn es bloß moralische Unterstützung war.

»Sie werden Ynyscraven bald wiedersehen, Charlie, obwohl der Alte sich so benimmt, als kämen wir nie mehr zurück.«

»Also gut, Bernard.«

Oben in der Vogtei begrüßte Justine die zurückkehrenden Hauseigentümer. Sie war so charmant, wie es ihr unter den Umständen möglich war, aber ihre Stimmung hellte sich erst auf, als die Frau des Vogts vorschlug, für sie und Kapitän Macready ein Abschiedsdinner zu geben, weil sie doch so gute Freunde waren. Natürlich könnte Justine auch noch länger bleiben, aber wenn sie nicht wolle ... Na, jedenfalls sei sie ihnen immer herzlich willkommen ... Justine bedankte sich lächelnd. Später ging sie aus, um Macready etwas weiter unten am Weg abzufangen, außer Sicht vom Haus.

Obwohl es ihm widerstrebte, rief Foster die Freiwache zum Landgang ins Boot. Als munterer Haufe stolperte die Crew der *Caryatid* den Pfad hinauf, alle Blicke schon gierig auf die Kneipe gerichtet. Angeführt wurden sie von Calico-Jack, den die Aussicht auf ein letztes Rendezvous beflügelte. Justine beobachtete ihren Vorbeimarsch, dann schlüpfte sie durch die Gartenpforte hinaus. Sonja gewahrte sie erst, nachdem sie den Kapitän getroffen hatte und mit ihm zum Haus zurückging, in diskretem

Abstand voneinander und in ein leises, ernsthaftes Gespräch vertieft.

»Charlie ist nicht mitgekommen, Käpt'n?« fragte Sonja, abrupt die Unterhaltung des Paars unterbrechend.

»Äh?« Macready blickte hoch. »Oh, Sie sind's, Sonja. Ich – äh – ich weiß nicht. Er war nicht mit im Boot.«

»Ach so.« Das Mädchen ging an ihnen vorbei und rannte den Hügel hinab.

Die *Plover* lag noch am Landesteg. Sonja winkte dem Skipper zu.

»Lauft ihr aus?«

»Hier bleiben wir jedenfalls nicht.« Mit dem Kopf deutete er zum östlichen Himmel.

»Könnt ihr mich auf der *Caryatid* absetzen?«

»Lieber in meiner Koje«, sagte eine Stimme. Grinsend half ihr der Sohn des Skippers an Bord.

»Sonja!« rief Charlie überrascht, als er sie im Türrahmen stehen sah.

Sie umarmten sich, wurden aber von einem Klopfen an der offenen Tür gestört. Sie fuhren herum und standen einem verärgerten Bernard Foster gegenüber.

»Tut mir leid, Mr. Foster, ich bin ganz spontan gekommen. Charlie kann nichts dafür.«

»Also gut. Aber Sie gehen sofort von Bord, wenn ich Sie rufe. Mit dem Boot, das die Crew abholt. Klar?«

»Ja, danke.«

Foster zog die Tür hinter sich zu. O ja, er wußte noch gut, wie es damals mit Anthea gewesen war. Aber sie verwelkten so schnell, die Blumen der Liebe.

Der Erste ging auf die Brücke, wo der Quartermaster Messing polierte. Der Mann drückte seine Zigarette aus.

»Schon gut, Jones, nur keine Panik.«

Foster spähte aus den Brückenfenstern. Mit dem auffrischenden Ostwind baute sich ein lebhafter Seegang auf.

»Stärke vier bis fünf«, kommentierte der Quartermaster.

»Mhmmm«, stimmte der Erste zu. Kein Grund zur Sorge – noch.

Der Eßtisch an Bord der *Sea Dragon* neigte sich leicht, als die Yacht im Seegang zu schwanken begann. Stanier schien es nicht zu bemerken, leerte aber sein Glas. Jedenfalls machte niemand eine Bemerkung darüber, und Sir Hector legte vor Pomeroy, Argyle und dem neu in ihren Kreis aufgenommenen Stanier weiterhin seine Zukunftspläne dar.

Die Frauen schauderten in der Kälte zusammen und zogen sich in den Rauchsalon zurück, wo sie sich zerstreut unterhielten.

In der Vogtei boten die Dinnergäste einen stark gegensätzlichen Eindruck. Justine und Macready gaben sich große Mühe, waren aber sichtlich dadurch frustriert, daß sie ihre innersten Gedanken für sich behalten mußten. Auf der anderen Tischseite unterhielt sich das Vogtehepaar freudig erregt über die Neuigkeiten, die sie von ihrem Sohn erfahren hatten. Er hatte kürzlich viel Geld an der Börse verdient und war jetzt reich genug, um seinen Eltern ein Haus auf dem Festland zu kaufen. Wegen seines Alters und seines Rheumas war der Vogt stark versucht, dieses Angebot anzunehmen. Und seine Frau war begeistert von der Aussicht, regelmäßig ihre Enkelkinder zu sehen.

»Aber dann erhebt sich natürlich die Frage, wer hier Ihr Nachfolger werden soll«, gab Kapitän Macready zu bedenken.

»Gewiß. Diese Entscheidung bleibt selbstverständlich Seiner Lordschaft vorbehalten. Aber möglicherweise bittet er mich, einen passenden Kandidaten vorzuschlagen.«

»Sagen Sie«, begann Justine, »sagen Sie, wird bald eine Ihrer Katen frei? Ich überlege, ob ich nicht eine davon für längere Zeit mieten soll.«

Neben ihr hielt Macready den Atem an. Der Abend war plötzlich in ein rosigeres Licht getaucht. Justine, Justine, dachte er, wirst du denn niemals aufhören, mich zu bezaubern?

Sonja saß allein in Charlies Kammer und richtete sich mit der Hand das Haar. Ihr Liebster war von Bernard auf die Brücke gerufen worden.

»Der Wind hat auf Nordost rückgedreht und weiter aufgefrischt. Sobald der Seegang die Richtung ändert, wird dieser Ankerplatz zur Falle. Gehen Sie an Land, und sammeln Sie die Crew ein. Aber machen Sie schnell!«

»Aye, aye, Sir.« Im plötzlichen Bewußtsein einer möglichen Gefahr brach Charlie sofort auf.

Mit Sonja auf den Fersen platzte er unangemeldet in die Vogtei hinein, wo Macready sofort begriff, was vorging. Ein Windstoß peitschte durch die Tür, der etwas Bösartiges an sich hatte. Um Atem ringend, öffnete Charlie den Mund für seine Meldung.

»Schon gut, Mr. Farthing. Ich komme.«

Plötzlich schuldbewußt, begann der Kommandant sich zu verabschieden. Mit Justine konnte er nur einen langen Blick tauschen. Das war noch weniger, als er sich von diesem Abend erwartet hatte.

Im *Craven Arms* wurde getanzt und gesungen. Die von Zigaretten verräucherte Luft war zum Schneiden dick und voll übermütigem Geschrei und Gefluche. Das Stampfen der Füße auf dem Ziegelboden übertönte fast das Wimmern des Akkordeons.

Mit einem Juchzer sprang Calico-Jack mitten auf die Tanzfläche und wirbelte seine ältliche Partnerin herum. Der Tanz hatte keinen Namen, war lediglich der vertikale Ausdruck eines horizontalen Begehrens. Lärm und Schweißausbrüche hatten den Höhepunkt erreicht, als Calico-Jack unvermittelt innehielt und seine Partnerin an sich riß.

Die ganze Gesellschaft erstarrte, weil Sonjas Mutter ihren alten Pelzmantel von den Schultern gleiten ließ und vor aller Augen nackt dastand.

Krachend flog die Tür auf und ließ einen Windstoß herein, der wie ein Messer durch die Gäste fuhr. Im Türrahmen stand Charlie.

»Alle *Caryatids* – raus! Runter zum Boot, Tempo, Tempo! Macht, daß ihr in die Gänge kommt!« Er stürzte in die Bar, riß Männer auf die Füße und versuchte verzweifelt, diesen angetrunkenen Narren seine eigene drängende Sorge einzuimpfen.

»Los! Kommt schon, ihr faulen Säcke!«

Calico-Jack hüllte die alte Frau wieder in ihren Pelz und lächelte sie an. Aber sie lächelte nicht zurück.

Die Crew der *Caryatid* stolperte in die heulende Dunkelheit hinaus, und Charlie trieb die Männer wie eine Herde Schafe hinunter zum Boot.

Später wußte Charlie nicht mehr, wie sie zum Schiff gelangt waren. Er erinnerte sich nur daran, daß Sonja an seinem Hals gehangen und ihn geküßt hatte, während er einen der Schmierer vorwärts stieß. Und daß er einen Steward vom Rand des Abgrunds zurückgezerrt hatte.

Auch sah er wieder die Lichter der *Caryatid* vor sich, die hoch über ihnen durchs Dunkel glühten. Foster hatte das Schiff in Fahrt gebracht, um dem Boot etwas Windschutz zu geben.

Kapitän Macready erklomm die Jakobsleiter als erster, wandte sich oben um und brüllte Charlie zu: »Mr. Farthing, fahren Sie mit dem Boot zur Yacht hinüber. Sagen Sie Stanier, er soll machen, daß er von diesem Ankerplatz verschwindet!«

»Aye, aye, Sir.«

Das Boot drehte ab und kämpfte sich bockend durch die Seen, die jetzt brüllend aus der wachsenden Dunkelheit gestürmt kamen. Ihre Hänge waren marmoriert von weißem Schaum, und von ihren aufgesteilten Gischtkämmen riß der Sturm weiße Fetzen. Charlie war schon naß bis auf die Haut, seit ihn die erste Gischtflage erwischt hatte.

Sein Sprung aufs Deck der *Sea Dragon* wurde später in der Kantine von der Bootscrew voller Bewunderung beschrieben. Er stürzte in den Rauchsalon, wo sich die Frauen in bequemen Sesseln räkelten und tranken. Beim plötzlichen Erscheinen seiner triefenden Gestalt sprangen sie kreischend auf.

»Wo ist Stanier?«

Die Reaktion war blankes Unverständnis. Tropfend lief er über den Teppich und riß die Tür zum Speiseraum auf.

»Was fällt Ihnen ein ...« Stanier und Sir Hector erhoben sich protestierend.

»Stanier! Gehen Sie sofort ankerauf, Mann. Wir haben zunehmenden Sturm, und Sie liegen vor einer Leeküste!«

»Wie können Sie es wagen, hier reinzuplatzen und ...«

Mit einer Handbewegung brachte Charlie Sir Hector zum Schweigen. Er erkannte, daß Stanier angetrunken war.

Mit drei Schritten war er bei dem schwankenden Skipper, packte ihn an den Jackettaufschlägen und schüttelte ihn. »Stanier, laufen Sie aus, *sofort*!«

Benommen wiegte Stanier den Kopf. »Sie kenne ich doch? Sie sind dieser aufsässige Pimpf von der verdammten *Carya* ...« Seine Zunge verhedderte sich. »Hau ab!« stammelte er und versuchte, Charlies Finger von seinem Jackett zu lösen. »Ich – ich bin hier der Kapitän, du kleiner Strolch!«

»Du bist nur noch Strandgut, wenn du nicht bald deinen Arsch in Bewegung setzt!«

Wie betäubt taumelte der Hafenmeister unter seinem Griff. Da versetzte ihm Charlie eine Ohrfeige.

»*Legerwall*!« schrie er ihn an und sah in dem verquollenen, immer noch hübschen Gesicht erschrockenes Begreifen dämmern.

Unvermittelt wandte er sich ab und stürmte frustriert aus der Tür.

»Spielen wir wieder Seemann?« rief Samantha spöttisch aus den Tiefen eines Ledersessels.

Wortlos verschwand Charlie draußen im stürmischen Halbdunkel. Als er sich schon für den Sprung ins Motorboot straffte, fing Pomeroy ihn ab.

»Müssen wir hier weg?«

Charlie wandte sich um. Endlich ein Mann mit einem Rest von Verstand auf diesem unnützen Spielzeugboot. »Ja, sofort. Holen Sie den Anker auf, und dampfen Sie gegenan. Bringen Sie Stanier dazu, gegen den Wind anzudampfen. Haben Sie mich verstanden?«

Pomeroy nickte. Über den schnittigen Bug der *Sea Dragon* klatschte Gischt und durchnäßte die beiden Männer.

Charlie kehrte auf die *Caryatid* zurück.

Der Ankerplatz lag jetzt fast völlig im Dunkeln, nur achteraus zeichneten sich die Umrisse der Insel verschwommen vor dem letzten Licht des Tages ab. Dann erlosch auch das. Der Fuß der Insel blieb jedoch als weißer Saum erkennbar, weil sich dort die Brandung mit einem Gebrüll brach, das von Minute zu Minute lauter wurde.

Hoch über dem Ankerplatz stand bei der Biegung des Pfads eine kleine Gruppe Menschen. Der Vogt hatte Justine ins Freie begleitet, und Sonja trat zu ihnen, während sie gebannt in die dunkle Bucht hinunterstarrten.

Sie sahen die Lichter der *Caryatid* sich quer zur Windrichtung legen und schnell breitseits auf die Felsen zutreiben.

»Er will das Boot aufnehmen ...«, erläuterte der Vogt mit angehaltenem Atem. »Mein Gott, ich hoffe nur, daß Macready weiß, was er tut.«

Rauchwolken trieben pfeilschnell vor den Schiffslichtern vorbei, und auf dem Bootsdeck arbeiteten naß schimmernde Gestalten in fiebriger Hast. Das Motorboot wurde angehoben, während Macready schon darum kämpfte, die *Caryatid* wieder gegen den Wind auszurichten. Matrosen stürzten mit Leinen in den Händen vorwärts, um das Boot festzulaschen. In schwarzglänzendem Ölzeug stand Foster da und brüllte Befehle. Das Boot schwang binnenbords und wurde auf sein Lager gesetzt. Charlie kletterte heraus.

Oben auf der Brücke erstattete er dem Kommandanten Meldung. »Stanier ist betrunken, Sir. Ich habe versucht, die Gefahr begreiflich zu machen. Aber nur einer der Passagiere schien mich zu verstehen.«

Macready blickte zur *Sea Dragon* hinüber, die noch immer vor Anker stampfte. Selbst bei voller Kraft voraus kam die *Caryatid* nur langsam an ihr vorbei. Er ließ auf halbe Fahrt gehen, um die Yacht im Auge zu behalten. Eine See krachte über den Bug der *Caryatid* und überschwemmte das Vorschiff mit weißem Wasser, das tükkisch durchs Dunkel glomm. Der Vormast ragte aus den Strudeln wie ein Baum auf einem überfluteten Feld.

Die *Caryatid* erbebte, kam wieder hoch und schüttelte das unerwünschte Wasser durch die Speigatten ab. Dann krachte sie in die nächste See. Auch sie schoß wieder nach achtern – mit einem Röhren, als ritten alle Dämonen der Hölle auf ihrem Kamm. Die Brückenfenster erzitterten unter dem Anprall der Sturmböen, aber sie bestanden aus Panzerglas.

Die Sicht reichte nicht weiter als bis zu den nächsten zwei oder drei Seen. Spritzwasser und Gischt peitschten über die zerrissene Oberfläche, hier und da zerstob ein Wellenkamm, noch bevor er sich ganz ausbilden konnte.

»Stärke zehn«, murmelte Foster mehr zu sich selbst.

Im Kartenraum zuckte die Barometernadel wie im Veitstanz, wenn wieder eine Bö heranfauchte.

»Nur Huren, Diebe und Seeleute müssen in so einer Nacht arbeiten«, sagte der Bootsmann zum Zimmermann, als sie beide zwischendurch einen Becher Tee schlürften.

An Bord der *Sea Dragon* stolperte Stanier in den Fahrstand hinauf. Erst dort oben wurde ihm das volle Ausmaß der Gefahr bewußt, in der die Yacht schwebte. Weil noch

Flut herrschte, dämpfte der nordöstlich durch die »Hundezähne« setzende Strom auf Grund einer lokalen Besonderheit den Seegang rund um die *Sea Dragon*. Doch wenn erst die Ebbe einsetzte ... Stanier durchlief ein Schauer, und er erinnerte sich unwillkürlich an Farthings Worte: *Du bist nur noch Strandgut, wenn du nicht endlich deinen Arsch in Bewegung setzt*! O Gott! Panik krallte sich in seine Eingeweide und schüttelte seinen Magen, bis er sich plötzlich mit einem heftigen Schwall auf das Deck erbrach. Sein Kopf wurde klarer. Er mußte sich zusammennehmen, er mußte ... Eine goldene Zukunft lag vor ihm, aber wenn er jetzt einen Fehler beging ... Stanier verspürte zum ersten Mal in seinem Leben eine Anwandlung von Demut.

Er griff nach dem Telefon zum Maschinenraum.

In dem Augenblick verfing sich ihre Ankerleine an einem vorgelagerten Unterwasserfelsen des Riffs. Sie wetzte einige Male über den Granit, dann brach sie.

Die *Sea Dragon* fiel in ein Wellental. Unaufhaltsam begann sie, breitseits nach Lee abzutreiben, auf die wartenden Hundezähne von Ynyscraven zu.

Achtern im Rauchsalon hatten sich die Herren den weiblichen Passagieren angeschlossen. Man plauderte etwas verächtlich über »interessante Besucher« und »Leeküsten«. Caroline machte sich nach vorne zum Fahrstand auf, aber auf halber Strecke wurde sie kopfüber durch den Gang geschleudert, weil die *Sea Dragon* wegsackte.

Samanthas Sessel kippte um, und sie landete mit zappelnden Beinen in einer Rüschenwolke auf dem Teppich. Miss Loring begann zu schreien. Argyle ohrfeigte sie. Sir Hector schlug sich den Kopf an, und draußen, in der kreischenden Finsternis, kämpfte sich Pomeroy nach vorn, um nachzusehen, was passiert war. Eine einsteigende See schwemmte ihn nach achtern, doch konnte er sich mit schier übermenschlicher Kraft an die Tür zum Fahrstand klammern und sie aufreißen.

Er rutschte auf Staniers Erbrochenem aus. Der Skipper kurbelte am Ruderrad, von unten kam das Grummeln des startenden Diesels. Komprimierte Luft zischte aus dem Auspuff, und die Maschine begann zu arbeiten. Stanier stieß einen Seufzer der Erleichterung aus. Jetzt mußte die *Sea Dragon* gleich in den Wind drehen ...

Auf der *Caryatid* sahen die Offiziere zu, wie die *Sea Dragon* vor dem Wind abtrieb. Sie rollte so erbärmlich, daß ihr Bodenanstrich unter den weißen Rumpfseiten zu sehen war.

Nach etwa einer Minute stellte Macready trocken fest: »Sie ist verloren.«

Keiner widersprach ihm.

Unten im Kesselraum der *Caryatid* schaufelte Calico-Jack Kohle und harkte Asche beiseite. Mit der Geschicklichkeit jahrelanger Erfahrung balancierte er das Stampfen des Schiffs aus. Umwenden, einschaufeln, umdrehen, auskippen ... Er pausierte, wischte sich den Schweiß ab und trat die Tür des Kessels mit dem Fuß zu. Plötzlich wurde ihm schwindlig. In seiner Brust klaffte auf einmal ein heißer Schmerz, öffnete sich vor ihm wie eine riesige rote Blume. Er stürzte hinein, und die blutigen Blütenblätter schlossen sich über ihm.

Hoch über den beiden kämpfenden Schiffen erklang ein Schrei, den der Sturm schnell erstickte, ausgestoßen von einer Frau, die noch nicht so alt war, wie sie aussah. Die Fallwinde packten den Schrei und stießen ihn die Klippen hinab.

Die *Sea Dragon* schaffte es noch, Fahrt voraus aufzunehmen. Ehe sie endlich aufs Ruder reagierte, trieb sie weiter nach Lee ab und rollte, quer im Wind liegend, immer noch wie betrunken in den Seen. Doch dann gewann sie etwas an Fahrt, so daß ihr Ruderblatt sich festbeißen konnte.

Ihr Bug begann zu drehen …

»Sie kommt auf!« schrie Stanier triumphierend Pomeroy ins bleiche Gesicht.

Die *Sea Dragon* fing langsam an, den Steven nach Osten zu richten.

Da bissen die Hundezähne in ihren Bauch.

Nachwirkungen

Die Notrakete zischte in die Nacht und hing dort wie ein rubinroter Stern, bevor sie langsam auf die See herabsank.

Doch die Männer an Bord der *Caryatid* konnten nichts unternehmen, solange es dunkel war.

»Sie werden eben bis Tagesanbruch durchhalten müssen«, sagte Macready und sprach damit für alle auf der Brücke.

Die *Caryatid* hatte selber damit zu kämpfen, den Kopf gegen die Seen zu halten. Der plötzliche Ausfall eines Heizers hatte einen zeitweisen Dampfdruckverlust verursacht, und Macready erlebte eine Viertelstunde höchster Besorgnis, bevor er das alte Schiff wieder auf einen halbwegs sicheren Kurs bringen konnte.

»Es ist Evans, Sir«, meldete Foster. »Sieht so aus, als hätte er einen Herzinfarkt erlitten.«

»Welcher Evans, Bernard?« fragte Macready geduldig, wobei er den Blick keine Sekunde von der nächsten anstürmenden See wandte, die sich drohend vor seinem kleinen – oh, so kleinen – Schiff auftürmte.

»Calico-Jack, Käpt'n. Wir haben ihn aus dem Kesselraum geholt, er ist mausetot.«

»Das tut mir sehr leid.« Macready beobachtete den Seegang. »Steuerbord – mittschiffs – so halten.«

Die See krachte über den Bug, daß das ganze Schiff erbebte.

»Und wie peilt das Feuer jetzt, Mr. Farthing?«

»In 258 Grad, Sir.«

»Mißweisend oder rechtweisend?«

»Rechtweisend, Sir.«

»Gut ... Wie stehen eigentlich die Chancen auf einen Schluck Tee?«

Mit jeder neuen See, die sie anhob und krachend wieder fallen ließ, wurde die *Sea Dragon* ein Stück höher auf die Felsen geschoben. Sie lag breitseits zu Wind und Seegang, und ihr stählerner Rumpf schrie jedesmal gequält auf, wenn das Riff in ihre Eingeweide griff und die See sie wie mit einer gigantischen Zunge auf den Hundezähnen zerrieb.

An Bord hatten Terror und Verwirrung das Kommando übernommen. Nirgendwo brannte Licht, Einrichtungsgegenstände und Ausrüstung flogen wüst durcheinander. In den Gängen schwappte das Wasser, Crew und Passagiere trampelten einander erbarmungslos nieder. Stanier tat sein möglichstes. Er ließ den zweiten Anker ausbringen, um zu verhindern, daß die Yacht noch höher aufs Riff geschleudert wurde; er ließ Notraketen abfeuern und sandte über Funk einen SOS-Ruf hinaus; aber eine gischtumspülte Antenne, die kaum zwei Meter übers Wasser ragte, konnte nicht viel bewirken.

Schließlich war es Pomeroy, der etwas Ordnung ins Chaos brachte: der verachtete Pomeroy, der endlich einen gewissen Nutzen aus einer Erziehung zog, die ansonsten sein ganzes Leben belastet hatte. Ruhig und ohne Hast teilte er Crew und Passagiere in einzelne Gruppen auf und ließ die Rettungsmittel überprüfen sowie heiße Getränke und warme Kleidung ausgeben. Er tat alles, damit die Nacht schneller verstrich. Als Stanier den gleichen Einfall hatte, mußte er feststellen, daß Pomeroy ihm zuvorgekommen war.

Pomeroy erntete grollende Bewunderung sogar von

Samantha, als die ganze Gruppe sich im Schutz des Hauptgangs drängte, jeder bekleidet mit einer sperrigen Rettungsweste, und warmen Grog schlürfte.

Oben im Fahrstand sah Sir Hector zu, wie seine Yacht zerschlagen wurde.

»Wird sie bis morgens durchhalten?« Er wandte sich um und starrte Stanier an.

Das Gesicht des jungen Skippers war aschfahl, seine Erfahrung reichte nicht aus für eine sachlich begründete Antwort. Würde sie durchhalten? Die *Sea Dragon* machte einen Übelkeit erregenden Satz, als eine besonders hohe See über ihr und den Hundezähnen zerschellte.

»Mein Gott ...«

Sir Hector glitt auf dem Erbrochenen aus, dessen glitschige Bahnen jetzt fast das ganze Deck des Fahrstands überzogen. Krachend stürzte er zu Boden und schlug mit dem Kopf gegen die Rudersäule. Blut schoß aus der Wunde, er rollte bewußtlos nach Lee in eine Ecke, während Stanier stocksteif dastand und sich für den Ansturm der nächsten See wappnete. Da sie mit Verzögerung kam, mußte sie enorm hoch sein.

Die anrollende Monstersee stieg brüllend aufs Riff und steilte sich an der Granitbarriere zu einer wütenden Wasserwand auf. Ihre Ausläufer schossen kochend vor Energie links und rechts in die aberhundert Löcher und Spalten. Während die Felshindernisse in der Tiefe ihre Kraft absorbierten, rauschte ihr Kamm weiter, vorwärts getrieben vom eigenen Schwung, aber seiner Basis beraubt. Als die Welle umkippte und in einem Chaos verbrauchter Energie brach, lag ihr die Yacht im Wege. Ihre beiden Boote wurden von dem implodierenden Wassertunnel weggewaschen und verschwanden in der Nacht. Auch die Lüfterhutzen wurden abgerissen, weshalb sich viele Tonnen Salzwasser unter Deck in alle Räume ergossen. Kreischende, strampelnde Körper trieben in den Fluten hin und her.

Schließlich floß das Wasser wieder ab, und die *Sea Dragon* schien sich zu setzen, schien etwas ruhiger zu liegen. Die Seen hatten offenbar einiges an Kraft verloren.

Stanier kroch zu Sir Hector hinüber.

Sir Hector Blackadder war tot. Stanier drehte sich wieder der Magen um, würgend wandte er sich ab. Er stolperte nach achtern auf den Hauptgang zu, wo er die anderen wußte.

Pomeroy hatte sie auf die Füße gescheucht und ließ durchzählen.

Der Butler Horrocks fehlte, ebenso Tegwyn und Samantha. Caroline deutete nach achtern. Die Tür zum Salon war eingedrückt und zersplittert. Caroline kämpfte sich in ihre Richtung, gefolgt von Pomeroy und Stanier.

Tiefes Wasser behinderte ihr Vorankommen, das in dem auf der Seite liegenden Rumpf schon schwierig genug war. Sie fanden Tegwyn in einer Ecke des Rauchsalons, unter einem umgestürzten Sessel. Als ihn die beiden Männer wegzogen, lag sie da wie eine weggeworfene Marionette. Selbst noch in dieser Notlage verschlug ihre Schönheit Pomeroy den Atem. Stanier dagegen fühlte sich von ihrem haltlos ausgestreckten Körper abgestoßen. Die beiden Männer tauschten einen Blick, dann kniete sich Pomeroy mit angstbleichem Gesicht hin und legte das Ohr an ihre Brust.

»Sie lebt, ist nur bewußtlos.«

Grunzend vor Anstrengung hievten sie Tegwyn in eine sitzende Stellung. Pomeroy fand eine Cognacflasche und schob sie ihr zwischen die Zähne.

Stanier musterte die offene Tür zum Sonnendeck,

deren Glas nur noch aus Splitterresten bestand. Waren die beiden anderen durch diese Tür über Bord gerissen worden? Doch sie fanden Horrocks, wenn auch nur durch Zufall: Bei einem neuerlichen Rucken des Rumpfes schwang eine Toilettentür auf. Dahinter lag der Butler, in Fötushaltung um die Porzellanschüssel gekrümmt, mit Schnittwunden an Kopf und Händen und bar jeder Würde, aber noch am Leben. Sie zogen ihn in den Gang hinaus, wo sich die anderen zusammendrängten. Von Samantha fanden sie keine Spur.

»Sie liegt jetzt ruhiger, Skipper«, sagte der Bootsmann.

Stanier nickte wortlos und wischte sich die weißen Speichelränder aus den Mundwinkeln. Es war ihm nicht einmal aufgefallen, daß der Mann den Fischerausdruck gebraucht hatte.

»Sonst noch jemand verletzt?« stieß er schließlich hervor.

Mehrere Schnittwunden und Prellungen wurden präsentiert. Miss Loring verbarg ihr Gesicht, als Caroline sich über sie beugte.

»Was ist los mit ihr?« fragte Stanier.

Caroline sah zu ihm auf. »Die Ärmste hat zwei Schneidezähne verloren.«

Miss Loring jaulte jämmerlich auf.

Plötzlich fiel Stanier der Tote im Fahrstand ein. »Wo ist Argyle?«

»Hier, mein Junge.« Sir Hectors Partner sah viel älter aus als noch vor ein paar Stunden.

Stanier nahm ihn mit hinauf in den Fahrstand.

»O mein Gott!« Argyle beugte sich über seinen Freund. »Wenn ich nich so 'n abgebrühter Geschäftsmann wäre – ich könnte schwören, er hat seinen Tod vorausgeahnt.«

»Wir müssen es Caroline sagen.«

»Caroline? Barmherziger Gott!«

Caroline kam, kniete sich neben ihren Vater und barg seinen Kopf in ihren Armen.

Argyle zog Stanier am Ärmel, und sie stiegen wieder in den Gang hinunter.

»Käpt'n«, fragte Pomeroy schließlich, »wie stehen unsere Chancen?«

Stanier drückte die Verantwortung schier zu Boden. Warum, zum Teufel, stellten sie ihm dauernd diese saublöden Fragen? Doch dann riß er sich zusammen. Verdammt, immerhin war er hier der Kapitän. Das Blut stieg ihm zu Kopf, als er sich den unerschütterlichen Macready in dieser Lage vorstellte. *Macready*!

»Ich hoffe, sie werden uns am Morgen ein Boot von der *Caryatid* schicken. Bis dahin müssen wir das Beste aus unserer Lage machen.« Ihm kam ein Gedanke. »Wir haben Ebbe, das Wasser läuft schon ab. Deshalb schlägt der Rumpf nicht mehr so stark auf. Bei Tageslicht sitzen wir hoch und trocken.«

Eine Stunde vor Tagesanbruch begann der Wind rechtszudrehen. Auf der Brücke der *Caryatid* kulminierte die monotone Routine aus Positionsermittlung und Kursüberprüfung in der Erkenntnis, daß das Schiff im Verlauf von sechseinhalb Stunden einen Sicherheitsabstand von vier Seemeilen zwischen sich und die Insel gelegt hatte. Alle an Bord waren hundemüde.

Macready wandte sich von den Fenstern ab. »Bernard?«

»Sir?«

»Dieser Wind kommt jetzt aus Südost, und wir haben Ebbe. Der Ankerplatz vor Ynyscraven muß allmählich in

Lee liegen. Wenn wir nicht bis Tagesanbruch dort sind, besteht kaum noch eine Chance, diese armen Hunde von der Yacht abzubergen, bevor wieder Flut einsetzt.«

»Nein, Sir.«

»Also müssen wir umdrehen. Gehen Sie hinunter, und lassen Sie jedermann wissen, daß alle sich wappnen sollen. Und vergessen Sie nicht den Maschinenraum. Erledigen Sie das persönlich.«

»Aye, aye, Sir.«

Charlie sah dem verschwindenden Foster nach. Der Mann hatte seit vielen Stunden keinen Moment pausiert, war unermüdlich durchs Schiff patrouilliert und hatte den Schaden, die Verschlüsse und das Personal überprüft.

Als der Erste auf die Brücke zurückkehrte, schien sich Macready zu straffen und tief Luft zu holen. Mit ihm machte sich das gesamte Brückenpersonal auf das gewagte Manöver gefaßt.

Jetzt war der Kommandant wie ein einsamer Monarch, der in die wütende Nacht hinausstarrte, während das Schicksal einer zweihundertköpfigen Crew und ihrer Angehörigen allein von ihm und seiner Beurteilung der Lage abhing.

Macready beobachtete die See. Die *Caryatid* durchbrach eine enorm hohe Welle, und Macready riß den Maschinentelegraphen auf »Volle Kraft voraus«. Die *Caryatid* nahm mehr Fahrt auf, schulterte die nächste Welle mit ihrem malträtierten Vorschiff, so daß sie infolge der erhöhten Beschleunigung mit markerschütterndem Krachen gegen die Frontwand der Brücke prallte und in einem zischenden weißen Gischtschauer rund um beide Nocken explodierte. Der Bug durchstieß die Wasserwand und hing einen Moment über dem Wellentrog. Dann stürzte er in die Tiefe, bohrte sich in die nächste See und schaufelte auch diese nach achtern bis über den Schornstein. Dann ließ das Stampfen nach. Hinter den beiden extrem hohen Wellen folgten mehrere kleinere.

»Hart Steuerbord!«

»Hart Steuerbord, Sir«, wiederholte der Rudergänger.

Im schwachen Schein der Kompaßbeleuchtung sah Charlie die Radspeichen wirbeln.

»Ruder liegt hart Steuerbord, Sir.«

Die *Caryatid* begann zu drehen.

Für die schlaflosen Menschen auf der Insel wurde die Vogtei in dieser Nacht zu einer Art Hauptquartier. Sonja und Justine waren dort, ebenso ein halbes Dutzend anderer Gäste. Die wachfreien Leuchtturmwärter hatten sich über den windgepeitschten Inselrücken gekämpft, als sie die rote Notrakete von der *Sea Dragon* in den Himmel zischen sahen; sie wollten helfen, wo sie konnten. Zum erstenmal wurde der Name der Yacht erwähnt, die in der Bucht gelegen hatte. Als Justine die Bestätigung dafür bekam, daß es sich tatsächlich um Sir Hector Blackadders Yacht handelte, wurde sie von Angst um ihre Tochter gepackt. Es war eine durch Schuldbewußtsein verstärkte Angst, gemischt mit tiefem keltischem Fatalismus angesichts der göttlichen Strafe, die ihr die Tränen in die schönen Augen trieb. Sie fühlte sich einem unvermeidlichen Schicksal ausgeliefert, in dessen Lauf für ihre Romanze mit Septimus in derselben harten Währung bezahlt werden mußte, in der sie es genossen hatte.

Im Morgengrauen traf ein Schäfer vom Hochland mit der Nachricht ein, daß sich die *Caryatid* anscheinend der Insel nähere. Die Folge war ein Exodus der Ungläubigen aus der Vogtei. Mit Schafspelzen um die Schultern hielten sich Justine und Sonja gegen den Wind an den Händen und kämpften sich hinaus zum Pfad auf dem Kliff. Justine schrie die Angst um ihre Tochter in den Sturm hinaus, und Sonja drückte voll Mitgefühl ihre Hand.

Beim Rechtsdrehen ließ der Wind nach, trotzdem konnten sie im grauen Dunst zunächst noch nichts erkennen. Als der Himmel heller wurde, entdeckten sie tief unten einen weißen, bizarr verkanteten Umriß auf den schwarzen Felsen.

»Da ist sie!« rief Sonja und deutete in die Richtung.

Beim Anblick der *Sea Dragon* begann Justines Herz wie wild zu klopfen. In langen, weiß geäderten Reihen rückten die Wellen immer noch gegen den Ankerplatz vor. Ihre Kämme donnerten wie bisher erbarmungslos gegen den Granitsockel der Insel, und falls ihre Bösartigkeit tatsächlich nachgelassen hatte, so konnte doch nur ein erfahrenes Seemannsauge wie das Macreadys den Unterschied erkennen. Für die beiden Frauen sah der Ankerplatz immer noch wie ein Hexenkessel aus.

Schließlich entdeckten sie den Dampfer. Die *Caryatid* schien auf die Insel zuzurasen, beschleunigt durch achterlichen Wind und Seegang. Der schwarze Rauch aus ihrem Schornstein wehte nach vorn aus, weggerissen vom Sturm, der seine nach Schwefel stinkenden Wolken mit dem sauberen weißen Sprühwasser mischte.

»Er ist entweder sehr tapfer oder völlig verrückt, dein Kapitän«, rief Sonja und drückte ermutigend Justines Hand.

»Was hat er denn vor?« fragte die Ältere, die kaum glauben konnte, daß ihr geliebter Septimus wie weiland Lancelot zur Rettung herbeigeeilt kam. »Er hält doch direkt aufs Riff zu!«

Sonja zuckte die Schultern. »Keine Ahnung.«

Sie sahen zu, wie die *Caryatid* auf den Ankerplatz und am Wrack der *Sea Dragon* vorbeipreschte. Dabei konnten sie nicht wissen, was Macreadys Seeverstand ihm sagte: daß er bei dem auf Süd drehenden Wind dicht im Lee der Hundezähne eine ruhigere Stelle finden mußte, wo er ein Boot aussetzen konnte.

Charlie ging aufs Bootsdeck, als die Leute ihre Barkasse über die Reling schwenkten. Makrelen-Jack und seine Crew machten bedenkliche Gesichter. Charlie starrte nach Backbord auf die drohenden Klippen von Ynyscraven, die unaufhaltsam näher kamen. Er konnte Licht in den Fenstern der Vogtei sehen, und dort, auf dem Pfad – war das ein rostroter Fleck?

Selbst mit gestoppten Maschinen strebte die *Caryatid* immer noch vorwärts. Macready schüttelte den Kopf, um die Müdigkeit aus seinem Gehirn zu vertreiben. Dieses Manöver durfte ihm nicht mißlingen. Als er fühlte, daß der richtige Moment gekommen war, riß er den Telegraphen für die Steuerbordmaschine auf »Volle Kraft voraus« und blies ins Sprachrohr, gleichzeitig »Hart Steuerbord!« rufend.

Auf dieses Signal hin ließ der Zimmermann vorn den Backbordanker fallen, und auf dem Bootsdeck begann die Barkasse ihren ruckweisen Abstieg zur brüllenden See.

Wie gelähmt beobachtete Justine, was da unten geschah, während Sonja vor Erregung auf und ab sprang. Die *Caryatid* drehte auf, fast herumgerissen von ihrer Ankerkette, die sägend in die Klüse biß, während blauer Rauch von ihrer hölzernen Windenbremse aufstieg. Sekundenlang bot sie dem Wind und der See ihre verwundbare Breitseite und rollte von einer Seite auf die andere.

»Haken!« brüllte Foster, als die Barkasse in die Wellen getaucht wurde.

Dann rollte die *Caryatid* auf die andere Seite, weg vom Boot.

Keuchend holte Charlie Luft, als der Bootsmotor stotternd ansprang. Die Barkasse schoß aus dem Lee des Dampfers, der seine Ankerkette einholte und damit den Bug wieder gegen den Wind richtete.

Minuten später stolperte Charlie am landseitigen Ende der Hundezähne über die Felsen. Hier wehte es nur schwach, und die vom Riff zerriebenen Wellen waren für einen kräftigen Mann nicht mehr als ein lästiges Zerren an seinen Stiefeln.

Oben am Kliff erkannte Sonja, wer da an Land gekrochen war, und wandte sich mit glänzenden Augen zu Justine um. »Da ist Charlie, Justine! Charlie ist gekommen!«

Sie legte den Arm um Justine, denn die Ältere war in Tränen ausgebrochen – vor Erleichterung, vor Liebe und vor allem in einer schrecklichen Vorahnung.

Normalerweise hätten kein Passagier und nur wenige aus der Crew der *Sea Dragon* diesen »Spaziergang« übers Riff zum rettenden Boot gewagt. Er bedeutete ein alptraumartiges Stolpern und Waten über Spalten und durch tiefe, wassergefüllte Löcher im Gestein, bei dem das Fleisch an den muschelbesetzten scharfen Felsen zerschnitten und am harten Granit geprellt wurde. Tangfelder zerrten an ihren Beinen, und keine zehn Meter entfernt von ihnen erzitterte der Fels unter dem Ansturm der Seen. Aber die Barkasse nahm sie auf und setzte sie schließlich am Steinpier der Insel ab. Oben in der Vogtei brachte man sie dazu, sich zu trocknen, etwas zu essen und ein Weilchen auszuruhen. Am Nachmittag, als der

Wind noch weiter auf Süd gedreht hatte und abgeflaut war, ankerte die *Caryatid* sicher in der Bucht, und die Überlebenden wanderten hinunter, um an Bord geholt zu werden.

Charlie, Makrelen-Jack und die Bootscrew hatten keinen Versuch unternommen, zum Schiff zurückzukehren, nachdem sie die Leute von der *Sea Dragon* gerettet hatten. Darauf hatte Macready bestanden und Charlie angewiesen, eher das Boot zu opfern, als ein weiteres Risiko einzugehen.

Es wurde Abend, bis alle Überlebenden an Bord untergebracht waren. So müde er war, befahl Kapitän Macready trotzdem die sofortige Rückkehr nach Porth Ardur. Sowie sie von der Insel frei waren, ließ er auf langsame Fahrt gehen.

»Wir wollen erst bei Tagesanbruch einlaufen«, erklärte er. Die Mischung aus Schuldbewußtsein und Angst in Justines Seele war so überwältigend gewesen, daß es für sie einen fast ebenso starken Schock bedeutete, Tegwyn lebend wiederzusehen, als hätte sie die in ihren Augen gerechte Strafe erlitten und sie verloren. Zum Ausgleich dafür war ihre Fürsorge für die mit Wunden und Prellungen übersäte Tochter nicht zu bremsen, als wolle sie die Götter besänftigen oder ihr eigenes Gewissen beruhigen. In ihrer Erleichterung leistete Justine Übermenschliches, um die Schiffbrüchigen der *Sea Dragon* zu versorgen, und da man sie als ihren guten Engel ansah, war es nur natürlich, daß sie mit ihnen auf der *Caryatid* zurückkehrte.

An Bord des Dampfers blieb Justine immer in der Nähe ihrer Tochter, die es in ihrem Schockzustand anscheinend nicht überraschte, ihre Mutter am Schauplatz des Unglücks vorzufinden. Die Überlebenden wurden in der Offiziersmesse untergebracht, und Justine stellte ihrerseits keine Fragen, als ein geschniegelter, parfümierter, aber angenehm aufmerksamer junger Mann Tegwyn den Hof machte. Justine ging Macready wohlweislich aus dem Weg und war zufrieden damit, auf seinem Schiff sein und sich nützlich machen zu können.

Im ganzen Verlauf der Strandung hatte Caroline kaum ein Wort mit Stanier gewechselt. An Bord der *Caryatid* nahm sie jedoch Argyle beiseite und besprach sich ausgiebig mit ihm. Und gegen zehn Uhr abends, während das Schiff mit langsamer Fahrt durch die Seen dampfte, suchte sie Stanier auf.

Auch er hatte sich nach dem Unglück abgekapselt. Seine ganze Welt lag als Ruine zu seinen Füßen. All sein Stolz und seine ehrgeizigen Hoffnungen, die eben noch einen nie erwarteten Zenit erreicht hatten, waren auf den bösartigen Fängen der Hundezähne zerschmettert worden.

Auf die Heckreling gestützt, starrte er achteraus, wo der Schwell immer noch heftig stieg und fiel, sich aber mit dem abflauenden Wind allmählich beruhigte.

»Hallo, Jimmy«, sagte Caroline sanft.

»Caroline?« In seiner Stimme lag eine verräterische Heiserkeit. War es Gram oder Selbstmitleid? »O Caro, dein Vater ... Ich ...«

Er begann zu weinen, und sie nahm ihn in die Arme.

»Komm schon, Jimmy, die Hexe Tegwyn wird dich doch nicht völlig entmannt haben?«

Er sah ihr ins Gesicht und fand darin keinen Schmerz. Unbeholfen schnüffelte er. Caroline küßte ihn voll auf die Lippen, und nach einer Weile, als seine im Elend geschrumpfte Männlichkeit wieder zum Leben erwacht war, erwiderte er den Kuß.

»O Jimmy, das Leben geht doch weiter. Es muß weitergehen, und wir können dafür sorgen, daß es eine Wendung zum Guten nimmt.«

James St. John Stanier, Exkapitän der Motoryacht *Sea Dragon*, grub seine Lenden in das Becken der Tochter, der raffinierten Tochter, des unbeweint verstorbenen Sir Hector Blackadder.

Tegwyn und Stanier wechselten kein einziges Wort mehr. Es war, als hätte die letzte Monstersee, die über die *Sea Dragon* hereinbrach, das wilde Feuer ihrer Affäre für immer erstickt. Die reizende Tegwyn, die sich beim Sturz durch den wassergefüllten Gang der Yacht eine Rippe gebrochen hatte, überließ sich bereitwillig der Pflege durch ihre Mutter und den sanften Pomeroy. Und sie akzeptierte seinen Heiratsantrag, noch bevor die *Caryatid* die Landspitze gerundet und Kurs auf den graugrünen Berg Mynydd Uchauf genommen hatte.

Rückkehr der Argonauten

Lange bevor Mr. Marconi sie zähmte, hatten schon Funkwellen im Äther geknistert. So machte sich irgendeine telepathische Verbindung dieses Phänomen zunutze und verbreitete die Nachricht von Macreadys Husarenstück in Porth Ardur, noch bevor seine *Caryatid* dort eintraf.

Zwar hatte Macready einen Bericht an die Küstenwache gesandt, aber er war kurz und ohne Details gehalten. Später behaupteten viele steif und fest, sie hätten schon gewußt, daß die *Caryatid* mit Schiffbrüchigen einlaufen würde, noch ehe das Schiff Ynyscraven überhaupt verlassen hatte.

Gwendolen Macready verbrachte den Abend, an dem Tegwyn Morgan Pomeroys Heiratsantrag annahm und an dem Stanier Carolines Antrag auf alles mögliche akzeptierte, mit der Organisation des Empfangs der Schiffbrüchigen im Gemeindezentrum. Sie mobilisierte die halbe weibliche Einwohnerschaft von Porth Ardur und richtete eine Art Feldlager ein, mit genügend Decken, Suppe und Tee für eine ganze Kompanie. Danach wartete sie persönlich am Kai, bis die *Caryatid* festmachte. Es war das erste Mal seit zehn Jahren, daß sie dem Schiff so nahe kam. Natürlich stand sie an diesem windigen Morgen nicht deshalb am Hafen, um ihren Ehemann willkommen zu heißen, sondern um den Schiffbrüchigen in ihrem Unglück beizustehen. Sie sah das Häufchen Elend an der Reling auf die Gangway warten, die ihnen Zutritt gewähren würde zur *terra firma*, und erkannte in der Gruppe auch Justine Morgan.

Nun hatte Gwendolen zwar nicht die leiseste Ahnung,

wie Justine an Bord der *Caryatid* gelangt war, obwohl sie wußte, daß Mrs. Morgans Laden seit Tagen geschlossen war und daß ihr Name nicht auf der Gästeliste der *Sea Dragon* stand – der ihrer Tochter aber sehr wohl. Dennoch lief in ihrem Kopf in dem Moment, als sie Justine sah, kein logischer Deduktionsprozeß ab. Aber wie der heilige Paulus auf der Straße nach Damaskus hatte sie plötzlich eine Erleuchtung. Sie wußte es einfach, wußte alles. Intuitiv verschmolzen ein lange gehegter Verdacht, der müßige Klatsch in der Stadt und ihr eigenes Gefühl eines gerechtfertigten Martyriums zu kristallklarer Gewißheit.

Doch so, wie sie nun einmal beschaffen war, kam die Arbeit für sie an erster Stelle.

Die Überlebenden ließen sich ins Gemeindezentrum führen und mit Ersatzkleidung ausstatten. Tegwyn und Justine verdrückten sich still in ihre Steinkate. Sobald sie trockene Kleider erhalten hatten, fuhren Stanier und Caroline zu seinem Haus in der Glendŵr Avenue, während sich die anderen ins *Station Hotel* begaben und die am Ort wohnenden Crewmitglieder nach Hause gingen.

In dieser Nacht gestattete Caroline Stanier, mit ihr zu schlafen, aber erst nachdem er von seinem Posten als Hafenmeister von Porth Ardur zurückgetreten war.

Kapitän Macready war todmüde, als er endlich heimkam. Die Anstrengung der Rettung hatte bereits das Schuldgefühl überdeckt, das er vielleicht unter anderen Umständen verspürt hätte. Seine Erschöpfung war zu offensichtlich, als daß Gwendolen daraus hätte Vorteile ziehen wollen, und außerdem war sie ein viel zu besonnener Charakter, als daß sie zu einem Zeitpunkt eine Szene gemacht hätte, bei der sie ihr Martyrium nicht voll auskosten konnte. Betrogene Ehefrauen haben nicht nur das Recht auf ihrer Seite, sie können auch den Zeitpunkt bestimmen, an dem sie dem letzten Rest ihres verletzten Stolzes Genüge tun.

Vor Abgang seines Zuges besuchte Pomeroy am nächsten Morgen noch einmal Justine und Tegwyn.

»Wirst du mir bald nach London folgen, meine Liebe?« fragte er Tegwyn. »Ich werde mich persönlich um deine Ausstattung kümmern. Dir soll es an nichts fehlen, was sich das Herz einer Frau nur wünschen kann.«

Er lächelte, und sein Benehmen strahlte ein Selbstvertrauen aus, das ihm vor der Nacht, in der die *Sea Dragon* von den Hundezähnen in Stücke gerissen wurde, völlig fremd gewesen wäre.

»Ja, natürlich. Mutter hat beschlossen, den Laden zu verkaufen, falls sie ein Cottage auf Ynyscraven erwerben kann.«

Überrascht wandte sich Pomeroy an Justine. »Sie wollen wirklich auf diese gottverlassene Insel zurückkehren, Mrs. Morgan?«

Justine lächelte ihn an. »Falls ich sicher sein kann, daß Tegwyn bei Ihnen gut aufgehoben ist.«

Pomeroy erwiederte ihr Lächeln. »Mehr als das. Ich werde sie auf Händen tragen als meinen kostbarsten Schatz.« Er zögerte. »Und, Mrs. Morgan, es wäre mir eine Freude, Ihnen beim Erwerb Ihres Häuschens finanziell zu helfen.«

Justine musterte ihn. Er wirkte weder schüchtern noch verlegen. Sie hatte einen reichen Mann vor sich, einen reichen und selbstsicheren Mann, den Tegwyn entzückt anlächelte.

Deshalb gab es nach seiner pathetischen kleinen Rede für sie nichts mehr zu sagen.

Im selben Zug fuhren auch Argyle, Miss Loring und Caroline nach London. Pomeroy setzte sich zu ihnen, noch bevor der Zug Porth Ardur verließ, blieb aber während der ganzen Reise schweigsam. Dorothy Loring versteckte ihr Gesicht hinter einem Schal und fühlte sich elend. Nie, nie wieder würde sie eine Seereise unternehmen. So etwas mochte zwar den Horizont erweitern, aber ihr hatte sie nur das gute Aussehen ruiniert. Argyle dagegen redete ohne Unterlaß – in gedämpftem Ton, wenn er sich beherrschte, aber sehr laut, wenn er aggressiv wurde. Und das wurde er öfter, denn er redete vorwurfsvoll auf eine kühle, entschlossene Caroline ein.

»Um Himmels willen, warum, Caroline? Verdammt, dieser Mann hätte uns beinahe alle umgebracht. Und er ist praktisch verantwortlich für den Tod deines Vaters. Für die Blackadder-Holding und die Cambrian Dampfschiff-Reederei kann er unmöglich ein Gewinn sein.«

»Sei kein Narr, Ian. Und wer war denn praktisch verantwortlich für die Gesundheit meiner Mutter oder besser: für den Verlust der Gesundheit? Glaubst du, ich würde um den alten Tyrannen trauern? Oh, ich weiß, du mochtest ihn, und andere haben ihn bewundert. Aber ich habe ihm niemals diese angemalten Schlampen verziehen, die sich wie Herzoginnen aufführten, wenn er mit ihnen durch die Lande zog.«

»Aber Caroline, dein kostbarer Stanier ist auch nicht anders.«

»Mein Stanier ist *ganz* anders. Keine Sorge, ich behalte die Fäden in der Hand, aber an der Front, in der Öffentlichkeit, für die Cambrian und Blackadder ein gutes, eindrucksvolles Image brauchen, da wird Jimmy Stanier stehen.« Caroline leckte sich die Lippen. Außerdem, dachte sie, besitzt er gewisse technische Talente im Bett.

Mit einem Seufzer lehnte Argyle sich zurück. »Ach, zum Teufel! Ich weiß ja, daß dein Vater viel von ihm hielt ...«

An dem Punkt hakte Caroline ein. »Genau! Wenn er Vater becircte, kann er auch die ganze Welt becircen.« Sie überlegte. »Wie gefällt dir der Firmenname ›Argyle und Blackadder‹, Ian?«

»Was genau hast du vor?« fragte Argyle mit neu erwachtem Interesse.

Caroline lächelte, während der Zug in einen Tunnel einfuhr.

Auf Ynyscraven hatte Sonja lange der im Dunst verschwindenden *Caryatid* nachgeblickt. Traurig kehrte sie in ihre Kate zurück und wunderte sich, daß ihre Mutter noch immer nicht zurückgekehrt war. Ihre langen Abwesenheiten von daheim waren nichts Ungewöhnliches, aber in Sonjas Hinterkopf begann allmählich eine unerklärliche Sorge zu nagen.

Am nächsten Tag wurde Samanthas Leiche in der kleinen Bucht unterhalb der Schlucht angespült. Das lange blonde Haar waberte wie Tang um das einst schöne, arrogante Gesicht. Eine Heringsmöwe hatte bereits die Augen der Toten gefunden, doch selbst in der Entstellung besaß Samantha noch einen Rest jener geschmeidigen Schönheit, die seinerzeit die Aufmerksamkeit des erfahrenen Sir Hector Blackadder erregt hatte. Sonja wurde Zeugin, als man die Leiche zum Begräbnis nach oben schaffte. Der Vogt als Vertreter des Gesetzes auf der Insel verfaßte einen Bericht für die amtliche Untersuchung in

Porth Ardur. Sonjas Mutter dagegen wurde nie mehr gefunden, obwohl man auf der ganzen Insel nach ihr suchte. Sonja betrauerte den Tod der alten Frau und empfand tiefes Mitleid mit ihr, aber auch eine vage Erleichterung, daß ihre gequälte Seele endlich Erlösung gefunden hatte.

Auf den Hundezähnen zerrieben die ersten Septemberstürme den weißen Rumpf der *Sea Dragon*, bis schließlich nur noch ein rostendes Gewirr von Stahlplatten von ihr übrig war, an dem nichts mehr an eine Yacht erinnerte. Bis Weihnachten sah sie aus wie der Rest eines Schuppens aus rostigem Eisen. Nun war sie nicht mehr als ein weiteres Wrack, das der unbarmherzigen Küste von Ynyscraven zum Opfer gefallen war.

Bis zum Frühjahr hatte der Vogt konkrete Pläne für seinen Abschied von der Insel fertig. Er besprach mit Sonja die Möglichkeit, ihre Steinkate mit einer anderen Frau zu teilen.

Wer das sei, fragte Sonja. Worauf der Vogt antwortete, eine Mrs. Morgan aus Porth Ardur interessiere sich für die erste frei werdende Kate. Sonja griff den Vorschlag begeistert auf.

»Ich hätte sie liebend gern hier bei mir«, sagte sie mit Augen, in denen plötzlich ein geheimes Feuer blitzte. »Jedenfalls bis zu meiner Hochzeit.«

Einen Monat später traf Justine mit der *Plover* ein, und Sonja hieß sie freudig willkommen. Justine wirkte älter und weniger strahlend. Während des Winters schien sie auf die Schattenseite des mittleren Alters gerutscht zu sein, war aber immer noch eine attraktive Frau.

»Die Crew der *Plover* hat davon gesprochen, daß der Earl bald auf die Insel kommen wird, um einen neuen

Vogt zu ernennen«, berichtete sie Sonja. »Glaubst du, Charlie könnte sich für den Posten interessieren?«

»Charlie?« Sonja war wie vor den Kopf geschlagen. »Wieso – ich ... Du lieber Himmel, ich hätte nie gedacht ...«

»Am besten besprichst du es mit ihm, wenn die *Caryatid* das nächste Mal herkommt.«

»Oh, was für eine Idee, Justine! Das wäre großartig, wundervoll ... Daran habe ich noch gar nicht gedacht.«

Charlie ahnte nichts von den Plänen, die für ihn auf Ynyscraven geschmiedet wurden. Er war es zufrieden, die Insel mit der *Caryatid* so oft wie möglich anzulaufen und sich eine glückselige Zukunft mit der bezaubernden Sonja auszumalen. Bei der Verhandlung über den Verlust der *Sea Dragon* und die daraus resultierenden Todesfälle war er als Zeuge gehört worden. Seltsamerweise waren es seine und Macreadys Aussagen, die Staniers Kapitänspatent retteten. Teils weil er sich schuldig fühlte, teils weil es zutraf, hatte Macready bezeugt, daß der Sturm ungewöhnlich heftig gewesen, ohne Vorwarnung hereingebrochen und von verheerender Wirkung gewesen war. Er erläuterte, weshalb die *Caryatid*, ein mit Berufsseeleuten bemanntes Schiff unter ständigem Dampfdruck aus ihren Kesseln, schneller ankerauf gehen konnte als eine Motoryacht. Er ignorierte Staniers gequälten Blick und blieb sich bewußt, daß es in seiner Macht stand, den jüngeren Mann zu vernichten. Und da er nicht danach gefragt wurde, steuerte Charlie nicht von sich aus die Information bei, daß Stanier betrunken gewesen war. Als Folge erging ein Urteil, worin der Verlust der Yacht höherer Gewalt zugeschrieben und die beiden Toten als unvermeidliche Unglücksfälle gewertet wurden. Der arme Calico-Jack war nachweislich einem Herzinfarkt erlegen und wurde von seinen Bordgenossen so betrauert, wie das nur bei Seeleuten möglich ist. Sie grämten sich auch über ihr eigenes hartes Los, das nun einen aus ihren Reihen zwang, vorzeitig aufzubrechen und die Kessel der *Caryatid* anzuheizen.

Niemand sah Stanier abreisen. Lautlos verschwand er aus der Stadt, und nur die Hausfrauen, die in ihm einen Verbündeten gegen den rauchenden Schornstein der *Caryatid* gefunden hatten, trauerten ihm nach.

Später hörte Charlie, daß Thomas Jones auf Empfehlung von Kapitän Macready zum vorläufigen Hafenmeister von Porth Ardur bestellt worden war. Stan und Fred wurden häufig dabei beobachtet, wie sie Macreadys Rasen mähten oder in seinen Beeten Unkraut jäteten.

Erst nach der Gerichtsverhandlung schien Gwendolen Macready der richtige Zeitpunkt für ihre Abrechnung gekommen. Strickend saß sie vor dem Kaminfeuer. Als ein Windstoß in den Schornstein fuhr, wurde Rauch ins Wohnzimmer geblasen. Ihr gegenüber saß dösend ihr Ehemann, ohne zu ahnen, daß der Rauch Gwendolen an ein Autodafé erinnerte.

»Septimus«, begann sie.

Er erwachte. »Äh?« Er reckte sich. »Was gibt's?«

»Nachdem die ganzen Unanehmlichkeiten der Gerichtsverhandlung nun vorbei sind, kann ich mit dir über dein Benehmen in letzter Zeit sprechen.« Mit einem Ruck wurde Macready hellwach. »Widersprich mir nicht. Mir ist schon seit einer Weile klar, daß deine Beziehung zu Mrs. Morgan mich zum Gespött der Stadt gemacht hat ... Das war sehr hart für mich. Nein, bitte streite es nicht ab. Ich habe mit der Frau des Vogts korrespondiert und zwischen ihren Zeilen gelesen ... Na ja, jedenfalls ist das alles nicht gerade angenehm, oder? Wie ich höre, ist Mrs. Morgan für dauernd auf die Insel gezogen, und das bedeutet wohl, daß du ... Daß du und sie ...«

Gwendolen hatte ihre Rede bis ins letzte Detail vorbereitet, aber selbst in diesen Augenblicken höchsten Schmerzes konnte sie ihre Würde nicht beflecken, nicht mit diesen perfiden Geschmacklosigkeiten. Die Stimme versagte ihr.

Macready, der ihr offenen Mundes zugehört hatte, drängte sie im Geiste zum Reden. Sprich weiter, dachte er, sprich's aus.

»Und daß du dich dort mit ihr treffen wirst«, brachte Gwendolen schließlich heraus.

Macready richtete sich auf und wählte seine Worte überlegt, damit sein Fall möglichst beklagenswert klang. »Ich wollte dir wirklich nicht weh tun, meine Liebe, aber wir sind uns im Bett nie sehr nahe gekommen.«

»Septimus! Pfui, du wirst geschmacklos! Aber hör mir jetzt zu. Ich werde auch künftig deine Ehefrau bleiben und in der Stadt so weiterleben wie bisher.« Sie gestattete sich einen heroischen kleinen Schluchzer, der Macready unwillkürlich rührte, weil er ihn an eine bestimmte Kopfbewegung von ihr erinnerte, die er vor langer, langer Zeit anziehend gefunden hatte. Er unterdrückte ein Lächeln.

»Und von dir erwarte ich ein hohes Maß an Respekt und Anstand, solange du in der Stadt bist. Andernfalls mache ich dir Ärger.« Letzteres äußerte sie mit furchteinflößender Endgültigkeit.

Sie hatte ihre Breitseite abgefeuert, und Macready wußte, daß die Kugeln darin ausreichten, zumindest nach Gwendolens Ansicht, um ihn zu vernichten. Denn »Ärger« bedeutete in ihrer beschönigenden Ausdrucksweise, daß sie die Scheidung einreichen würde. Das wäre für Gwen selbst viel verletzender als für mich, überlegte er. Trotzdem mußte er kapitulieren, beladen wie er war mit Mitleid und Schuld.

Wie ein bestrafter Schuljunge ließ er den Kopf hängen. »Ich bedaure wirklich zutiefst, meine Liebe, daß du meinetwegen so leiden mußt.«

Wieder schluchzte Gwendolen auf, aber in ihren Augen lag ein triumphierender Schimmer. »Dann gibt es zu diesem Thema nichts weiter zu sagen. Wenn du dich an unsere Vereinbarung hältst, werde ich die Sache nicht mehr erwähnen.«

Macready ließ sich in seinen Sessel zurücksinken. Über die abgrundtiefe Kluft des Kaminvorlegers hinweg blieb seine Ehe in beiderseitigem Einvernehmen bestehen. Lief weiter wie das parallele Eisenbahngleis, dem sie so sehr ähnelte.

Auf ihrer Seite des Kamins suchte Gwendolen ihr wildes Herzklopfen zu beruhigen. Nun, mit einem gefügigen Ehemann hinter sich, konnte sie in der Stadt endgültig nach Belieben schalten und walten. Jede Entscheidung, die sie unter Ausnutzung seines nicht unbeträchtlichen Einflusses traf, würde er gutheißen müssen. Sie hatte von ihm Generalvollmacht erhalten und war wieder imstande, die Parade um den Dorfteich anzuführen, aus der sein Fehltritt sie vorübergehend vertrieben hatte, wodurch ihr Privileg, der gerechten Sache zu dienen, in Gefahr geraten war.

Gwendolen Macready genoß die köstliche Agonie, auf einem von eigener Hand entzündeten Scheiterhaufen zu brennen.

Justine ließ das Buch sinken, in dem sie gelesen hatte. Auf ihrem Bett lag Sonja und schlief. Justine dachte an Tegwyn, die zu ihrem letzten Treffen wie ein Kinostar in Seide und Pelze gehüllt erschienen war und einen schöneren, glücklicheren Eindruck gemacht hatte als jemals zuvor. Justine legte ihr Buch beiseite und trat leise zu dem schlafenden Mädchen. Das rostrote Haar lag ausgebreitet auf dem Kissen, die dunklen Wimpern ruhten auf den hohen, slawischen Wangenknochen.

Unter der Bluse hoben und senkten sich Sonjas Brüste in ruhigem Rhythmus. Justine betrachtete sie lange, dann beugte sie sich vor und zog eine Decke über die hingegossene Gestalt. Zum Tisch zurückgekehrt, blies sie die Lampe aus.

Ein gelber Vollmond schickte seine Strahlen in die alte Steinkate. Im Kamin heulte leise der Wind. Justine streifte ihre Kleider ab und ging zu Bett. Lange lag sie da und starrte aus dem Fenster. Sie fragte sich, ob auch sie wie Sonjas Mutter auf dieser unheimlichen Insel schließlich den Verstand verlieren würde.

Die *Caryatid* dampfte nach Südwesten. Achteraus versank der blaue Buckel des Mynydd Uchaf allmählich im Dunst. Die See glitzerte in reinem Blau, und voraus wuchsen Wolkenbänke aus Kumulonimbus empor, deren Oberseite wie ein Amboß abgeflacht war.

Kapitän Macready wanderte auf seiner Brücke hin und her. Von den Goldlitzen seiner Uniform reflektierte das Sonnenlicht, wodurch sie stolz zu blinzeln schienen. Macready dachte an Stanier und fragte sich, was aus ihm geworden war. Wieder fiel ihm die häßliche Szene ein, in deren Verlauf Stanier ihn einen Scharlatan genannt hatte. Darüber mußte er schmunzeln.

Er, Kapitän Septimus Macready, war der wahre Seemann und Stanier nur ein Gigolo im ausgestopften

Hemd! Die beherrschende nautische Figur in Porth Ardur blieb einzig und allein er. Schließlich, dachte der Käpt'n und sog glücklich die frische Salzluft ein, hatte er nicht die eine Frau zufrieden an ihrem Herd in Porth Ardur zurückgelassen? Und dampfte er nicht in diesem Moment seiner zweiten entgegen, die ihn geduldig auf seiner verzauberten Insel erwartete?

»Ungemein spannend, realistisch und ohne Glorifizierung«
Publishers Weekly

JAN NEEDLE
Die William-Bentley-Romane

Harte Zeiten vor dem Mast
William Bentleys Aufstieg
in der Royal Navy
ISBN-13: 978-3-548-25913-0
ISBN-10: 3-548-25913-8

Auf hoher See in Gottes Hand
William Bentleys zweite Chance
in der Royal Navy
ISBN-13: 978-3-548-26129-4
ISBN-10: 3-548-26129-9

Pralle Segel – keine Gnade
William Bentleys dunkle Tage
in der Royal Navy
ISBN-13: 978-3-548-26296-3
ISBN-10: 3-548-26296-1

»Ein fast schockierendes
Portrait des Seemannsleben
im 18. Jahrhundert – die
packende Romanserie um den
Verlust der Menschlichkeit
auf See«
The Guardian

ULLSTEIN

Mar.02

Manöver um Feuerland
ISBN-13: 978-3-548-25443-2
ISBN-10: 3-548-25443-8

Hafen des Unglücks
ISBN-13: 978-3-548-25642-9
ISBN-10: 3-548-25642-2

Sieg der Freibeuter
ISBN-13: 978-3-548-25643-6
ISBN-10: 3-548-25643-0

Tödliches Riff
ISBN-13: 978-3-548-25721-1
ISBN-10: 3-548-25721-6

Anker vor Australien
ISBN-13: 978-3-548-25730-3
ISBN-10: 3-548-25730-5

Inseln der Vulkane
ISBN-13: 978-3-548-25770-9
ISBN-10: 3-548-25770-4

Gefährliche See von Kap Hoorn
ISBN-13: 978-3-548-25774-7
ISBN-10: 3-548-25774-7

Der Lohn der Navy
ISBN-13: 978-3-548-26131-7
ISBN-10: 3-548-26131-0

Der Triumph des Kommodore
ISBN-13: 978-3-548-25902-4
ISBN-10: 3-548-25902-2

Der gelbe Admiral
ISBN-13: 978-3-548-25903-1
ISBN-10: 3-548-25903-0

Mission im Mittelmeer
ISBN-13: 978-3-548-26125-6
ISBN-10: 3-548-26125-6

ULLSTEIN

Die Chronologie der BOLITHO-Romane – Fortsetzung

Der Piratenfürst
Fregattenkapitän Bolitho
in der Java-See
ISBN-13: 978-3-548-26403-5
ISBN-10: 3-548-26403-4
(Neuausgabe: Februar 2006)

Fieber an Bord
Fregattenkapitän Bolitho
in Polynesien
ISBN-13: 978-3-548-23930-9
ISBN-10: 3-548-23930-7

Des Königs Konterbande
Kapitän Bolitho
und die Schattenbrüder
ISBN-13: 978-3-548-25331-2
ISBN-10: 3-548-25331-8

Nahkampf der Giganten
Flaggkapitän Bolitho
bei der Blockade Frankreichs
ISBN-13: 978-3-548-26132-4
ISBN-10: 3-548-26132-9

Feind in Sicht
Kommandant Bolithos
Zweikampf im Atlantik
ISBN-13: 978-3-548-25080-9
ISBN-10: 3-548-25080-7

Der Stolz der Flotte
Flaggkapitän Bolitho
vor der Barabareskenküste
ISBN-13: 978-3-548-26457-8
ISBN-10: 3-548-26457-3
(Neuausgabe: Mai 2006)

Eine letzte Breitseite
Kommodore Bolitho
im östlichen Mittelmeer
ISBN-13: 978-3-548-24606-2
ISBN-10: 3-548-24606-0

Galeeren in der Ostsee
Konteradmiral Bolitho
vor Kopenhagen
(Neuausgabe in Vorbereitung)

Admiral Bolithos Erbe
Ein Handstreich in der Biskaya
ISBN-13: 978-3-548-25735-8
ISBN-10: 3-548-25735-6

Der Brander
Admiral Bolitho
im Kampf um die Karibik
ISBN-13: 978-3-548-26281-9
ISBN-10: 3-548-26281-3

Donner unter der Kimm
Admiral Bolitho
und das Tribunal von Malta
ISBN-13: 978-3-548-26314-4
ISBN-10: 3-548-26314-3

ULLSTEIN

Die Chronologie der BOLITHO-Romane – Fortsetzung

Die Seemannsbraut
Sir Richard
und die Ehre der Bolithos
ISBN-13: 978-3-548-25779-2
ISBN-10: 3-548-25779-8

Mauern aus Holz,
Männer aus Eisen
Admiral Bolitho am Kap
der Entscheidung
(Neuausgabe in Vorbereitung)

Das letzte Riff
Admiral Bolitho –
verschollen vor Westafrika
ISBN-13: 978-3-548-25904-8
ISBN-10: 3-548-25904-9

Dämmerung über der See
Admiral Bolitho
im Indischen Ozean
ISBN-13: 978-3-548-23921-7
ISBN-10: 3-548-23921-8

Dem Vaterland zuliebe
Admiral Bolitho
vor der Küste Amerikas
ISBN-13: 978-3-548-25905-5
ISBN-10: 3-548-25905-7

Unter dem Georgskreuz
Admiral Bolitho im Kampf
um Kanada
(Neuausgabe in Vorbereitung)

Das letzte Gefecht
Admiral Bolitho vor Malta
ISBN-13: 978-3-548-24737-7
ISBN-10: 3-548-24737-7

Feindhafen Algier
Geheimauftrag
für Adam Bolitho
ISBN-13: 978-3-548-25601-6
ISBN-10: 3-548-25601-5

Hatz ohne Erbarmen
Adam Bolithos Jagd auf die
Sklavenschiffer
ISBN-13: 978-3-548-25441-8
ISBN-10: 3-548-25441-1

Unter Segeln vor Kanonen
Adam Bolitho im Kielwasser
von Sir Richard
ISBN-13: 978-3-548-25906-2
ISBN-10: 3-548-25906-5

ULLSTEIN

Mar.01